W0379562

MIKE STEINHAUSEN

Operation Villa Hügel

OUT-OF-AREA Februar 1943. Die Welt befindet sich mitten im Zweiten Weltkrieg. Churchill berät sich mit seinen Vertrauten, denn laut geheimen Informationen soll sich Adolf Hitler bald persönlich in der Krupp'schen Villa Hügel in Essen einfinden. Die Engländer versuchen diese Information für sich zu nutzen und planen eine Operation. Commander Paddy Mayne und vier Soldaten des Special Air Service werden ins Ruhrgebiet geschickt. Sie landen mit dem Fallschirm in der Nähe von Essen hinter feindlichen Linien. Ihr Ziel ist es, die Villa Hügel mit Peilsendern auszustatten. Doch bereits kurz nach der Landung haben sie Feindkontakt. Je näher sie dem Anwesen der Krupps kommen, desto schwieriger wird ihre Mission. Denn die Villa ist derzeit der bestbewachte Ort im Deutschen Reich.

Mike Steinhausen wurde 1969 in Essen geboren. Er ist Polizeibeamter und war mehrere Jahre als Zivilfahnder im Bereich der Drogenbekämpfung tätig. Mit »Operation Villa Hügel« gibt er sein Debüt als Krimiautor.

MIKE STEINHAUSEN

Operation Villa Hügel

Kriminalroman

GMEINER Original

Personen und Handlung sind frei erfunden.
Ähnlichkeiten mit lebenden oder toten Personen
sind rein zufällig und nicht beabsichtigt.

Besuchen Sie uns im Internet:
www.gmeiner-verlag.de

© 2013 – Gmeiner-Verlag GmbH
Im Ehnried 5, 88605 Meßkirch
Telefon 07575/2095-0
info@gmeiner-verlag.de
Alle Rechte vorbehalten
2. Auflage 2013

Lektorat: Sven Lang
Herstellung: Julia Franze
Umschlaggestaltung: U.O.R.G. Lutz Eberle, Stuttgart
unter Verwendung eines Fotos von: © Ralph Crane / Getty Images
Druck: GGP Media GmbH, Pößneck
Printed in Germany
ISBN 978-3-8392-1404-6

I agree to carry out arduous duties with no recognition, no rewards, no promotions, and no medals.

Ich werde beschwerliche Obliegenheiten ohne jede Anerkennung, Belohnungen, Beförderungen und Orden ausführen.

(Eid des Special Air Service (SAS))

Nancy Leford saß in einem Vernehmungszimmer von Camp 020, eines im Westen Londons gelegenen Internierungslagers für feindliche Agenten. Ihr Lidschatten hatte dem vorangegangenen Tränenfluss nichts entgegenzusetzen gehabt. Ihre Finger zitterten, als sie das Foto anhob, welches auf dem Tisch lag. Dem einzigen Einrichtungsgegenstand, abgesehen von dem Stuhl, auf dem sie saß und den zwei der beiden Männer ihr gegenüber. Das Licht der Glühbirne über dem Tisch spendete keine optische Wärme. Vielmehr schien es, als verstärke es die düstere und bedrohliche Atmosphäre, welche die grauen Betonwände abstrahlten.

Sie sah Kurt. Den Mann, den sie liebte. Und gleichzeitig sah sie einen Fremden. Obwohl das Foto eine Schwarz-Weiß-Aufnahme war, nahmen die unterschiedlichen Grautöne nicht die Brutalität, welche von der Kopfwunde ausging, die beinahe die gesamte linke Hälfte des Gesichtes weggerissen hatte. Noch mehr aber als die zerstörte Gesichtshälfte wirkte auf sie das Auge des abgebildeten Toten. Der Blick war gebrochen. Auf eine Art und Weise, die den Eindruck vermittelte, dass er eine eingefrorene Momentaufnahme dessen war, was der Mann unmittelbar vor seinem Tod gesehen hatte.

Nancy spürte den Schauder, der sich in ihrem Rücken ausbreitete und in jede Faser ihres Körpers ausstrahlte. Unfähig sich dagegen zu wehren, erfasste sie diese so gewaltige Emotion, dass dies selbst den beiden Vernehmungsbeamten nicht entging. Einer der Männer knallte eine Aktentasche auf den Tisch. Nancy erschrak. Sie brauchte einen Augenblick, um sich von den Gedanken zu lösen, welche das Foto in ihr ausgelöst hatte. Nancy

Leford betrachtete den Beamten. Dann blickte sie auf den Tisch. Die Tasche war aus einer ungewöhnlich hellen Reptilienhaut, und die Lichtstrahlen der Glühbirne brachen sich in den einzelnen Schuppen ihrer polierten Oberfläche, dass diese wie Perlmutt glänzten.

Der Mann entnahm eine Akte. Sie war nicht sonderlich dick. Die einzelnen Blätter waren mit einer Kordel verknotet. Der Aktendeckel aus grauer Pappe enthielt einen Stempel. Obwohl er für Nancy Leford auf dem Kopf stand, konnte sie ihn lesen. Denn sie kannte ihn: ›RAF Wycombe. Top Secret‹, las sie ab.

Es war der Ordner, den sie am Vormittag aus dem Büro der Air Base der Royal Air Force in Wycombe mitgenommen hatte.

»Auf Hochverrat steht die Todesstrafe, Frau Leford«, sagte der Beamte. »Und ich hege absolut keinen Zweifel daran, dass man Sie des Hochverrates für schuldig befinden wird.«

Einen Tag später entnahm Sir Winston Churchill in seinem Büro, in der Downing Street 10 in London, eine Zigarre aus der Holzkiste auf seinem Schreibtisch und fuhr in Gedanken versunken über die Banderole der La Corona, bevor er sie der Länge nach langsam unter seiner Nase entlanggleiten ließ.

Der Augenblick, in dem das Aroma des frischen Tabaks durch die Nase strömte, gehörte ebenso zu diesem Ritual, wie die Entnahme eines Holzscheites aus seinem Kamin, unmittelbar hinter seinem Schreibtisch, mit dem er das Fußende der Zigarre toastete.

Nachdem sich ein leichter Aschering gebildet hatte,

warf Churchill das Holzscheit zurück ins Feuer, nahm den ersten Zug und behielt den Rauch einen Moment lang in der Mundhöhle, bevor er ihn langsam entströmen ließ. Der erste Zug barg das beste Aroma. Jeder weitere Zug löste Bitterstoffe aus dem Tabak, die mit zunehmender Rauchdauer den Genuss nahmen. Mit ein Grund, warum Churchill nur die halbe Zigarre rauchte. Ein weiterer Grund war sicherlich die Tatsache, dass eine hochwertige Zigarre durchaus eine Zeit von bis zu 90 Minuten in Anspruch nahm, um angemessen geraucht zu werden.

Das Gespräch am Vormittag beunruhigte den Premierminister immer noch. Churchill blickte zu dem Konferenztisch in seinem Büro, als könnte er so nochmals einen Blick auf die Personen werfen, die er kurzfristig zu diesem Treffen bestellt hatte: Sir Arthur Harris. RAF Bomber Command und Air Chief Marshal der Royal Air Force. Daneben Lieutenant Colonel Stewart Menzies. Leiter des britischen Auslandsgeheimdienstes Secret Intelligence Service (SIS).

Ihm gegenüber hatte Frederick Lindemann gesessen, Churchills engster Berater und Vertrauter, sowie David Petrie, Leiter des britischen Inlandsgeheimdienstes Military Intelligence Section Five, kurz MI5, und Vera Atkins vom Special Operations Executive (SOE). Eine ranghohe Offizierin des britischen Nachrichtendienstes, die schon mehrfach ihre besondere Befähigung in der Führung britischer Geheimdienstagenten im Ausland bewiesen hatte.

Churchill legte den Kopf etwas zurück und zog mit weit ausgeholtem Arm erneut langsam an seiner Zigarre, um die Hitze innerhalb der Tabakrolle nicht durch zu viel Sauerstoff derart zu erhöhen, dass sie die Aromen des Rauches beeinträchtigte. Jede Minute ein Zug. Alles andere war Blasphemie.

Die Luftoffensive auf das Deutsche Reich stand unmittelbar bevor. Zunächst ein großangelegter Luftangriff gegen Berlin am 2. März. Danach würde man sich dem Ruhrgebiet, der Waffenschmiede des Reiches, widmen. Und ausgerechnet zu diesem Zeitpunkt, hatte Petrie geschildert, war es einem deutschen Spion gelungen, an geheime Informationen der Air Base der Royal Air Force in Wycombe zu gelangen. Der Military Base, von der aus die Luftangriffe auf das Deutsche Reich in wenigen Tagen starten würden.

Nancy Leford. Eine bis dato unauffällige Frau mittleren Alters. Unverheiratet. Kinderlos. Ohne weitere Familienangehörige. Bodenständig, konservativ, aber auffallend schüchtern, wenn nicht sogar verklemmt. Ohne jegliche Sozialkontakte in ihrem Privatleben. Dem deutschen Spion, der sich als ein Schweizer Geschäftsmann mit dem Namen Kurt Hölzl ausgegeben hatte, war es gelungen, Leford an sich zu binden. Etwas, was ihm nicht sonderlich schwergefallen sei, wie Petrie geschildert hatte. Leford verkörpere den Begriff der unscheinbaren, grauen Maus vortrefflich. Vernehmungen der Arbeitskolleginnen hatten ergeben, dass sich Leford, als sie mit Hölzl zusammen gewesen war, auffallend verändert hatte. Einige hatten angemerkt, dass er wohl der erste Kerl in ihrem Leben sei. Und wiederum einige meinten von vornherein gewusst zu haben, dass er sie ausnutze. Wegen was auch immer. Denn er sei ein Typ Mann, dem die Frauen reihenweise zu Füßen liegen müssten. Er passe schlichtweg nicht zu Leford.

Hölzl hatte Leford überreden können, geheime Unterlagen aus der Air Base zu schmuggeln. Er war insbesondere an den dort stationierten Flugzeugen interessiert gewesen. Also Typ, Waffenbestückung, Reichweite, solche Dinge. Hölzl hatte angegeben, Reifenlieferant zu sein. Er wollte, so Leford, einen großen Deal mit der RAF eingehen, in dem er Flugzeugreifen zu Sonderkonditionen anbot. Das Problem war, dass es bei der Festnahme zu einem Schusswechsel gekommen war, in dessen Verlauf Hölzl getötet wurde. Leford sei ahnungsloses Opfer. Eine alte Jungfer, die in naiver Blindheit auf den Charme des Deutschen hereingefallen war. Was Hölzl aber tatsächlich hatte erfahren und vor allem, was er nach Deutschland hatte übermitteln können, war derzeit noch nicht bekannt. Ebenso wenig, ob er Mittäter oder Mitwisser hatte. In letzter Konsequenz musste man davon ausgehen, dass Deutschland wusste, dass Großbritannien einen Offensivschlag gegen das Ruhrgebiet und Berlin plante.

Vera Atkins hatte zu Protokoll gegeben, dass es im Bereich der Villa Hügel, dem Familiensitz der Krupps, zu außergewöhnlichen Aktivitäten gekommen sei. »Hier könnte sich eine Erklärung für die Beobachtung unserer Informanten finden. Zunächst haben unsere Abhörspezialisten herausgefunden, dass der Oberbefehlshaber West, Generalfeldmarschall von Rundstedt, nach Deutschland aufgebrochen ist. Darüber hinaus stehen wir im Kontakt mit dem Widerstand im Ruhrgebiet. Man berichtete uns, dass es zu ungewöhnlichen Vorbereitungen in der Villa Hügel, das ist der Sitz der Familie Krupp, kam. Höchste Geheimhaltungsstufe. Das Ungewöhnliche ist, dass die Villa Hügel nicht nur von der Polizei bewacht wird, sondern weiträumig von der Wehrmacht abgeriegelt wurde.

Es läuft alles absolut konspirativ ab. Die immensen Sicherheitsvorkehrungen im Bereich der Villa Hügel lassen darauf schließen, dass etwas geplant ist. Nur wissen wir nicht, was. Auch unsere Abhörspezialisten haben nichts, was uns hilft, die Lage einzuschätzen. Das Einzige, was wir in Erfahrung bringen konnten, und ich bitte Sie um Ernsthaftigkeit, ist die Tatsache, dass in der Villa Hügel am kommenden Freitag, also in fünf Tagen, Forelle in Buttersoße serviert werden soll. Das lässt darauf schließen, dass von Rundstedt und Hitler in der Villa Hügel zusammenkommen.«

»Forelle in Buttersoße«, murmelte Churchill vor sich hin. »Man lernt nie aus. Forelle in Buttersoße. Hitlers Leibgericht.« Churchill schritt zu einem Vertiko und goss sich einen Cognac in einen der großen Schwenker, die neben der Karaffe standen. Kurz dachte er an das Gespräch mit Lindemann im Anschluss an die Konferenz. Frederick Alexander Lindemann, Sohn jüdischer Immigranten aus dem Elsass. Churchill schwenkte das Glas und betrachtete dabei in Gedanken versunken die ölig braune Flüssigkeit, bevor er das Glas anhob und einen Schluck nahm. Lindemann, den er nur Professor nannte. Seiner Meinung nach war der studierte Physiker ein sachlich nüchtern denkendes Genie. Seine Stärke war, dass sein Verstand und seine logischen Entscheidungen frei von jeglichen Gefühlsregungen waren. Er verstand es wie kein Zweiter, die komplexesten und auch kompliziertesten wissenschaftlichen Zusammenhänge in einer Form zu erklären, dass auch Churchill sie verstand. Mit ein Grund, warum Lindemann ihn seit den 1920er-Jahren als Berater begleitete.

Churchill betrachtete nachdenklich sein Glas. Er galt als

Hardliner. Und er sah sich selbst so. Als weltmännischer Imperialist. Dennoch teilte er Lindemanns und Harris' Meinung nicht ohne Vorbehalte. Immerhin plante Harris – streng ausgelegt – einen Verstoß gegen anerkanntes Kriegsrecht, in dem er den Schwerpunkt großflächig angelegter Bombardements mit der Aktion ›Moral Bombing‹ auf die deutsche Zivilbevölkerung richten wollte. Gleiches mit Gleichem zu begegnen, legitimierte damit nicht automatisch alles.

Die Tatsache, dass ausgerechnet Frederick Lindemann maßgeblich zur Ausarbeitung einer Kampagne strategischer Bombardierung der deutschen Zivilbevölkerung beitrug, die letztendlich dann auch durch die Regierung gebilligt wurde, verbesserte seine Position als Gegner dieser Vorgehensweise nicht wirklich. Churchill wollte der Argumentation, die Moral der Zivilbevölkerung könne durch diese Bombardierungen derart zermürbt werden, dass Deutschland lediglich die Kapitulation bliebe, nur bedingt folgen. Zwar zeigte die gleichgelagerte Taktik der Deutschen bei ihren Angriffen auf Städte in Großbritannien die von Lindemann und Harris beschriebene Wirkung. Man konnte sie seiner Meinung nach aber nicht auf Deutschland übertragen. Deutschland war nun mal keine Insel, die von jeglichen Transportwegen abgeschnitten werden konnte. Hätte Franklin D. Roosevelt nicht das Leih- und Pachtgesetz durch den Kongress gebracht … Großbritannien wäre keinen Pfifferling mehr wert.

Nein. Rein mit Luftangriffen war den Deutschen nicht beizukommen. Stalin war im Grunde genommen der Einzige, der über eine hinreichende Landstreitmacht verfügte, um sich den Deutschen in den Weg zu stellen. Aber neben der Tatsache, dass Stalin sicher alles andere als sein Wunschpartner war, war auch seine Armee alles andere als gut ausgerüstet. Und was war mit den Verbündeten Hitlers? Über Italien machte sich Churchill keine ernsthaften Gedanken. Italienische Heldensagen waren in der Regel dünne Bücher. Mussolini würde relativ schnell einknicken, wenn die ersten Angriffe aus dem Süden einsetzten. Aber die Japaner bescherten ihm einiges an Kopfzerbrechen.

Harris war erpicht darauf, endlich loszulegen. Und spätestens seit der ›Operation Millennium‹ im Mai 1942 auf Köln, hatte Harris seine bis dato zahlreichen Kritiker von seiner Vorgehensweise überzeugen können. Und, das musste Churchill zugeben, zunächst auch ihn. Harris ließ keine Gelegenheit aus, ihn bei ihren zahlreichen kontroversen Diskussionen an sein Zitat vom April 1941 zu erinnern: ›Es gibt 70 Millionen bösartige Hunnen, die einen sind heilbar und die anderen zum Schlachten.‹ Churchill dachte noch immer so. Aber es gab Dinge, welche seine Sichtweise beeinflussten, wenngleich er mit diesen Ansichten hinter dem Berg hielt.

Der Einsatz war durchgeplant und bis ins kleinste Detail ausgearbeitet. Und Churchill hatte sich nach der Zusammenkunft in Casablanca vor wenigen Wochen im Januar 1943 selbst unter einen gewissen Zugzwang gesetzt, in dem er sich nun auf die ersehnte Unterstützung der USA berufen konnte, er sich jedoch aufgrund der unter anderem beschlossenen verstärkten Luftangriffe auf Deutschland einer gewissen Erwartungshaltung ausgesetzt sah.

Und ausgerechnet jetzt präsentierten die Geheimdienste die Festnahme eines Spions, der womöglich ihr Vorhaben erkannt und diese Informationen dem Reich übermittelt hatte. Forelle in Buttersoße …

Erneut rief sich der Premier das Gespräch mit Lindemann in Erinnerung: »Spielen wir mal den Eventualfall durch«, sagte Churchill, der sich nach vorn beugte und Lindemann mit der flachen Hand auf sein Knie schlug. »Nehmen wir mal an, Hitler kommt tatsächlich in die Villa Hügel. Wäre das nicht eine Chance?«

»Ihn zu liquidieren? Haben Sie Harris schon gefragt, was er davon hält?«

Churchill lehnte sich zurück und verzog das Gesicht. »Ich will ja nicht schon wieder eine Diskussion darüber starten, ob die Luftoffensive den von Ihnen berechneten Erfolg hat. Und ich bleibe dabei. Von mir aus sollen diese Hunnen ausgemerzt werden, dass nie wieder jemand unter ihrem kriegslüsternen Charakter zu leiden hat. Aber mir geht es um etwas anderes. Harris fehlt die Weitsicht. Selbst wenn das Ziel erreicht würde, die deutsche Bevölkerung zu demoralisieren. Die Industrie zu schwächen. Die Transportwege in den Osten zu zerstören. Ja, selbst wenn es gelänge Deutschland zu einer bedingungslosen Kapitulation zu bringen, so würde man sich ganz anderen Herausforderungen zu stellen haben. Das Deutsche Reich müsste man wieder aufbauen. Die Industrie. Die Infrastruktur. Es muss entnazifiziert werden. Weiß der Teufel, wie lange man dort gebunden wäre, und vor allen Dingen, wie viel das alles kosten würde. Herrgott! Halb Großbritannien liegt in Schutt und Asche! Es ist genug Unrat vor der eigenen Haustür zu kehren!«

Frederick Lindemann nickte. »Gut. Ich gebe Ihnen recht. Hitler zu liquidieren, würde die Sache mit an

Sicherheit grenzender Wahrscheinlichkeit erheblich beschleunigen. Und sicher eine Menge Kosten und auch Menschenleben sparen. Aber bleiben wir realistisch. Wir greifen zur Nachtzeit an. Deutschland ist verdunkelt. Das Zielgebiet zu finden, ist nicht das Problem. Aber ein einzelnes Gebäude? Woher wollen wir genau wissen, wann exakt Hitler im Haus ist? Wir können sicher schlecht eine Fliegerstaffel einige Stunden im Rundflug über der Villa Hügel kreisen lassen und auf dem Vorplatz der Villa einen Posten stellen, der mit einer roten Fahne winkt, wenn Hitler eintrifft. Winston! Wir kommen nicht an ihn heran! Und es bleibt keine Zeit mehr, unsere Spionage derart auszurichten, dass wir noch brauchbare und verwertbare Informationen bekommen könnten.«

Churchill fuhr sich mit seiner linken Hand müde über das Gesicht. »Das weiß ich doch auch alles. Aber wir sollten trotzdem versuchen, diese Chance nicht ungenutzt zu lassen. Verstehen Sie mich, Frederick?«

Lindemann betrachtete den Premierminister, der ihn erwartungsvoll ansah. Ihm ging es nicht wie Harris um das Ausradieren des Deutschen Reichs. Seine Berechnungen, seine Empfehlungen waren sachlich begründet. Lindemann hasste das Nazitum. Aber er hasste keine Menschen. Das gezielte Töten von Zivilisten, zumindest die Inkaufnahme Abertausender Toter, war etwas, was unter den gegebenen Umständen unvermeidbar war.

Lindemann atmete tief aus. Wie unter einer Last. »Es gibt da eine neue Entwicklung. Sie befindet sich noch im Versuchsstadium.«

»Weiter«, sagte Churchill. Er wusste, dass er Lindemann am Haken hatte.

»Es ist ein neues Ortungssystem.«

»Weiter!«

»Unser neues H2S-Ortungssystem dürfte Ihnen ja bekannt sein?« Eine rhetorische Frage. Churchill selbst hatte den Bau dieses neuen Radarortungssystems vorangetrieben.

»Welches, wie Sie zugeben müssen, recht gute Erfolge aufweist«, sagte Churchill nicht ohne einen gewissen Stolz.

»Ohne Zweifel. Aber die Detailtreue ist verbesserungswürdig. Wir sind zwar in der Lage zu erkennen, ob es sich um ein Waldgebiet, eine Stadt oder etwas anderes handelt. Aber gezielt ein bestimmtes Gebäude …«

Churchill lehnte sich zurück und grinste Lindemann an. »Lassen Sie mich raten«, sagte er, während er mit seinem rechten Zeigefinger auf Lindemann zeigte.

Lindemann hob beschwichtigend die Hände. »Bevor Sie sich falsche Hoffnungen machen …«

Der Premier lachte. »Wenn es dazu keinen Anlass gäbe, würden Sie mir keinen Vorschlag unterbreiten wollen. Aber gut! Ich versuche mich in Zurückhaltung. Sie sind dran!«

»Es gibt da einen Prototyp. Er besteht zu einem Teil aus dem H2S-System, welches sich in einem unserer Bomber befindet. Das Radargerät erkennt die Geländestruktur. An sich noch nichts Beeindruckendes. Ein weiteres Gerät fungiert als Sender und bestimmt ein Angriffsziel. Und jetzt kommen wir zur eigentlichen Neuentwicklung. Wir haben eine Bombe gebaut, die mit einem Zielmechanismus versehen ist. Innerhalb dieses Mechanismus befindet sich ein Empfänger. Wenn die Bombe gezündet wird, folgt sie dem Signal des Senders und steuert auf ihn zu. Geplant ist dieses System bei der Luftunterstützung unserer Infanterie. Im Kampf können sie mit diesem Gerät ein Ziel markieren, welches von der Bombe zerstört wird. Wir können … könnten zukünftig – wie bei einem chirurgischen Eingriff – innerhalb eines Einsatzes den Feind in unmittelbarer Nähe unserer Soldaten angreifen, ohne unsere Truppen zu gefährden.«

Winston Churchill richtete sich auf. »Sie behaupten also, dass bei Ihnen in einer Schublade ein Gerät liegt, welches selbstständig ein Ziel findet, wenn dieses markiert wird?«

Lindemann nickte. »Bevor Sie mich jetzt aber festnageln: Wir haben das System noch nicht im Einsatz getestet. Es hat bei einem ersten Versuch lediglich auf 800 Metern funktioniert. Darüber hinaus müssen wir die Energieversorgung des Senders verbessern, von dem wir lediglich drei Prototypen besitzen. Die Batterieleistung beträgt maximal 36 Stunden. Aber der entscheidende Knackpunkt ist, dass das Gerät in unmittelbarer Nähe der Villa Hügel platziert werden muss. Etwas, was wohl nicht nur meiner Meinung nach unmöglich sein dürfte.«

Churchill löste seinen Blick von dem Konferenztisch.

Lindemann hatte recht. Es war nicht möglich. Nochmals nahm der Premier einen großzügigen Schluck aus seinem Glas und verfolgte die Wärme, die sich über seine Speiseröhre hinunter bis zum Magen ausbreitete. Dann griff er zum Telefon. »Schicken Sie den Leiter der SAS zu mir! Unverzüglich. Und sagen Sie Lindemann, dass er zu mir kommen soll!«

28. FEBRUAR 1943

Ruhig glitt die Handley Page H.P.54 Harrow durch den Nachthimmel des Ruhrgebietes. Das monotone, dumpfe Geräusch ihrer beiden Bristol Pegasus Motoren war das Einzige, was die Männer hörten. Sie sprachen nicht. Denn es war bereits alles gesagt worden. Jeder von ihnen wusste, was sie in den nächsten Stunden und Tagen erwarten konnten und was man von ihnen erwartete. Sie waren erfahrene Soldaten. Von Commander Blair Mayne persönlich für diese Aufgabe ausgesucht. Blair Mayne, den sie alle Paddy nannten. Als Mayne an sie herantrat, antworteten sie mit dem Zitat, welches zum Motto des Special Air Services gehörte: ›Who dares wins.‹

Paddy Mayne hatte betont, dass es sich um eine freiwillige Aufgabe handeln würde. Doch er wusste, dass jeder dieser Männer, die er seit Langem persönlich kannte, sich dieser Aufgabe stellen würde. Denn die Männer des SAS waren keine gewöhnlichen Soldaten. Sie waren die Bad Company, die dann zum Einsatz kam, wenn ein Auftrag anscheinend nicht durchführbar war. 1941 von dem schottischen Oberstleutnant der Britisch Army David Stirling gegründet, war die Hauptaufgabe der SAS der Kampf hinter den feindlichen Linien. Sie waren Spezialisten für Sabotageakte. Für Aufklärung und Befreiung britischer Soldaten und Zivilisten. Die Männer zeichneten sich alle durch besondere Verdienste im Kampf gegen den Feind aus. Sie waren Spezialisten im Guerillakampf, verfügten über außergewöhnliche Kenntnisse im Umgang mit Sprengstoffen und jeder von ihnen war sogar ohne Waffen eine todbringende, instinktgesteuerte Kampfmaschine, die ihre Aufgabe, wenn nötig, mit einer lautlosen Präzision ausführte und somit dem Gegner nicht den Hauch einer Chance bot. Ja, man konnte sagen, dass jeder Einzelne von ihnen ein Kriegsheld war. Helden eines Krieges, der für jeden von ihnen wenig Großartiges hatte. Und genau wie seine Männer hoffte Mayne darauf, dass der Tag, für den sie seit Ausbruch des Krieges gekämpft hatten, nicht mehr fern war.

Unmittelbar vor jedem Einsatz der SAS kehrte eine beinahe meditative Ruhe ein, die jeden der Männer erfasste. Es schien, als wollte die Psyche eine Bilanz des bisherigen Lebens ziehen. Paddy Mayne kannte diesen Zustand. Ein Gefühl, welches alles um ihn herum zur Bedeutungslosigkeit degradierte. Er sah seine Männer an. Junge Männer, die eigentlich ein unbeschwertes Leben verdient hatten. Ein Leben, erfüllt von nichtigen Sorgen. Mädchen. Musik. All die Dinge, welche die Jugendzeit zu etwas Besonderem im Leben eines jeden Menschen werden ließ.

Seine Männer waren jung. Aber das, wofür sie sich entschieden hatten, was sie erlebten, ließ keinen Platz für sentimentale Gedanken an eine unbeschwerte Jugend. Jeder von ihnen war auf seine Art und Weise gealtert. Mehrfach.

Paddy Mayne dachte an seine eigene Sturm- und Drangperiode in Irland. Es hatte ihm, neben der Tatsache, dass er ein hervorragender Boxer war, eine großartige Rugby-Karriere bevorgestanden. Ruhm, Geld und der Luxus, vielleicht ein bisschen verrückter sein zu dürfen als andere. All die Sorgen und Ängste der damaligen Zeit, die ihn verunsicherten, all diese Sorgen würde er seinen Männern wünschen. Doch der Krieg hatte seinem, ihrem Leben, eine andere Richtung gegeben. Es würde für seine Männer diese Art der Erinnerung nie geben.

Als Rommel in Afrika die Oberhand gegenüber den Alliierten gewann, wurde Paddy Mayne von David Stirling selbst für die SAS ausgewählt. Maynes Ruf als unerschrockener und außergewöhnlich fähiger Soldat eilte ihm voraus.

Paddy Mayne erinnerte sich gut an damals. Mit Begeisterung hatte er seinerzeit die Gründung der SAS verfolgt. Die Hartnäckigkeit, die Begeisterung, mit der Stirling sein Projekt trotz herber Rückschläge und beinahe nicht vorhandener Akzeptanz verfolgt hatte, faszinierte ihn ungeheuer. Paddy Mayne schmunzelte immer wieder bei der Vorstellung, wie David Stirling, als er seine Idee der SAS beim Hauptquartier des Oberkommandos vortragen wollte und bereits von den Wachen abgewiesen worden war, heimlich in das Gebäude des Hauptquartiers geklettert war.

Sein Ziel war General Auchinleck gewesen. Er hatte mit ihm persönlich reden müssen. Stirling hatte gewusst, dass seine Idee, auf dem üblichen Dienstweg vorgetragen, bereits in den unteren Reihen der Kommandokette abgeblockt worden wäre.

Mayne erinnerte sich gern an Stirling, der bei ihren gemeinsamen Abenden erzählt hatte, wie er sich nach dem Überwinden der Mauern des Hauptquartiers in ein Büro flüchtete. Aber es war nicht irgendein Büro gewesen, in dem er sich versteckt hatte. Stirling war geradewegs in das Büro des für den Nahen Osten zuständigen Deputy Commander General Ritchie gelaufen, der ihn mit großen Augen angesehen hatte.

Stirling hatte gewusst, dass sein Weg hier ein Ende haben würde. Und mit aller Wahrscheinlichkeit auch seine Karriere bei den britischen Streitkräften. Doch es war alles anders gekommen. General Ritchie hatte nicht die Wachen gerufen. Er hatte dem jungen Soldaten zugehört. Stirling hatte mit seiner typischen ansteckenden Begeisterung seine Idee geschildert und General Ritchie hatte diese kurz darauf Auchinlek vorgetragen. Die SAS war geboren.

Und eines Tages hatte plötzlich Oberstleutnant der Britisch Army David Stirling vor Mayne gestanden.

Paddy Maynes unerschrockener Ruf war ihm schon nach kurzer Zugehörigkeit auch bei der SAS vorausgeeilt. Schlecht ausgebildet und vor allen Dingen schlecht ausgestattet, entwickelte er ein Improvisationstalent, welches derartige Erfolge bei der Feindesbekämpfung zeigte, dass Mayne nach Stirlings Gefangennahme im Januar 1943 als Commander die 1. SAS übernahm.

Doch dieses Mal war alles anders. Mayne wusste, dass dies kein Einsatz wie all die anderen war. Es war eine Mission, die nie in den Befehlsbüchern zu lesen sein würde. Eine Mission, die, unabhängig davon, ob sie gelang oder fehlschlug, niemals stattgefunden hätte. Unbewusst fasste seine rechte Hand an seine Brusttasche. Mayne fühlte das Metallröhrchen. Ob er die Zigarre darin tatsächlich rauchen würde, wenn es vorbei war?

›Rammen Sie ihnen das Teil in den Hintern!‹, hatte Churchill zu ihm gesagt, als er ihm das Röhrchen einem Orden gleich in die Brusttasche gesteckt und ihm anschließend erstaunlich fest auf die Schulter geschlagen hatte.

Wieder wanderte sein Blick zu seinen Männern. Sie schienen in einer anderen Welt. Saßen dort nahezu leblos. Keine Regung war in ihren schwarz gefärbten Gesichtern zu erkennen. Und das Helle ihrer Augen stach aus den dunklen Gesichtern derart hervor, dass ihr Aussehen tatsächlich etwas Dämonisches hatte. Sie alle trugen ihre Springanzüge. Jeder von ihnen war mit seinen Gedanken allein. Mayne kannte diese Gedanken. Oft hatte er die gleichen. Das Vorbereiten auf einen möglichen Tod. Die Akzeptanz eines zu erwartenden, mitunter unausweichlichen Endes. Denn die Männer wussten, dass dieses Mal ihr Überleben mehr vom Glück abhing, als von ihren außergewöhnlichen Fähigkeiten. Diese Akzeptanz nahm den Männern die Angst, gab ihnen die Fähigkeit zu funktionieren, um in ausweglosen Situationen nicht in Panik zu verfallen und ihre Aufgaben zu erfüllen.

Links, neben Paddy Mayne, saß Toby Barrow. Sein Blick war starr geradeaus gerichtet. Wie die Blicke der drei anderen Männer. Die Blicke von Edward Jones, Clark Baker und Ted Meanson.

Die Männer hatten nur leichte Waffen dabei. Ein kurzläufiger Karabiner der Marke Mauser Typ 98k, eine Pistole Walther P38, mehrere Handgranaten. Alles aus deutscher Produktion. Zusätzlich Ersatzmunition, ihre Nahkampfwaffen, zu denen unter anderem mehrere Kampfmesser gehörten, ein Kompass, leichtes Werkzeug sowie Verbandsmaterial und Medikamente. Dazu eine Ration Lebensmittel.

Aber die Männer sollten nicht kämpfen. Ihre Aufgabe war es, jeden ihrer mitgeführten Rucksäcke ans Ziel zu bringen. Dies hatte oberste Priorität. Diese Rucksäcke waren das, worum es ging. Insgesamt drei, die dem Krieg eine entscheidende Wendung geben würden, sollte es

Mayne und seinen Männern gelingen, sie an ihren Bestimmungsort zu bringen.

Die Gruppe war klein. Zu klein, um sich einem Gegner in einer Schlacht zu stellen, aber gleichzeitig lag in der Größe der Gruppe ihre Stärke. Sie konnten schnell unterwegs sein, und die Möglichkeit, sich unauffällig einem Ziel zu nähern, war mit einer Handvoll Leuten deutlich größer.

Mayne schob den linken Ärmel seiner Fliegermontur ein Stück hoch und sah auf seine Uhr. Es war eine besondere Uhr. Ein Chronograf, den nur Männer deutscher Spezialeinheiten der Luftwaffe trugen. An sich, fand Mayne, eine gelungene Uhr, wenn nicht dieses verhasste Hakenkreuz von seiner wahren Herkunft zeugte. In wenigen Minuten würden sie sich bereit machen. Dann würde sich die Klappe des Transportflugzeuges öffnen. Sie würden zur Absprungrampe gehen, die Karabiner ihrer Fallschirme in die Seilvorrichtung des Flugzeuges einklinken und einer nach dem anderen in die unbekannte Schwärze springen.

Mayne schob den Ärmel zurück. Er umklammerte den Lauf seines deutschen Schnellfeuergewehres, welches zwischen seinen Beinen stand. Er spürte die Kälte des Metalls durch seine Handschuhe.

Bisher schienen die Deutschen sie noch nicht bemerkt zu haben. Zu groß war offensichtlich deren Überheblichkeit nach den erfolgten Angriffen auf die britische Insel. Er hoffte, dass dies so blieb und sie nicht gezwungen wurden, außerhalb der berechneten Koordinaten zu landen. Mayne rückte seinen Kragen zurecht. Die deutschen Uniformen waren ungewohnt und der harte Stoff rieb an seinem Hals. Wieder wanderten seine Augen über die Gesichter der

Männer. Die schwarz-grüne Tarnfarbe, die sie aufgetragen hatten, nahm ihnen die vertraute Persönlichkeit. Und auch die fremden Uniformen trugen dazu bei, dass Paddy Mayne Männer sah, die er nicht zu kennen schien. In der Tat, er erkannte deutsche Soldaten. Aber warum kam kein Hass in ihm auf?, fragte er sich. Weil sein Verstand ihm sagte, dass es seine Kameraden waren? Gab es denn etwas, was einen Deutschen als Deutschen erkennbar machte? Waren sie tatsächlich anders? Bösartig? Mayne sah weiter auf seine Männer. Nein. Man hätte zwischen ihnen deutsche Soldaten setzen können. Es hätte keinen Unterschied gemacht. ›Wenn der Respekt vor einem Menschen zu groß wird, so groß, dass er dich zu Boden zu drücken scheint, dann stelle ihn dir nackt vor!‹, hatte sein Vater ihm immer gesagt. ›Du wirst sehen, er unterscheidet sich nicht von den anderen. Nicht von dir. Nicht von mir. Nackt sind wir alle gleich!‹

Sein Vater hatte recht. Mayne war sich bewusst, dass auch die meisten Deutschen einfache Befehlsempfänger waren. Väter. Ehemänner. Und in Friedenszeiten vielleicht sogar Freunde.

Wieder schob Mayne den Ärmel seiner Jacke hoch und sah auf seine Uhr. Noch fünf Minuten …

Der Nachthimmel wurde in ein gleißendes Licht getaucht. Schlagartig. Mayne hörte, wie das Motorengeräusch der Handley Page H.P.54 Harrow zu einem lauten Dröhnen anschwoll. Spürte das aufkommende Vibrieren, welches sich von den Motoren auf den Rumpf des Flugzeuges übertrug und die Männer aus ihrer Trance riss. Unmittelbar darauf waren die Detonationen der Flugabwehrgeschütze zu hören, die im Inneren der Transportmaschine wie explodierende Feuerwerkskörper klangen. Die Männer sprangen auf. Mayne stolperte zur Pilotenkanzel, da der Pilot durch waghalsige Flugmanöver versuchte, der Flugabwehr am Boden ein möglichst schlechtes Ziel zu bieten.

»Ihre Männer sollen sich bereit machen!«, schrie der Pilot gegen das Dröhnen der Motoren und die Explosionen der Flakmunition an.

»Wie weit bis zum Ziel?«, rief Mayne.

»Circa acht Meilen!«

Mayne taumelte zurück in den Laderaum. »Fertig werden, Mädels! Wir gehen raus«, rief er. Sofort begaben sich die Männer zur Absprungrampe. Einer nach dem anderen klinkte seinen Karabiner in die Vorrichtung, welche nach dem Sprung aus der Maschine den Schirm automatisch öffnen würde.

»Wie weit noch?«, rief Ted Meanson.

»Wir sind fast über dem Zielgebiet!«, schrie Mayne gegen das immer heftiger werdende Flakfeuer an.

Die Männer sahen durch die Fenster der Maschine. Sie flogen in einer Höhe von vielleicht tausend Metern. Der Tag war günstig gewählt. Der Himmel war wolkenverhangen und bot dem Mond keine Möglichkeit, das Land unter sich zu beleuchten. Einige Raketen, die in der Nähe der Maschine detonierten, erhellten die Umgebung für einen Augenblick, um den Flakgeschützen die Möglichkeit zu geben, ihre Leuchtspurmunition ins Ziel zu bringen.

Die Maschine wurde zur Seite gerissen. Die Männer stürzten, dabei drohten die Seile ihrer Fallschirmmonturen sich ineinander zu verfangen. Das Dröhnen der Motoren verwandelte sich in ein hohes Kreischen. Im Schein einer weiteren Leuchtrakete sahen die Männer, wie eine dicke schwarze Wolke aus einem der beiden Triebwerke drang.

Die Schnauze des Flugzeuges veränderte die Lage, zeigte fast senkrecht Richtung Erdboden. Noch bevor sich die Männer erheben konnten, wurden sie erneut durch die Gegend gewirbelt. Schlugen hart gegen die Flugzeugwände.

»Treffer!«, hörte Mayne den Pilot rufen. Weitere Worte wurden von den Geräuschen um sie herum verschluckt. Dann bemerkten die Männer, wie sich die Maschine anhob. Dem Piloten war es gelungen, den Sturzflug abzufangen und die Maschine zu stabilisieren.

Das Flugzeug war zwar wieder halbwegs unter Kontrolle, aber sie waren dem Feind näher, als sie sich wünschten.

»Raus«, schrie Mayne.

Clark Baker rappelte sich auf und öffnete die Absprungklappe. Sofort schlug den Männern ein mörderischer Wind entgegen, der sich binnen Bruchteilen einer Sekunde in einen gewaltigen Sog verwandelte und an den Männern zerrte.

Die Männer der SAS vergeudeten keine Zeit. Einer nach dem anderen sprang aus dem Flugzeug. Für einen Moment verlor Mayne die Orientierung. Er drehte sich mehrmals, als er aus der Maschine sprang, bis ein gewaltiger Ruck ihn erfasste und der geöffnete Schirm ihn mit brachialer Gewalt nach oben riss.

Sie waren draußen. Das Geräusch des getroffenen Flugzeuges entfernte sich rasch. Schon bald wurde es vom

Bodenfeuer übertönt. Das Einzige, was er nun wahrnahm, war das Pfeifen des Windes, der sich an seiner Kleidung und seiner Gesichtshaut zu schaffen machte, und das dumpfe Geräusch der Flugabwehrgeschütze tief unter ihm. Mayne erkannte, wie die mächtigen Bodenscheinwerfer der Deutschen dem Flieger folgten. Auch die Detonationen der Flakabwehr bewegten sich mit der Maschine. Die Männer befanden sich in der schlimmsten Situation. Solange sie in ihrem Schirm zu Boden glitten, waren sie hilflose Ziele. Wie schon so oft spürte Mayne diesen enormen Adrenalinausstoß. In einer Form, die man nur wahrnahm, wenn man dem Tod direkt in die Augen sah. Mayne versuchte durch die Dunkelheit hindurch die anderen Männer zu finden. Doch das Einzige, was er bemerkte, waren die wenigen Lichter der Stadt unter ihm. Plötzlich erhellte sich der Himmel. Mayne erblickte die dicken Strahlen der Scheinwerfer, die im Zickzackkurs den Himmel absuchten. Wenn sie ihn jetzt erfassten, war er ein leichtes Ziel. Mayne spürte sein Herz bis zum Hals klopfen. Fühlte das Pochen seines Blutes in den Schläfen. Die Zeit schien für ihn auf einmal eine neue Dimension anzunehmen. Unendlich lang dehnten sich die nächsten Sekunden. Er hörte in der Ferne ein lautes Grollen und als er den Kopf zur Seite nahm, sah er in Bodennähe kurz das Aufleuchten einer Stichflamme. Mayne konnte die Entfernung nicht abschätzen, aber die Detonation kam aus der Richtung, in der das Flugzeug verschwunden war. Von unten tauchte ein Lichtkegel auf. Er tanzte regelrecht unter seinen Füßen. Instinktiv hob Commander Mayne die Füße an, als wollte er vermeiden, den Lichtschein zu berühren. Abrupt drehte der Lichtkegel nach links ab, suchte nun in unruhigen Bahnen neben ihm. Dann wanderte der Suchscheinwerfer über ihn hinweg, um sich anschließend zu entfernen.

Mayne kniff die Augen zusammen, als könne er so die Dunkelheit besser durchdringen. Er versuchte einzuschätzen, wann er mit der Landung zu rechnen hatte. Mit beiden Händen hielt er sich an dem Seilzug des Fallschirmes fest, der ihm bescheidene Möglichkeiten der Kurskorrektur einräumte. Plötzlich schälten sich aus dem Dunkel die Wipfel einiger Bäume heraus. Mit einem leichten Rascheln glitten seine Stiefel über das Astwerk hinweg. Die Wolkendecke riss auf, und Mayne konnte den Boden direkt unter ihm erkennen. Er sah eine weitere Baumgruppe, davor einen Acker, den er in wenigen Sekunden überfliegen würde. Er wollte es vermeiden, in die Baumgruppe zu rasen. Er flog ungefähr in einer Höhe von fünf Metern. Aber in Anbetracht des Gewichtes seines Rucksackes und der hohen Geschwindigkeit, mit der er unterwegs war, konnten diese fünf Meter tödlich sein. Fieberhaft versuchten seine Augen die Dunkelheit zu durchdringen. Mayne erblickte eine Lücke in der Baumreihe, die er ansteuerte. Mit beiden Händen löste er den Schirm. Paddy Mayne schlug hart auf den Boden und rollte sich zur Seite, um der Wucht des Aufpralls etwas von seiner Kraft zu nehmen. Mehrfach überschlug er sich, bis er hart gegen einen Baumstamm stieß. Für einen Augenblick war er benommen. Rang nach Luft. Die harte Landung schien seine Atmung blockiert zu haben. Er musste sich erst mal sammeln. Das Atmen fiel ihm schwer. Etwas brannte höllisch in seiner linken Seite. Mayne setzte sich auf und löste den Rucksack, der ihn zu Boden zog.

Er bemühte sich, seine Atmung unter Kontrolle zu bringen. Dann lauschte er in die Dunkelheit hinein. Nichts. Absolute Stille. Nur sein unterdrücktes Schnaufen war zu hören. Instinktiv wanderte seine Hand zu der Stelle, die schmerzte. Fürchterlich schmerzte. Vorsichtig berührten seine Finger die Wunde. Mayne fühlte etwas. Einen Fremdkörper, der sich in seine Seite gebohrt hatte. Er widerstand dem Drang, sich den Gegenstand aus der Wunde zu ziehen. Zu groß war das Risiko, dass ein Blutgefäß verletzt war und er verbluten könnte, da der Gegenstand nahe seiner Niere steckte. Er hoffte, dass dieses stark durchblutete Organ nicht verletzt war. Wenn dem so wäre, war er ohnehin erledigt. Aber vielleicht blieb ihm noch etwas Zeit, um seine Männer zu erreichen. Mayne erhob sich. Schwerfällig. Bei jeder Bewegung bohrte sich der Gegenstand tiefer in seine Wunde. Er blickte an sich herunter und sah, dass ein Ast in seiner Seite steckte und deutlich herausstand. Wie tief sich der Ast in seinem Körper befand, vermochte er nicht zu schätzen. Er wusste, dass ihm nicht viel Zeit blieb. Die Stille, die ihn umgab, die in einem geradezu grotesken Gegensatz zu dem ohrenbetäubenden Lärm des Beschusses stand, war trügerisch. Die Deutschen wussten, dass es nur ein feindliches Flugzeug gewesen sein konnte, welches den Nachthimmel durchquert hatte. Sonst hätten sie es nicht beschossen. Daran gab es für ihn keinen Zweifel. Und ebenso zweifelte er nicht daran, dass der Feind bereits unzählige Gruppen von Spähern ausgesandt hatte. Sie würden ihn jagen. Gnadenlos jagen. Doch noch hatte er einen Vorsprung. So hoffte er zumindest. Er ging zu einem Baum und lehnte sich dagegen. Dann zog der Commander sein Kampfmesser aus der Scheide, die an seiner

Wade befestigt war. Er fasste den Ast, holte tief Luft und hielt den Atem an. Mit einem kurzen Ruck kappte er den Ast direkt über der Wunde. Der Schmerz, der in Bruchteilen von Sekunden sein komplettes Denken einnahm, ließ Übelkeit in ihm aufsteigen. Er sank auf die Knie und übergab sich. Mayne wusste, dass diese Wunde ihm nicht die notwendige Zeit lassen würde, ihren Plan in die Tat umzusetzen, wenn es ihm nicht gelang, zum Treffpunkt zu kommen. Ein alter Bootssteg in der Nähe des eigentlichen Ziels. Dort wartete ein Kontaktmann, der ihnen behilflich sein würde. Notdürftig, mit zitternden Händen, legte er sich einen Verband an. Mayne sah sich um und entdeckte seinen Schirm in ein paar Metern Entfernung. Schnell faltete er ihn zusammen und versteckte ihn unter einigen Ästen.

*

Hundert Meter weiter lag Toby Barrow im Gebüsch. Tief presste er seinen Körper ins Erdreich. Die deutschen Soldaten suchten die Gegend ab. Barrow wusste nicht, ob sie von ihrer Landung Kenntnis hatten oder ob es sich um eine Routinepatrouille handelte, die stets dann nach vermeintlichen Fallschirmjägern suchte, wenn ein feindliches Flugzeug in den Luftraum eingedrungen war. Barrow konnte deutlich ihre Stimmen hören. Und das, obwohl sie sich bemühten, leise zu sprechen. Er spähte über ihre Köpfe. Sein Fallschirm befand sich wenige Meter über den deutschen Soldaten. Ein einziger Blick nach oben oder eine verräterische Brise würden ihn in echte Bedrängnis bringen. Er fürchtete nicht um sein Leben. Sein Gewehr war entsichert. Selbst wenn sie den Fallschirm sahen, hatte er das Überraschungsmoment auf seiner Seite. Doch eine Schießerei und mehrere tote Soldaten würden ihren Plan enorm gefährden. Solange man nicht mit ihnen rechnete, konnten sie sich im Feindesgebiet bewegen. Aber hatte man von ihrer Landung Kenntnis, so waren ihre Chancen gleich null. Man würde sie erbarmungslos jagen.

Der deutsche Aufklärungstrupp entfernte sich. Barrow sah auf die Uhr. In wenigen Stunden musste er am Treffpunkt sein, sonst würde der Trupp ohne ihn losmarschieren. Es galt, seine Position herauszufinden. Er ließ den Rucksack im Gebüsch, kletterte den Baum hinauf und bekam tatsächlich den Schirm zu fassen, der sich allerdings zu stark im Geäst verhakt hatte, sodass es ihm nicht gelang, ihn zu lösen. Barrow musste ihn verstecken. In wenigen Stunden würde es hell werden und der Schirm würde gefunden werden. Toby Barrow zog sich langsam hoch und ergriff mit einer Hand den Ast, an dem der Schirm hing. Mit der andern Hand zog er sein Kampfmesser hervor. Leine für Leine durchtrennte er, bis der Schirm mit einem leisen Rascheln zu Boden glitt und sich beinahe sanft über das modrige Laub legte.

*

Commander Mayne kam nur langsam voran. Eine Vielzahl gestandener Männer hätte dem Schmerz, welcher der Ast in seiner Seite verursachte, nichts entgegenzusetzen gehabt. Aber Commander Mayne war aus anderem Holz geschnitzt. Trotzdem kostete es ihn Kraft. Seine Kleidung war schweißgetränkt. Nach kurzer Zeit legte er seinen Rucksack ab. Zu schwer wog die Last, die ihn zusätzlich schwächte. Er entnahm eine Landkarte, versteckte den Rucksack, wie er seinen Fallschirm getarnt hatte, und machte sich auf den Weg, um einen Hinweis auf die derzeitige Position zu erhalten. Er war in unmittelbarer Nähe eines Ackers gelandet, den er vor seiner Landung überflogen hatte. Also musste sich nicht allzu weit entfernt eine Straße befinden. Mayne zog seine Pistole hervor und schritt, jede Deckung ausnutzend, in südliche Richtung. Immer wieder blieb er stehen und lauschte. Die Nacht hatte ihren eigenen Charakter. Jedes Geräusch, jedes Rascheln wurde zu einem potenziellen Feind. Jeder Gegenstand, jeder Baum, jedes Gebäude erwachte in der Finsternis zu einem bedrohlichen Etwas. Dann spürte er, dass der Boden unter seinen Füßen sich fester anfühlte. Mayne schritt weiter. Er machte eine Fahrspur aus. Dazwischen wuchs Gras. Es musste ein Weg sein, den der Bauer mit seinem Trecker oder seinem Fuhrwagen benutzte. Der Commander sah sich um. Um auf eine Straße zu gelangen, müsste er seine Deckung aufgeben, was er ungern tat. Mayne schaute nach oben. Der Himmel war wolkenverhangen, doch es gab Momente, wo die Wolkendecke aufriss. Der Commander lotete seine Chancen aus. Er war verletzt. Nur war das nicht sofort zu erkennen. Mayne sprach kein Deutsch. Einer Kontrolle konnte er somit nicht standhalten, jedoch war er ohne Kenntnis seiner Position aufgeschmissen. In wenigen Stunden würde der Morgen anbrechen und bis dahin musste er seine Kameraden erreicht haben. Irgendwie.

Der Commander schritt voran. Er wusste nicht, wie viel Blut er verloren hatte, aber er spürte Kaltschweiß. Ein sicheres Zeichen dafür, dass er einiges verloren hatte.

Er hoffte, dass es nicht so viel war, dass er bald aufgeben musste. Selbst wenn sich der Blutverlust im Rahmen hielt, würde sich die Wunde entzünden. Davon musste er ausgehen.

In mehreren hundert Metern Entfernung zeichnete sich ein Gebäude in der Dunkelheit ab. Mayne sah auf die Uhr. Es war 3.30 Uhr. Langsam schritt er auf das Gebäude zu. Er hoffte inständig, dass es nicht von einem Hund bewacht wurde, der ihn durch sein Bellen verraten würde. Doch es blieb ruhig. Noch wenige Meter trennten ihn vom Gebäude. Es war ein altes Fachwerkhaus. Schwarz stachen die alten Holzbalken aus den weiß getünchten Mauern hervor. Mayne vermutete, dass es sich um einen Bauernhof handelte. Etwas irritierte ihn. Roch ein Bauernhof nicht einzigartig? Nach Heu? Vieh? Einem stinkenden Misthaufen? Der Commander drückte seinen Rücken an die Mauer des Hauses und schlich bis zur nächsten Ecke. Mayne hörte in die Stille. Nichts regte sich. Ihm schien, dass das Anwesen verlassen war. Mit schnellen Schritten überquerte er den Innenhof, um anschließend in geduckter Haltung Schutz an den Mauern einer Scheune zu finden. Commander Mayne suchte nach etwas, das anders war. Im Inneren der Scheune. Geräusche. Stimmen. Irgendetwas. Aber er hörte nichts. Der Hof war unbewohnt. Verlassen. Das Pochen in seiner Wunde ergriff wieder Besitz von ihm. Die Verletzung begann, an seinen Reserven zu zehren.

Commander Mayne hoffte auf ein Straßenschild hinter der Scheune, das ihm verriet, wo er sich befand. Seine Hand umspannte den Lauf der Pistole. Er blickte in alle Richtungen, konnte jedoch keinen Feind ausmachen. Sein Blick folgte einer alten Mauer, die den gesamten Hof umgab. Eine Aufschichtung alter Steinplatten, vielleicht einen Meter hoch. Ihre Aufgabe war nicht das Verhindern unerlaubten Betretens. Vielmehr war sie eine scheinbare Barriere, welche die Eigentumsgrenze darstellte. Mayne erspähte in einigen Metern Entfernung ein Loch in der Mauer. Dort musste der Zugang zum Hof sein und vielleicht ein Straßenschild oder zumindest der Name des Gehöfts. Der Commander näherte sich dem Zugang. Er war sich nun sicher, allein zu sein. Dessen ungeachtet bewegte er sich vorsichtig vorwärts. Sein trainierter Instinkt ließ es nicht zu, dass er unachtsam wurde.

An der Einfahrt zum Hof blickte er sich um, ohne ein Straßenschild zu entdecken. Nichts, was ihm Aufschluss darüber gab, wo er sich befand. Commander Mayne drehte sich um. Er musste zurück. Er durfte sich nicht zu weit von der Ablagestelle seiner Sachen entfernen. Zum einen bestand die Gefahr, dass er sie nicht wiederfand. Zum anderen wusste er nicht, wie lange er noch durchhalten würde. Er musste seine Ausrüstung holen oder sie notfalls vernichten, wenn er sich sicher war, es nicht zum Treffpunkt zu schaffen.

Das Geräusch, wenn ein Pistolenhahn gespannt wurde, war etwas, das Mayne aus hunderten von Geräuschen unterscheiden konnte.

»Eine einzige Bewegung und ich puste dir deinen verdammten Schädel von den Schultern!«, hörte er einen Mann sagen.

Aber Commander Mayne verstand den Mann nicht. Er vermutete am Klang der Stimme, dass es ein deutscher Soldat war. Unmittelbar darauf wurde Mayne von

Scheinwerfern geblendet. Unter normalen Umständen hätte der Soldat vor ihm keine Chance gehabt. Selbst mit einer gespannten Waffe. Einem Top-Mann der SAS mit einer Schusswaffe zu begegnen, war nur dann sicher, wenn man sie augenblicklich benutzte. Das tat der Soldat nicht. Er stand darüber hinaus viel zu nah in der Reichweite des SAS-Mannes. Doch Commander Mayne wusste nicht, wer sich hinter den Scheinwerfern befand. Seine Gegner sahen alles, er nur den Soldaten vor sich. Es galt, auf seine Chance zu warten. Denn es gab immer eine Chance, war sie noch so winzig. Wichtig war, sie ohne zu zögern zu ergreifen.

Die Augen des Soldaten fielen auf Commander Maynes Uniform. Kurz zeigte er sich irritiert.

»Können Sie sich ausweisen, Herr Hauptmann«, sagte der Soldat. Mayne nahm flüchtig wahr, wie der deutsche Soldat den Zeigefinger vom Abzug nahm und neben den Lauf platzierte.

»Weisen Sie sich aus!«, bellte ihn der Soldat an. Maynes Körperhaltung entspannte sich. Nichts an ihm sollte verraten, dass er jederzeit bereit war, seinen Gegner anzugehen.

»Irgendetwas stimmt mit dem Kerl hier nicht!« Der Soldat fixierte weiter Mayne, drehte den Kopf ganz leicht zur Seite, weil er weiterhin auf eine Antwort seiner Kameraden wartete.

»Hans? Günther?«

Zwei Soldaten. Mindestens, dachte Mayne.

Eine Antwort blieb aus.

»Hört ihr mich?«, rief der Soldat nach hinten. Wieder nahm Mayne die Unsicherheit in den Augen des Mannes wahr. Er war jung. Offensichtlich ein unerfahrener Soldat. Mayne schätzte, dass er vielleicht 19 oder 20 Jahre alt war. Das erklärte seine unprofessionelle Vorgehensweise.

Immer noch keine Antwort.

Wenn die Männer nicht antworteten, waren sie vielleicht anderweitig beschäftigt. Abgelenkt. Vielleicht auch nicht direkt hinter den Scheinwerfern. Wenn er den Mann vor ihm tötete, konnte er möglicherweise entkommen. Die Chance war gering. Aber sie bestand.

Noch bevor Commander Mayne einen Entschluss fassen konnte, weiteten sich plötzlich die Augen des Soldaten und sein Mund öffnete sich. Es schien, als wollte er seine Verwunderung in Worte fassen. Doch er brachte keinen Ton heraus. Gleichzeitig umfasste eine kräftige Hand die Pistole des Soldaten und hob den Lauf gen Himmel. Dabei presste sie die Hand des Soldaten wie eine Schraubzwinge zusammen, sodass sein Zeigefinger nicht an den Abzug kam. Während der Mann zusammensackte, drehte er sich leicht um. Ungläubig versuchte er mit dem Rest seiner Lebensenergie die für ihn unfassbare Situation zu begreifen.

»Ihre Wunde sieht nicht gut aus, Sir«, hörte Mayne Toby Barrow sagen, während er den toten Körper des Soldaten langsam zu Boden gleiten ließ und das Messer aus dessen Rücken zog. Barrow war völlig mit Schlamm bedeckt.

Mayne nahm die Arme herunter. »Das fand ich auch. Daher habe ich sie mit einem Ast geschmückt«, erwiderte Mayne.

Barrow ging zu dem Wagen der deutschen Soldaten. Er schaltete das Licht aus. Nicht mehr geblendet, sah Mayne zwei leblose Körper im Innern des Fahrzeuges.

Ihre Köpfe hingen zur Seite. Der Commander trat näher heran und begutachtete die tiefen Schnitte im Bereich ihrer Kehlköpfe.

»Hinter dem Haus ist ein alter Brunnen. Ich werde die Leichen dort verstecken. Den Wagen schiebe ich in die Scheune.«

Mayne nickte.

Nachdem Toby Barrow die Leichen entsorgt und den Wagen versteckt hatte, wies nichts mehr darauf hin, dass sich vor Kurzem auf dem Hof Soldaten befunden hatten.

»Kommen Sie! Hier entlang«, sagte Barrow und winkte Commander Mayne in die Scheune.

Toby Barrow schaltete eine kleine Lampe an und beleuchtete die freigelegte Wunde des Commanders. »Sitzt tief. Aber ich denke nicht, dass die Niere getroffen wurde. Knapp dran vorbei, würde ich sagen. Ich muss den Ast rausholen. Drücken Sie die Daumen, dass er keine Abzweigungen hat«, sagte er, während er seine Umhängetasche abnahm und öffnete. Dann ging Barrow zum Fahrzeug der Deutschen und schaltete das Licht an. Er hoffte, dass nicht allzu viel des Scheinwerferlichtes durch die alten Bretter der Scheune nach außen drang. Aber es musste ausreichend hell sein, für das, was er vorhatte. Commander Mayne verspannte sich. Er stützte die Arme nach hinten und jede Faser seiner Muskeln zog sich zusammen. Schweiß rann seine Stirn herab. Er begann mit einem Male entsetzlich zu frieren. Barrow beförderte eine Art Zange aus der Tasche hervor. Dazu Verbandsmaterial, eine Flasche mit einer dunklen Flüssigkeit sowie eine Spritze.

Er umfasste mit der Zange das Ende des Astes. Sofort zuckte der Commander zusammen. Mayne fing an, heftig aus- und einzuatmen.

Barrow sah Mayne in die Augen. Diese signalisierten, er solle endlich beginnen. Toby Barrow reichte dem Commander ein Stück Verbandsstoff, welches sich dieser zwischen die Zähne schob.

»Sir. Wären Sie so freundlich, mir das Stück Holz links neben Ihnen zu geben«, sagte Barrow. Commander Mayne drehte sich leicht zur Seite. In diesem Moment packte Barrow die Zange mit beiden Händen und zog den Ast ruckartig heraus.

Mayne unterdrückte einen Schmerzensschrei. Das Einzige, was er von sich gab, war ein Gurgeln. Seine Hände krallten sich krampfhaft zusammen. Kurz hatte er das Gefühl, das Bewusstsein zu verlieren.

Barrow presste einen Verband auf die Wunde und drückte gegen die Blutung an. »Ich habe es mir anders überlegt«, sagte er. »Ich brauche das Holz doch nicht.«

Commander Maynes Atmung begann, sich langsam zu beruhigen. Sein kurzes Haar klebte nass am Schädel. Doch obwohl die Wunde höllisch schmerzte, fand er nach einigen Minuten seine Beherrschung wieder.

Barrow hob vorsichtig den Verband an. Die Wunde blutete, aber sie pulsierte nicht. Ein Zeichen dafür, dass keine wichtigen Blutgefäße verletzt waren. Er ließ sie etwas ausbluten. Nicht viel, da der Commander schon eine große Menge Blut verloren hatte. Aber das ausströmende Blut spülte den Dreck heraus. Anschließend schüttete er die dunkle Flüssigkeit in die Wunde und verband sie.

»Und jetzt, Sir, brauche ich Ihren Arsch!«

Mayne erhob sich, gestützt durch Barrow. Er zog die Hose runter und Toby Barrow rammte ihm die Spritze mit dem Antibiotika in den Gesäßmuskel.

»Verdammt!«, fluchte Mayne.

»Bei allem Respekt, Sir. Es soll helfen und Ihnen kein Vergnügen bereiten.«

Barrow holte etwas aus seiner Brusttasche hervor. »Hier. Nehmen Sie«, sagte er und reichte dem Commander einige Tabletten und seine Feldflasche. »Gegen die Schmerzen.«

Mayne setzte die Flasche ab. »Wissen Sie, wo wir sind?«, fragte er.

Barrow holte eine Karte hervor und breitete sie auf der Motorhaube des Wagens aus. »Wir befinden uns hier«, sagte er und zeigte mit dem Finger auf eine Stelle. »Der Ort nennt sich Kettwig. Offensichtlich eine Kleinstadt. Liegt ganz in der Nähe von Essen. Ich schätze, dass wir circa sechs bis acht Meilen vom Ziel entfernt sind.«

»Acht Meilen«, wiederholte Mayne schockiert. »Ich hatte gehofft, wir wären näher am Ziel. Was von den anderen gehört?«

»Noch nicht, Sir. Aber ich denke, sie werden sich zum Treffpunkt durchschlagen. Was ist mit Ihnen, Sir? Schaffen Sie es?«

Mayne schaute Barrow beinahe strafend an. Aber er hatte recht. Ihre Mission war von enormer Wichtigkeit. Falscher Stolz könnte die Gruppe nicht nur behindern, sondern ihr Leben kosten, und was noch schlimmer war, den Erfolg ihrer Mission gefährden.

»Ich werde es versuchen. Kommen Sie. Wir müssen meine Sachen holen.«

Schon nach wenigen hundert Metern war Mayne klar, dass er es nicht schaffen würde. Ein Marsch über eine Strecke von mehreren Meilen, mit schwerem Gepäck, dazu hinter den feindlichen Linien mit einer solchen Verletzung, der große Blutverlust … Nein. Er war Realist. Schon bald würde man sich auf die Suche nach den drei deutschen Soldaten machen. Selbst wenn man sie nicht sofort fand, würde man misstrauisch werden. Und fand man sie, würde eine gnadenlose Jagd beginnen. Commander Mayne war wütend über seine Unachtsamkeit. Gleichwohl wissend, dass jeder von ihnen zu jeder Zeit entdeckt werden konnte. Doch diese Tatsache nahm ihm nicht sein Schuldgefühl. Aufgrund seines Fehlers mussten drei deutsche Soldaten sterben. Etwas, was er gern vermieden hätte. Nicht um das Leben der Männer wegen. Seine mentale Stärke war groß genug, reichlich Abstand zu solchen Dingen aufzubauen. Es gehörte zum Krieg. Aber es schränkte die Zeit, in der sie sich innerhalb der feindlichen Linien relativ ungezwungen bewegen konnten, enorm ein. Barrow hatte mit dem eigentlichen Inhalt seiner Frage recht. Der Blutverlust war groß, Schwindel plagte ihn und die Wunde schmerzte höllisch.

Sein Atem ging schwer. Barrow beobachtete den Commander aus den Augenwinkeln. Mayne wusste, dass Barrow die Situation exakt einzuschätzen vermochte. Er konnte seine Gedanken erahnen. Die Männer der SAS waren ein eingeschworener Haufen, in dem jeder für den andern alles geben würde. Aus diesem Grund sagte Barrow nichts. Paddy Mayne war sich sicher, dass Barrow ihn notfalls tragen würde. Aber eine Zeitverzögerung war nicht akzeptabel.

Mayne blieb stehen und stützte sich auf die Knie. »Sie wissen, dass es keinen Zweck hat, Barrow«, sagte er.

Barrow sah ihn an.

»Ich halte Sie und die Gruppe unnötig auf. Sehen Sie zu, dass Sie zum Treffpunkt kommen.«

Toby Barrow öffnete den Mund. Wollte etwas sagen, nickte stattdessen. Es fiel ihm schwer, sich mit dem Gedanken tragen zu müssen, einen Kameraden zurückzulassen. Aber diesmal ging es um mehr. Nicht um sein Leben. Nicht um das Leben des Commanders.

Barrow öffnete seine Umhängetasche. »Ich lasse Ihnen meinen Proviant da«, sagte er. Dann begann er, mit einem Faltspaten in einem angrenzenden Gebüsch ein Lager auszuheben. Er tarnte es perfekt. Der Commander würde zumindest eine geraume Zeit nicht gefunden werden.

»Ich komme wieder, Commander«, sagte Barrow, als er Maynes Hand zum Abschied ergriff. Mayne sagte nichts. Er nickte nur. Wohl wissend, dass sein Leben an dieser Stelle ein Ende finden würde. Er sah Barrow hinterher, der schon nach wenigen Metern von der Dunkelheit verschluckt wurde.

Hoffentlich schafften sie es. Hoffentlich, dachte er. Mayne legte seine Waffen neben sich und schloss die Augen.

Paddy Mayne schreckte hoch. Er war eingeschlafen. Der Blutverlust und die Verletzung hatten ihn in einen tiefen, traumlosen Schlaf fallen lassen.

Er lauschte in die Stille. War da ein Geräusch? Seine Hand umklammerte das Schnellfeuergewehr. Mayne legte sich auf den Bauch und entsicherte die Waffe. Wie lange hatte er geschlafen? Wieder konzentrierte er sich auf die Umgebung. Leises Rascheln. Ein Tier?

Der Lauf seines Gewehres zeigte in die Richtung, aus der er das Geräusch vernommen hatte. Mayne spürte, wie sich sein Puls beschleunigte. Der Schmerz in seiner Wunde war verebbt. Ein Schweißtropfen rann in sein rechtes Auge. Trübte vorübergehend seine Sicht.

»Psst! Commander«, hörte er auf einmal. »Ich bin's. Barrow!«

»Hier entlang«, flüsterte Mayne.

Der Commander sah, wie sich eine Gestalt aus der Dunkelheit schälte. »Was zum Teufel machen Sie hier, Barrow?«, fragte er.

Ein zweiter Mann trat aus dem Dunkeln.

»Jones? Verflucht! Ihr sollt zum Treffpunkt!«

»Haben wir vor, Commander. Aber wir dachten, Sie begleiten uns.«

Paddy Mayne verschlug es beinahe die Sprache. Doch bevor er auf das Gesagte etwas erwidern konnte, ergriff Jones das Wort.

»Sir. Ich habe deutliche Feindesbewegung bemerkt. Wir sind weit von unserem Ziel entfernt und es scheint fraglich, ob wir rechtzeitig eintreffen werden.«

»Richtig. Und aus diesem Grund sollten Sie sich hier nicht die Beine in den Bauch stehen, sondern Ihren Arsch in Richtung Treffpunkt bewegen!«

»Sir«, sagte diesmal Barrow. »Jones hat recht. Es wird auch ohne Sie verdammt eng. Ich behaupte, zu eng. Es wird bald hell und wir haben über acht Meilen mit schwerem Gepäck vor uns.«

»Und?«, fragte Mayne ungeduldig.

»Wir haben auf der Karte in der Nähe unseres Treffpunktes ein Krankenhaus ausmachen können. Krupp'sche Krankenhausanstalten, oder so ähnlich.«

»Kommen Sie zur Sache, Mann!«, sagte Mayne zu Barrow.

Barrow holte kurz Luft. »Sir. Wir schaffen es vielleicht nicht. Und ob Sie es glauben oder nicht, mit Ihnen könnte es schneller gehen!«

Mayne war irritiert. Doch Barrow ergänzte: »Jones spricht fließend Deutsch. Wir haben deutsche Uniformen an. Sie sind verletzt. Wir nehmen den Wagen der Deutschen. Den aus der Scheune. Werden wir angehalten, wird Jones sagen, dass wir einen verwundeten Kameraden an Bord haben und schnellstens zum Krankenhaus müssen. Ihre Verletzung sollte glaubhaft genug sein.«

»Das ist Wahnsinn!«, sagte Paddy Mayne.

»Mag sein, Commander. Aber unsere einzige Chance!«

Der Wagen holperte über die Landstraße. Die Blattfedern des Militärwagens gaben jede Unebenheit ungefiltert an die Passagiere weiter. Die Scheinwerfer vermochten die Dunkelheit nur auf wenige Meter zu zerschneiden. Mayne lag auf der Rückbank. Es war Wahnsinn, dachte er wieder, aber gleichzeitig bot sich tatsächlich eine reelle Chance. Eine sehr geringe, aber realistische. Und das war, gemessen an so manchen Einsätzen aus der Vergangenheit, gar nicht mal so wenig. Sie waren bereits geschätzte zwei Meilen gefahren, ohne angehalten worden zu sein. Kurz nach ihrer Abfahrt trafen sie auf eine Gruppe Fußsoldaten, welche freundlich grüßte. Wenn es ihnen gelang, noch etwas weiterzukommen, dann hatten sie tatsächlich eine Chance, den Treffpunkt zum vereinbarten Zeitpunkt zu erreichen.

Mayne hörte, wie das Getriebe knarrte und Jones einen Gang herunterschaltete. Der Motor heulte auf.

»Kontrollstelle«, sagte er kurz. Barrow kletterte über den Sitz auf die Rückbank zu Mayne. Dieser umfasste den Griff seiner Pistole, die er unter seinen Körper schob. Barrow beugte sich über ihn und fingerte eine weitere Verbandsrolle aus seiner Tasche.

Jones bremste den Wagen, der mit einer schaukelnden Bewegung zum Stehen kam. Die Scheinwerfer strahlten die Umgebung taghell aus.

Jones schaltete den Motor nicht aus. Er klappte das milchige Seitenfenster hinunter und sofort drangen Abgase in den Innenraum. Schritte waren zu hören.

»Sieg Heil!«, hörten sie eine Männerstimme. Gleichzeitig konnte Jones beobachten, wie zwei weitere Soldaten um das Fahrzeug schritten. Beide hatten einen Karabiner im Anschlag.

»Notfall«, sagte Jones. »Wir haben einen schwer verletzten Kameraden. Müssen dringend zum Krankenhaus.«

»Einen Verletzten? Ich habe keinen Funkspruch bekommen.«

»Wir haben ihn übernommen. Die Männer, eine Meile von hier, haben uns angehalten. Er hatte einen Unfall. Muss gerade erst passiert sein. Sieht übel aus. Mehr kann ich Ihnen nicht sagen.«

Barrow und Mayne atmeten flach. Sie verstanden das Gespräch nicht, aber die Zeit, in der Jones mit dem Soldaten sprach, kam ihnen zu lang vor. Die Soldaten am Heck des Fahrzeuges erschienen nun auf der Beifahrerseite. Sie leuchteten mit einer Lampe ins Fahrzeuginnere. Sofort begann Barrow, Maynes Hemd nach oben zu schieben. Der rot verfärbte Verband war deutlich sichtbar. Und Mayne sah wirklich schlecht aus. Eine Rolle, die er nicht spielen musste.

»Das muss ich überprüfen«, sagte der Soldat zu Jones. »Zeigen Sie mir Ihre Papiere!«

»Unsere Papiere? Unsere Papiere will er sehen! Gern. Wenn Sie möchten, dass uns der Hauptmann auf der Rückbank wegstirbt, haben wir alle Zeit der Welt. Verstehen Sie? Er stirbt! Also, entweder Sie lassen uns durch oder, wenn Sie es mit Ihrer Beflissenheit nicht vereinbaren können, dann steigen Sie und Ihre Männer zu uns in diese verdammte Karre und überprüfen uns, während wir zum Krankenhaus fahren. Es ist Ihre Entscheidung. Wenn Sie die Verantwortung übernehmen wollen, bitte!« Jones hatte alles auf eine Karte gesetzt. Wenn der Soldat auf seine Zurechtweisung nicht einging, ja vielleicht sogar persönlich beleidigt reagierte, dann würde es eng, verdammt eng werden.

Der Soldat überlegte, sah Jones in die Augen, schätzte ihn ab. Keine Regung war in dessen Gesicht zu sehen. Jones hielt seinem Blick stand. Es war ein Kräftemessen. Hätte Jones dieses Duell verloren, wäre seine Glaubhaftigkeit zum Teufel gewesen. Dann schaute der Soldat kurz auf. Über den Wagen zu den Sicherungsschützen.

»Ich glaube, das ist in Ordnung, Kurt«, hörte Jones auf einmal einen Soldaten von der Beifahrerseite aus sagen. »Der Kerl auf der Rückbank sieht wirklich übel aus.«

Wieder blickte der Soldat Jones an. Dann schritt er um die Motorhaube, riss dem Sicherungsschützen die Lampe aus der Hand und leuchtete in das Fahrzeug. Barrow hatte den alten Verband von Maynes Körper geschnitten. Sofort setzte die Blutung wieder ein. Barrows Hände zeigten sich blutverschmiert. Der Soldat drückte dem Sicherungsschützen die Lampe in die Hand.

»Durchlassen!«, bellte er.

Jones sah, wie weitere Soldaten vor ihm die Sperrbarrieren beiseiteschoben. »Danke«, sagte er.

»Alles Gute für den Herrn Hauptmann. Sieg Heil!«, sagte der Soldat und reckte den rechten Arm in die Luft. Jones erwiderte nichts. Er legte den Gang ein und fuhr los.

*

Harald Bremer sah auf die Uhr. Bisher war niemand eingetroffen. Die Kontaktleute sollten um 6 Uhr erscheinen. Wenn sie es bis hierhin schafften. Wieder sah Bremer auf die Uhr. Er war früh dran und hatte eine halbe Stunde Zeit. Sollten die Männer nicht pünktlich auftauchen, würde er exakt 15 Minuten warten. Kamen sie nicht, musste er davon ausgehen, dass sie gefasst wurden. Als man sich mit ihm in Verbindung gesetzt hatte, war man ihm zunächst mit einem gewissen Misstrauen begegnet. Damals, vor einigen Monaten in einer niederländischen Kneipe. Bremer sprach Englisch. Nicht gut, aber er konnte sich verständigen. Er war kein unbeschriebenes Blatt und wusste, dass man ihn ständig beobachtete. Bereits seit 1933 organisierte er mit seinen Genossen des KJVD und der KPD viele Widerstandsaktionen. Mit dem Ergebnis, dass er und weitere seiner Genossen 1935 inhaftiert und ins KZ Börgermoor gebracht worden waren. Zur Umerziehung, wie es hieß.

Bremer hatte mit seinem alten Holzboot am Ufer der Ruhr festgemacht. Nun paddelte er einen Kilometer flussabwärts. Hätte man ihn verfolgt, hätte er es bemerkt. Das ganze Ruhrgebiet war verdunkelt, seitdem die Briten zu Vergeltungsschlägen ausholten. Es war nahezu unmöglich, bei diesen Lichtverhältnissen ohne künstliche Beleuchtung das unbefestigte Ufer der Ruhr entlangzulaufen. Außerdem kannte er den Fluss wie seine Westentasche. Die Stelle, an der er wartete, war fußläufig sehr schwer zu erreichen. Er nahm seine Angelrute und warf sie aus. Seit einiger Zeit tat er dies. Immer zur selben Zeit. Um keinen Verdacht zu erregen. Obwohl nicht mehr auffällig geworden, bekam er die Willkür des Naziregimes immer wieder zu spüren. Nächtliche Wohnungsdurchsuchungen, spontane Festnahmen und stundenlange Verhöre hatte er nicht selten zu erdulden. Doch Bremer tat ihnen nicht den Gefallen, einen Grund zu liefern, ihn festzusetzen. Wobei er wusste, dass sie keinen Grund brauchten und es wahrscheinlich nur noch eine Frage der Zeit war, bis man ihn als unerwünschtes Subjekt aus dieser Gesellschaft entfernen würde. Die Gerüchte mehrten sich, dass den nach und nach verschwundenen Parteifreunden und Regimegegnern Schreckliches widerfahren war. Aber auch dafür hatte Bremer Sorge getragen. Nach der Aktion würde er sich absetzen. Wenn alles glattging, schon in drei Tagen. Seine Flucht in die Niederlande stand unmittelbar bevor. Von dort aus wollte er nach Frankreich und dann nach Großbritannien. Bremer nahm die Hände vor den Mund und blies seinen warmen Atem hinein. Es war kühl und gerade am Wasser lag die Temperatur noch einige Grad tiefer. Dazu kam die Luftfeuchtigkeit, die in seine Knochen drang.

Nach der Entlassung aus Börgermoor fand er keinen richtigen Job mehr. Dafür hatte man gesorgt. Seitdem hielt er sich mit schlecht bezahlten Gelegenheitsarbeiten über Wasser. Davor war Bremer Bergmann. Wie schon sein Vater und Urgroßvater. Auf Zollverein. Bis ein Stollen eingestürzt war. Bremer hatte eine Lungenquetschung und diverse Brüche erlitten. Nach der Genesung hatte er Atemprobleme. Er war zwar körperlich leistungsfähig, aber die heiße und stickige Luft unter Tage machte ihm zu schaffen. Unmittelbar nach dem deutschen Angriff gegen Frankreich am 10. Mai 1940 hatte das britische Bomber Command mit strategischen Luftangriffen auf das Reichsgebiet begonnen. Verschiedene Industrie- und Verkehrsanlagen der Städte im Rheinland und in Westfalen waren Hauptangriffsziel. Es galt, die Waffenschmiede des Reiches zu zerstören.

Noch waren die Angriffe in ihrem Umfang nicht so groß wie die Bombenteppiche, die Deutschland über die britischen Inseln auslegte. Und auch die Schäden hielten sich in Grenzen, sodass sie keine erheblichen Auswirkungen auf die Rüstungsindustrie ausübten. Aber das Reich bereitete sich vor. Bremer heuerte als Tagelöhner an. Das Ruhrgebiet wurde mit kilometerlangen Luftschutzanlagen durchzogen. Bunkeranlagen wurden gebaut. Versorgungsschächte gefertigt.

Hier arbeitete er zuletzt. Zusammen mit Strafgefangenen und politisch Andersdenkenden.

Bremers Widerstand fand im Verborgenen statt. Er besorgte Wohnungen und falsche Pässe, suchte nach Schwachstellen der örtlichen Polizei. Er notierte deren feste Rhythmen. Wann war Schichtwechsel? Zu welcher

Zeit wurden bestimmte Objekte angefahren und kontrolliert? So verschaffte er den Aktivisten die Zeit, die sie brauchten, um Parolen gegen das Regime an Häuserwände zu pinseln, Flugblätter zu verteilen und Sabotageakte zu verüben.

Die Nacht war außergewöhnlich finster. Dicke Wolken bedeckten den Himmel. Nebelschwaden zogen über die Ruhr und gaben dem Fluss ein unwirkliches, bedrohliches Aussehen. Die dürren Äste der alten Bäume der Ufervegetation schienen nach ihm greifen zu wollen. Doch auf Bremer wirkten sie nicht bedrohlich. Sie waren Verbündete. Sie kannten ihn und er kannte jeden einzelnen Baum.

Wieder sah Bremer auf die Uhr. Noch 30 Minuten.

*

Mayne und seine Männer fuhren mit dem Militärfahrzeug ungefähr eine halbe Meile die Straße entlang. Nahezu Schrittgeschwindigkeit, weil die Straße ein höheres Tempo nicht zuließ. Und trotzdem benötigte Jones seine ganze Konzentration, um den Wagen auf der schmalen Straße zu halten. Als sie außer Sichtweite der Kontrollposten waren, hielt Jones an und studierte die Karte.

»Wir befinden uns ungefähr zwei Meilen vom Treffpunkt entfernt.«

Mayne richtete sich auf. Er sah schlecht aus. Schmerz hatte die Angewohnheit, Gesichter zu verändern, ihnen seine eigenen Züge aufzuzwingen. »Viel Zeit haben wir nicht. Gehen wir davon aus, dass sich der Kontrollposten nach uns erkundigt. Und wenn die drei Soldaten als vermisst geführt oder sogar gefunden werden, dann wird selbst ein Idiot zwei und zwei zusammenzählen können.«

»Man wird also nach drei Soldaten in einem Militärfahrzeug suchen. Einer davon verletzt. Somit wird man sich bei einer möglichen Suche vermehrt auf die Straßen konzentrieren. Es scheint das Beste, wir verstecken den Wagen und schlagen uns den Rest des Weges zu Fuß durch«, sagte Barrow.

»Schaffen Sie es, Sir?« Barrow sah Commander Mayne in die Augen.

»Ich werd es versuchen. Vorschläge zum Fahrzeug?«

Jones fuhr mit den Fingern die Karte entlang. »Hier unten ist der Fluss, an dem unser Treffpunkt liegt«, sagte er. Wir können den Wagen hier in der Nähe verstecken und riskieren, dass er gefunden wird. Oder wir versuchen, den Fluss zu erreichen, wo wir ihn eventuell versenken können. Beides birgt Risiken.«

»Zumindest führt uns der Flusslauf direkt zum Treffen«, sagte Barrow.

»Okay, Jones. Fahren Sie zum Fluss!«

Nach Jones' Schätzungen befanden sie sich ungefähr eine Meile von der Ruhr entfernt.

Die Karte zeigte zwei Hauptstraßen, die zwei Brücken passierten. Eine weiter zurückliegend in Kettwig, die andere in Werden. Abgesehen davon, dass diese Wege die Gefahr bargen, dass sich Kontrollposten an den Brücken befanden, brachten sie diese Straßen wieder ein gutes Stück vom Treffpunkt weg. Jones entschied sich für eine der zahlreichen Nebenstrecken. Sie waren strategisch unbedeutend, da sie lediglich auf ihnen zum Fluss gelangen konnten und manche teilweise dort endeten.

An einer Abzweigung sah Jones wieder auf die Karte.

»Die Straße hier bringt uns geradewegs zum Fluss. Wenn die Karte aktuell ist. Unsere Jungs haben die Gegend hier mit ihren Bomben ganz schön umgepflügt«, sagte Barrow.

Jones stieg aus. Mit dem Kolben seines Schnellfeuergewehrs schlug er die Rück- und Bremslichter des Wagens ein. Als er sich wieder in den Wagen setzte, schaltete er den Motor aus, kuppelte aus und ließ den Wagen rollen.

»Wie lange noch?«, fragte Mayne.

Barrow sah auf seine Uhr. »20 Minuten bis Teatime. Plus eine Viertelstunde. Maximal.«

Der Wagen rollte die abschüssige Straße entlang. Das Quietschen der Blattfedern und die Geräusche, welche die Karosserie bei jedem der zahlreichen Schlaglöcher von sich gab, wirkten in dieser Situation ohrenbetäubend. »Es kann nicht mehr weit sein«, sagte Jones.

Die Straße beschrieb eine Kurve. Jones stoppte abrupt. Die Männer blickten auf eine Straßensperre, die sich unmittelbar vor ihnen befand. Schlagartig wurden sie von Scheinwerferlicht erfasst.

»Raus!«, brüllte Mayne. Jones schlug die Fahrertür auf. Mit einer Hechtrolle landete er im Gebüsch. Mayne öffnete die hintere Tür und ließ sich aus dem Wagen fallen. Barrow über ihm. Auf dem Boden liegend wurde Mayne von Barrow am Kragen gepackt und ins Gebüsch geschleudert. Gerade in dem Moment, als die Kugeln der Deutschen den weiterrollenden Wagen durchlöcherten. Barrow zog Mayne hoch. Gemeinsam rannten sie los, schlugen sich blind durch das Buschwerk. Jones hielt ihnen den Rücken frei. Mit einer Stoßsalve schoss er in Richtung der Straßensperre. Die Männer hörten das Aufbrüllen von Motoren gemischt mit dem Gebrüll von Stimmen, die Befehle zu erteilen schienen.

Kugeln flogen ihnen um die Ohren. Sie vernahmen das hohe Surren der Projektile, wenn sie nahe an ihnen vorbeirasten. Ihre Sicht in dieser rabenschwarzen Nacht war gleich null. Sie waren zu erfahren, um ihr Heil in der unkontrollierten Flucht zu suchen. Barrow und Mayne warfen sich zu Boden.

»Unten bleiben! Auf neun Uhr!«, rief ihnen Jones zu. Alle warfen sich zu Boden. Das Gelände war leicht abschüssig, sodass die Kugeln der Deutschen über ihre Köpfe hinwegflogen.

Mayne und Barrow hörten, wie die Stimmen der Männer und die Detonationsgeräusche ihrer Treibladungen näher rückten. Sie mussten unmittelbar vor ihnen sein. Dann bellte ein Sturmgewehr linksseitig von ihnen. Jones hatte seine Position auf neun Uhr eingenommen und ging ihre Feinde nun von der Seite an.

Sofort war zu hören, wie sich das gegnerische Feuer Jones näherte.

Barrow zog den Sicherungsbolzen aus seiner Handgranate und warf sie in die Richtung des Feindes. Er betete, dass er keinen Baum in ihrer Nähe traf. Gleichzeitig drückte er Mayne zu Boden und warf sich über ihn.

Die Detonation war ohrenbetäubend. Kurz darauf prasselten kleine Steine und Äste auf Mayne und Barrow herab.

Dann folgte Stille. Für wenige Sekunden. Die nachfolgenden Schüsse klangen dieses Mal weiter entfernt als zuvor. Die Deutschen schienen verwirrt. Auch sie sahen beinahe nichts. Ihre Lampen durchdrangen das Buschwerk nur unzureichend und machten sie gleichzeitig zu einem leichten Ziel. Sie merkten, dass sie aus verschiedenen Richtungen angegriffen wurden und zogen sich zunächst zurück, um sich zu orientieren und neu zu formieren.

Barrow half dem Commander auf. In gebückter Haltung schlugen sie sich weiter durch. Neben ihnen krepierte eine Granate und warf erneut Erdreich hoch, welches wie ein Hagelschauer auf sie niederging. Hart schlugen ihnen die Äste und Zweige ins Gesicht. Dann erfolgte eine weitere Detonation. Diesmal in der Nähe der Straßensperre.

»Jones, dieser Höllenhund«, sagte Mayne.

Die Männer tasteten sich weiter. »Sir«, sagte Barrow. »Dort!«

Mayne sah den Fluss. Vereinzelte Strahlen des schwachen Mondlichtes spiegelten sich hin und wieder silberfarben in den seichten Wellen.

Wieder hörten sie die Schüsse der Feinde. Doch diesmal aus entgegengesetzter Richtung. »Jones treibt sie von uns weg«, sagte Barrow.

»Dann sollten wir keine Zeit vergeuden!« Sie marschierten einen kleinen Abhang hinunter. Neben dem Fluss verlief eine Bahntrasse, die nicht in ihrer Karte eingezeichnet war. Die Männer rannten die Gleise entlang.

Barrow hatte sich den Rucksack des Commanders über die Schulter geworfen. In der rechten Hand hielt er sein Sturmgewehr fest umklammert. Immer wieder drehte er sich um. Mayne ging vorweg. Sie wussten, dass die Gefahr auf dem Gleis gestellt zu werden um ein Vielfaches größer war. Aber noch graute der Morgen nicht und die Lichtverhältnisse machten ein Vorankommen im Buschwerk nahezu unmöglich. Zumindest in Anbetracht des mittlerweile schmalen Zeitfensters.

Hinter ihnen schien sich die Hölle zu öffnen. Hundegebell, Gewehrfeuer und wild umherschreiende Männer.

»Commander«, flüsterte Barrow.

Mayne sah sich um. In einiger Entfernung tanzten Lichtkegel auf den Gleisen. »Weiter!«, rief Mayne.

Sie erhöhten ihr Tempo, von dem Mayne nicht wusste, wie lange er es noch gehen konnte. Doch sein Adrenalinausstoß trieb ihn weiter.

Dann heulte hinter ihnen ein Motor auf. Erschrocken fuhren die Soldaten herum. Die Deutschen preschten in einem waghalsigen Tempo mit einem schweren Geländefahrzeug über die Schienen direkt auf Mayne und Barrow zu.

»MG!«, brüllte Barrow in Paddy Maynes Richtung.

Mayne blieb stehen. Er drehte sich um und sah, wie sich Barrow ins Gebüsch schlug. Er wusste, was der SAS-Mann vorhatte. Auf der Ladefläche des Fahrzeuges befand sich ein großkalibriges Maschinengewehr. Dahinter stand ein Schütze. Jeden Augenblick würde Mayne von den Scheinwerfern des Fahrzeuges erfasst werden. Er stellte sich auf die Gleise und eröffnete das Feuer in dem Moment, wo er im Lichtkegel der Deutschen auftauchte. Dann sprang er mit einem gewaltigen Satz in den Fluss. Das Einschlagen der Kugeln im Schotterbett der Gleise, wo er wenige Sekunden zuvor stand, drang unter Wasser dumpf in seine Ohren.

Barrow entsicherte die Handgranate. Das Geländefahrzeug preschte an ihm vorbei. Er musste kurz die Augen mit seiner Hand verdecken, damit die aufgewirbelten Schottersteine und der Staub des Gleisbettes ihm nicht in die Augen schossen. Er richtete sich schnell auf, warf die Handgranate direkt auf die Ladefläche des Fahrzeuges, sprang zurück und presste sich auf den Boden.

Obwohl nur wenige Sekunden vergingen, zweifelte Barrow beinahe daran, das Fahrzeug getroffen zu haben. Dann erfolgte die Detonation. Er spürte die Druckwelle in seinen Eingeweiden und wie sie sich mit Überschall in alle Richtungen ausbreitete. Als er den Kopf hochhob, war sie wieder da. Diese unheimliche Stille, die so typisch war. Für einen kurzen Moment nahm sie den Krieg aus der Welt. Diese Ruhe umarmte ihn. Tröstete. Aber Barrow wusste, es war eine trügerische Stille.

Toby Barrow stand auf und warf sich den Rucksack des Commanders über die Schulter. Er rannte los. Das Gewicht seines Gepäcks ließ ihn tapsen wie einen Bären. Vor ihm auf den Gleisen reckte sich eine dicke schwarze Rauchsäule in den Himmel. Barrow hielt die Luft an und rannte geradewegs hindurch. Die brennenden Fahrzeugteile leuchteten die Szenerie gespenstisch aus. Die Explosion hatte das Fahrzeug in zwei Teile gerissen. Barrows Lungen nahmen den Geruch von geschmolzenem Kunststoff, Diesel und verbranntem Fleisch auf. Das Bild, was sich ihm bot, nahm er nur unbewusst war. Zu groß waren die Eindrücke, als dass man sie innerhalb weniger Sekunden, die es brauchte, um den Schauplatz zu durchqueren, bewusst registrieren konnte.

Hinter sich vernahm er Gewehrfeuer. Er rannte im Zickzackkurs über die Gleise und sprang nach links in den Fluss dem Commander hinterher.

Über Commander Maynes Kopf schlugen die Wassermassen zusammen. Es war wie bei einem Sprung aus einem Flugzeug. Man drehte sich und verlor für einen Moment die Orientierung. Nur die Geräusche waren anders. Kein Pfeifen des Windes. Dafür das des aufgewirbelten Wassers, welches dumpf und gefiltert zu ihm drang. Und Kälte. Eine lähmende Kälte. Es war erst Ende Februar und die Temperaturen waren noch nicht ausreichend hoch, um einen Fluss zu erwärmen, wenngleich es für die Jahreszeit außergewöhnlich mild war. Mayne bemerkte, wie das Wasser unaufhaltsam alle Möglichkeiten nutzte, durch seine Kleidung zu dringen. Er spürte Wasser an seinem Oberkörper, wie es sich um seine Beine schlängelte und seine Stiefel füllte. Und er fühlte eine Schwere. Eine Schwere, die ihn nach unten zog. Mayne erlangte das Gefühl für oben und unten wieder. Er streckte seine Beine aus. Fühlte den Grund des Gewässers. Er stand. Zu seiner Überraschung konnte er stehen. Das Wasser reichte ihm bis zum Hals. Tief sogen sich seine Lungen voll Sauerstoff. Mayne merkte, wie die Strömung an ihm zerrte, ihn mitnehmen wollte. Er lauschte. Für einen Moment hörte er nur das Plätschern des Wassers. Dann vernahm er Gewehrfeuer. Entfernt, aber nah genug, um es als bedrohlich zu empfinden. Commander Paddy Mayne setzte einen Fuß vor den anderen. Er versuchte, ans Ufer zu gelangen. Die Steine im Flussbett waren rutschig und er kam nur langsam voran.

Das Ufer war unbefestigt und circa einen Meter über ihm. Der Fluss hatte die Bäume direkt am Ufer im Laufe der Zeit unterspült, sodass das dicke Wurzelgeflecht ihn daran hinderte, den Fluss zu verlassen.

Neben ihm fiel etwas Großes ins Wasser. Unmittelbar darauf landete Barrow neben ihm. Das Gewehr hochhaltend, um es nicht unterzutauchen. Er ergriff die Rucksäcke, die er zuvor ins Wasser geworfen hatte und die sich mit der Strömung zum Feind bewegten. Barrow sagte nichts. Er sah den Commander an und legte den Zeigefinger seiner linken Hand auf seine Lippen. Die Männer pressten sich unter das Wurzelgeflecht der Bäume. Drückten sich tief in das aufgeweichte Erdreich. Barrows Atem ging keuchend.

Stimmen wurden lauter. Klarer. Näherten sich rasch. Männer riefen wild durcheinander. Ein Lichtkegel erschien. Suchte das Wasser unmittelbar vor ihnen ab. Die beiden sahen die kleinen Wellen des Flusses, die für einen kurzen Moment in den Lichtkegeln tanzten. Ein paar Stimmen entfernten sich rasch, weiter die Gleise entlang. Andere blieben in der Nähe. Ein weiteres Motorengeräusch war hörbar, doch es war kein Landfahrzeug. Mayne und Barrow erkannten, dass ein Motorboot den Fluss hochgefahren kam und dass ein großer Suchscheinwerfer das Ufer abtastete. Barrow sah sich um. Die Rucksäcke trieben oben. Er nahm sie und drückte sie tief in das Wurzelgeflecht. Riss an einigen herabhängenden Wurzeln und zog diese, soweit es ging, über die Rucksäcke. Der Lichtkegel war nur noch wenige Meter von ihnen weg. Mayne und Barrow holten tief Luft. Dann tauchten sie unter. Sie stabilisierten ihren Stand mit Ruderbewegungen der Arme.

Das anschwellende Geräusch des Außenbordmotors drang dumpf und bedrohlich an ihre Ohren. Sie blickten zur Wasseroberfläche. Der Lichtkegel war nun direkt über ihnen und erhellte das Wasser.

Für einen Augenblick konnte Mayne Barrows Gesicht erkennen. Er sah die Schwebestoffe des Wassers, welche seinen Kopf umspülten. Algen. Abgestorbene Pflanzenreste. Blieb der Lichtkegel an den andern Stellen des Ufers auch so lang? Oder verharrte er über ihren Köpfen länger als an anderer Stelle?, fragte sich der Commander.

Mayne sah, wie Barrow ihn anblickte. Das verzerrte Bild. Barrows kurze schwarze Haare, die sich leicht in der Strömung bewegten. Seine luftgefüllten Wangen. Einige Blasen stiegen aus seiner Nase. Dann wurde es wieder dunkel. Schlagartig. Die Schwärze kehrte zurück.

Mayne und Barrow tauchten auf. Langsam, nahezu geräuschlos. Sie hörten, wie die Männer auf den Gleisen mit den Männern im Boot Worte wechselten. Sahen, wie der Lichtkegel weiterwanderte und flussaufwärts über das Wasser tanzte.

»Weiter«, flüsterte Mayne. Barrow zog die Rucksäcke hervor. Ihre luftgefüllten Hohlkammern gaben ihnen auftrieb. Barrow reichte dem Commander seinen Rucksack. Die Männer legten ihre Oberkörper darauf und gingen am Ufer entlang, die Deckung ausnutzend, flussaufwärts.

*

Harald Bremer hörte Detonationen, Karabiner, Kampfhandlungen, ungefähr einen Kilometer flussabwärts. Er sah auf seine Uhr. Noch 15 Minuten. Bremer wusste, was dies bedeutete. Man hatte sie entdeckt. Er legte die Angel ins Boot und überlegte.

Blieb er, brachte er sich in Gefahr. Verschwand er, lieferte er die Männer eventuell ans Messer, wenn sie nicht vorher erwischt wurden. Und das Schlimmste war, der Plan, wie auch immer er aussah, war zunichte. Sein Blick richtete sich wieder den Fluss hinunter. Von Weitem sah er einen Lichtstrahl, der unruhig durch die Nacht tanzte. Sie suchten nach ihnen, dachte er.

In der Ferne erkannte er das Motorengeräusch eines Bootes. Und das Geräusch kam beharrlich näher. Bremer vermutete, dass es in vielleicht fünf Minuten bei ihm war. Wenn sie ihn hier mit seinem Boot fanden, würden sie ihn festnehmen. So viel war sicher. Und das Boot zurücklassen? Er verwarf den Gedanken sofort wieder. Bei dem, was sich dort hinten zutrug, musste er innerhalb kürzester Zeit mit einem Aufgebot an Polizei und Soldaten rechnen, die ihm keine Gelegenheit geben würden, eine Lücke zu finden, durch die er entwischen konnte. Bremer ergriff seine Ruder und hieb die Blätter ins Wasser. Es würde knapp werden. Aber er musste es versuchen.

*

Mayne und Barrow kamen nur langsam voran. Das Wasser war tief. Ihre Rucksäcke gaben ihnen zwar Halt, drängten jedoch mit der Strömung in entgegengesetzter Richtung. Auf einmal erscholl Hundegebell ganz in der Nähe. »Wir müssen auf die andere Seite«, flüsterte Mayne.

Barrow sah ihn an. Er war etwas kleiner als Mayne

und das Wasser stand ihm bis zu den Lippen. Er nickte. Sie vermochten sich vielleicht erfolgreich vor den Soldaten verstecken, aber die Schäferhunde würden sie ausfindig machen. Das war sicher.

Die Soldaten in ihrer Nähe konzentrierten sich mittlerweile bei ihrer Suche wieder mehr auf das umliegende Gelände. Nur noch sporadisch bewegte sich ein Lichtkegel über das Wasser. Trotzdem blieb es gefährlich. Wenn sie den Fluss überquerten, würde die Strömung dafür Sorge tragen, dass sie 50 Meter zurückgetrieben würden. Wenn nicht sogar weiter.

Die Sicht wurde besser. Der Himmel graute und der Morgen begann. Bald würde es hell werden. Sie mussten handeln. Sofort. Barrow drehte sich in die Strömung und richtete den Rucksack aus. Er blickte zum Ufer und versuchte, einen Blick auf die Deutschen zu erhaschen. Dann stieß er sich ab. Mayne sah seinen Kameraden nur kurz hinterher, bevor er mit der Dunkelheit verschmolz.

Commander Mayne war wegen der Verletzung und des Blutverlustes am Ende seiner Kräfte. Hinzu kam jetzt die Kälte. Er zitterte am ganzen Körper und spürte, wie sich die Muskeln allmählich seiner Kontrolle entziehen wollten. Aber er musste es versuchen, sonst wäre sein Leben schon in wenigen Minuten keinen Pfifferling mehr wert. Mayne stieß sich ab. Sofort wurde er von der Strömung erfasst. Sie beschleunigte ihn und trieb ihn flussabwärts. Hinter sich hörte er das anwachsende Geräusch des Hundegebells.

*

Bremer ruderte und rutschte dabei mehrere Male an den feuchten Griffen ab. Er musste nachfassen. Kam aus dem Takt. Mit dem Blick auf das Motorboot gerichtet, welches sich ihm mit unverändertem Tempo näherte, bewegte er sich vorwärts. Als Bremer sich umsah, bemerkte er eine Engstelle, die nur wenige Meter entfernt war. Er erhöhte den Druck auf das linke Ruder, sodass sich das Boot drehte, und paddelte auf das Ufer zu. Mit einem Satz sprang er ins hüfttiefe Wasser und befestigte ein Seil an einem Baum, der über das Ufer ragte. Dann drehte er sich um, sprang ab und landete mit dem Oberkörper auf dem Rand des Bootes. Bremer zog sich hoch und fiel polternd ins Boot zurück, wobei er die Angelrute zerbrach. Wieder in Position legte er sich kräftig in die Riemen. Ein Blick zur Seite sagte ihm, dass die Soldaten in dem Boot keine 400 Meter mehr entfernt waren. Er rechnete damit, dass sie in weniger als drei Minuten bei ihm waren, und sah, wie der Lichtschein weiter das Ufer abtastete. Bremer hoffte, dass dies so blieb und die Soldaten sich weiter auf das andere Ufer konzentrierten. Hart stieß sein Boot gegen das Ufer. Wieder sprang er aus dem Boot, nahm das andere Ende des Seils und zog es stramm. Es wog recht schwer, weil es durchnässt war. Bremer hoffte, dass die Länge ausreichte. Er watete durch das Wasser auf der Suche nach einem Baum oder etwas, woran er das Seil befestigen konnte.

Wenn er nur mehr sehen könnte!

Das Motorengeräusch wurde lauter. Wieder sah Bremer den Lichtschein am anderen Ufer. Die Zeit wurde knapp. Eine Weide. Direkt am Ufer. Nicht sonderlich groß. Aber sie musste reichen. Bremer warf das Seil um ihren Stamm. Nur mit Mühe gelang es ihm, das Seil festzuknoten. Das Ende war kurz, das Seil glitschig und schwer und seine Hände kalt und klamm. Doch er schaffte es. Zurück in seinem Boot rieb er seine Hände an seinen Schultern trocken, um ihnen wieder etwas Gefühl zu geben. Dann packte er die Ruder und trieb sie kraftvoll ins Wasser. Bremer ruderte. Er wusste, dass er nun um sein Leben zu rudern hatte.

Der Lichtschein war, wie er vermutete, beinahe in Höhe des Seiles, welches sich in vielleicht einem Meter Höhe über den Fluss spannte. Das Boot fuhr zügig. Nicht schnell, aber doch mit doppelt so hoher Geschwindigkeit wie Bremer zu rudern vermochte. Dieser war nun in Reichweite des Scheinwerfers. Wenn sie ihn auf seine Seite schwenkten, würde er von dem Lichtkegel erfasst. Er steuerte auf das Ufer zu. Äste und Zweige brachen und schlugen ihm ins Gesicht. Der Bootsrumpf schob sich mit einem lauten Knirschen auf die flachen Ufersteine. Der Krach erschien Bremer kilometerweit hörbar. Obwohl sein Verstand ihm sagte, dass dank des Motorengeräusches des Außenborders die von ihm verursachten Laute nicht zu den Soldaten durchdrangen. Zumindest hoffte er das. Bremer kletterte hastig zum Heck des Bootes und spähte in Richtung des Motorbootes. Der Lichtkegel leuchtete nach wie vor die beiden Ufer aus. Die Details der anderen Seite waren nun schemenhaft zu erkennen. Wenn das Seil zu tief oder zu hoch hing, würde das Konsequenzen für ihn haben. Tödliche Konsequenzen.

Das Motorboot der deutschen Soldaten fuhr auf das Seil zu. Der Steuermann blickte nur sporadisch flussaufwärts, um den Kurs zu korrigieren. Bremer sah das Seil nicht, jedoch mussten sich die Soldaten nun unmittelbar davor befinden.

Es hing zu tief! Mein Gott, es hing zu tief!, dachte er plötzlich.

Das Seil erfasste die Soldaten im Bauchbereich. Sie fielen nach hinten, stürzten allerdings nicht ins Wasser. Das Boot blieb stabil. Bremers Herz verkrampfte sich. Panik kam in ihm auf. Er war nicht fähig, zu denken. Starrte nur auf die Situation, die sich so anders darstellte, als er es sich ausgemalt hatte. Der Scheinwerfer hatte sich zufällig geradeaus ausgerichtet. Bremer sah, wie der Lichtschein mit rasender Geschwindigkeit auf ihn zu kam.

Plötzlich bäumte sich das Boot auf. Ruckartig. Dann begann es, sich unglaublich schnell zur Seite zu drehen. Der erste Soldat stürzte ins Wasser.

Das Seil hatte sich in dem Gehäuse des Motors verfangen, dessen Schubkraft ungebremst war. Das Boot neigte sich kurz, um schließlich ruckartig umzukippen. Bremer hörte das klatschende Geräusch, als auch der zweite Soldat und der Steuermann ins Wasser fielen. Der Scheinwerfer leuchtete noch einen Moment unter Wasser, bis auch sein Licht verlosch.

Die Soldaten ruderten heftig mit den Armen. Nach dem ersten Schock begannen sie, allmählich ihre Lage zu erfassen. Sie versuchten, an der Oberfläche zu bleiben, um Luft zu holen. Jener Moment einer Havarie, in denen sich die Verunglückten orientieren mussten. Sich bewusst werden mussten, dass sie sich im Wasser befanden. Ihre Motorik brauchte einen kurzen Moment, um sich auf das Schwimmen einzustellen.

Bremer hatte es geschafft. Zunächst. Sein Plan war aufgegangen. Aber er war kein kampferprobter Soldat. Die Situation überforderte ihn. Sein Verstand reichte nur bis zu dem Kentern des Bootes. Was danach kam, hatte er nicht bedacht. Das wurde ihm auf einmal bewusst. Was sollte er tun?

Die Soldaten im Wasser beruhigten sich und begriffen die Lage. Schon bald würden sie zum Ufer schwimmen. Auf die andere Seite. Schlimmstenfalls auf Bremers Seite.

Jetzt, wo der Scheinwerfer die Szenerie nicht mehr beleuchtete, konnte Bremer die Männer im Wasser nur erahnen. Zwar begann der Tag und es war nicht mehr so finster, aber noch immer schluckte die Dunkelheit mehr, als sie preisgab.

Bremer bewegte sich beinahe unbewusst, wie von einer fremden Kraft gezwungen, am Ufer entlang in Richtung der Soldaten. Er starrte wie gebannt auf die Situation. Dann verharrte sein Blick auf etwas. Auf etwas, das sich vor einem Soldaten befand. Was war es? Bremer konnte es nicht erkennen. Er selbst war vielleicht zehn Meter von dem gekenterten Boot entfernt. Aber das Wasser verwischte die ohnehin nur schemenhaften Konturen.

Bremer konzentrierte sich. Da war doch etwas. Er sah die Köpfe der deutschen Soldaten im Wasser, die wie schwarze Bojen in den Wellen umherschwammen. Sie trieben einige Meter auseinander und versuchten, ans Land zu schwimmen.

Näherte sich dort nicht etwas?

Bremer zweifelte an seinen Augen. Was sollte sich auch dort nähern? Mit einem Mal war der Soldat verschwunden.

Als hätte ihn eine unbekannte Kraft unter Wasser gezogen. Nahezu zeitgleich verschwand der zweite Soldat. Und sie tauchten nicht wieder auf. Der Steuermann hatte sich seinen Kameraden abgewandt. Lotete aus, wo er am besten ans Ufer kommen konnte. Er trieb mit dem Rücken zu Bremer. Dieser sah wieder etwas. Etwas bewegte sich auf den Soldaten im Wasser zu. Dann verschwand auch er. Lautlos.

Bremers Herz raste. Angst erfüllte ihn. Er wollte weg, stolperte zurück zu seinem Boot und kletterte hinein. Versuchte, es mit den Rudern vom Ufer zu stoßen. Aber es gelang ihm nicht. Der Bootsrumpf lag eingekeilt zwischen den Ufersteinen. Bremer sprang erneut ins Wasser, um das Boot abzustoßen.

»Schön, dass Sie pünktlich sind«, hörte er jemanden unmittelbar neben sich auf Englisch sagen. Bremers Herz blieb fast stehen. Er drehte sich um. Blickte in das Gesicht eines Soldaten. Sein Haar tropfte. Er trug Teile einer deutschen Uniform. Bremer brauchte einen Moment, um die Situation zu begreifen.

»Ich muss Sie bitten, noch etwas zu warten. Wir sind noch nicht vollzählig«, sagte der Soldat.

»Ich dachte, man hätte Sie geschnappt«, gab Bremer zurück.

»Beinahe. Es kam in der Tat zu einem unerwünschten und außerplanmäßigen Zusammentreffen. Aber Spannung hält ja bekanntlich das Blut dünn«, sagte der Soldat. Er streckte die Hand aus. »Clark Baker mein Name. Mein Kamerad ist sofort bei uns. Muss sich erst wieder anziehen.«

*

Die Strömung trieb Paddy Mayne flussabwärts. In der Nähe des Ufers versuchte er, einen Ast zu ergreifen, doch er bekam ihn nicht zu fassen. Seine Beine fanden, nicht wie an der anderen Uferseite, an dieser Stelle keinen Boden unter sich. Mayne merkte, wie er sich kaum noch an der Oberfläche halten konnte. Der Rucksack war seitlich weggerutscht. Er hielt ihn krampfhaft fest, aber er schaffte es nicht, ihn unter seinen Oberkörper zu schieben. Wieder trieb er auf einen umgestürzten Baum zu, dessen Äste teilweise über das Wasser ragten. Mayne hob den Arm. Er kam ihm unglaublich schwer vor. Die Kälte ließ es kaum zu, die Hand zu öffnen. Mayne spürte, dass, wenn er diesen Ast nicht erreichte, er ertrinken würde.

Immer näher kam der Baum. Der Rucksack überholte Mayne und zog ihn in eine andere Richtung. Mit letzter Kraft bekam er den Ast zu fassen.

Commander Mayne klammerte sich daran, doch er war zu schwach, um sich hochzuziehen. Der Rucksack lag weiter in der Strömung und zerrte an ihm.

Mayne hätte den Rucksack loslassen können, doch er wollte es nicht. Der Rucksack war das, worum es ging. Er musste zum Ziel. Der Commander hing an dem Ast, drehte sich in der Strömung. Merkte, wie seine Kräfte schwanden. Langsam, ganz allmählich löste sich seine Hand. Noch einmal bäumte er sich auf und zog den Rucksack an sich. Aber er spürte, dass es nicht reichte. Seine Hand, die den Ast umklammerte, gehorchte ihm nicht mehr. Er sah, wie sich seine Hand langsam öffnete.

Der Commander war irritiert. Er wurde nicht flussabwärts gerissen. Er bewegte sich flussaufwärts. Als ihn eine zweite Hand am Revers erfasste und ihn ans Ufer ins hohe

Gras zog, zitterte sein Körper. Er war nicht in der Lage zu sprechen. Ungläubig schaute er in das tropfnasse Gesicht von Edward Jones, der ihm ein Zeichen gab, ruhig zu sein. Jones starrte zur anderen Flussseite. Noch immer suchten die Soldaten den Uferbereich und das angrenzende Buschwerk ab. Jones rechnete jeden Augenblick mit Truppen auf ihrer Seite des Flusses.

Dann zog er sein Messer. Blickte nach rechts. Sein Körper verspannte sich. Machte sich bereit. Das Rascheln, welches er vernahm, war nur wenige Meter entfernt. Soldaten? Warum schlichen sie hier nahezu geräuschlos, während sie sich auf der anderen Seite nicht annähernd Mühe gaben, sich ruhig zu verhalten? Dies konnte nur bedeuten, dass man sie entdeckt hatte.

Jones verschwand. Mayne sah ihm nach. Weiterhin unfähig, etwas zu tun.

Eine Gestalt war erkennbar. Sie ging gebückt. Kaum höher als das Wildgras.

Mayne sah die Gestalt. Gesichts- und konturenlos näherte sie sich. Dann verharrte die Person. Mayne versuchte sich aufzurichten. Er sah, wie eine zweite Gestalt hinter der ersten auftauchte. Sah die glänzende Klinge des Kampfmessers an der Kehle des ersten Mannes für einen kurzen Augenblick im fahlen Licht des Mondes aufblitzen.

»Verdammt, Barrow«, flüsterte Jones. »Ich hätte dich fast kaltgemacht!«

»Dafür liebst du mich zu sehr.«

Barrow sah den Commander. Er nickte Jones kaum merklich zu. Das Äußerste, wozu er fähig war. Sie zogen den Commander weiter vom Ufer weg. In der Ferne hörten sie erneut Hundegebell.

»Drüben, oder auf unserer Seite?«, fragte Barrow.

Jones zuckte mit den Schultern. »Keine Ahnung. In zwei Stunden wird die Sonne aufgehen. Dann können wir uns auch rot anmalen und die britische Fahne schwenken.«

Sie halfen Mayne beim Aufstehen. Dann gingen sie los. Flussaufwärts.

Ein zweiter Soldat tauchte auf. Sein Haar war ebenfalls nass. Genau wie das von Baker.

»Sir.« Er blickte kurz in Bremers Richtung. »Ted Meanson«, sagte er knapp. Bremer sah, wie der Mann sich die Tuchjacke der Uniform zuknöpfte.

»Wir sind schon eine Weile hier«, sagte Clark. »Haben die Lage beobachtet. Sie sind ein mutiger Mann, Mister Bremer!«

»Es fehlen noch Leute, oder?«, fragte Bremer.

»Noch drei. Wir warten bis zum Fristablauf.« Clark sah auf die Uhr. Sie zeigte 6.05 Uhr. In zehn Minuten würden sie den Treffpunkt aufgeben.

Meanson nahm den Rucksack ab und legte ihn in das Boot. »Ich gehe ihnen entgegen«, sagte er knapp. Clark nickte.

»Noch zehn Minuten«, sagte er. Dann lief er los. Sein Gewehr im Anschlag.

Barrow, Jones und Mayne liefen das unbefestigte Ufer der Ruhr flussaufwärts. Der Commander war schwach und seine Kameraden stützten ihn. Ihre außerordentlich gute Kondition zeigte sich jetzt. Sie hatten keine Ahnung, wie weit sie vom Treffpunkt entfernt waren. Laut Vorgabe erwartete sie der Kontaktmann an einem alten Bootssteg.

Die Koordinaten waren bekannt und anhand der Karte zu errechnen, wenn man wusste, wo man sich befand. Aber genau das wussten sie nicht. Ihr letzter Standort lag eine Meile abseits des Treffpunktes. Sie glaubten den Zielort zu erreichen, wenn sie dem Flusslauf folgten.

»Wie lange noch?«, fragte Barrow.

»Sieben Minuten!«

Der beginnende Tag verbesserte die Lichtverhältnisse von Minute zu Minute. In der Ferne hörte Meanson Hundegebell und er meinte, dass es sich näherte. Wenn dies so war, dann musste es einen Grund geben. Und das konnte nur heißen, dass seine Kameraden in unmittelbarer Nähe sein mussten.

Dann sah er sie. Mayne schien schwer verletzt zu sein. Meanson rannte los. Noch während er lief, hörte er plötzlich Geschrei. Auf der anderen Seite des circa 20 Meter breiten Flusses stand eine deutsche Patrouille. Zwei Männer erkannte er, die sich langsam aus dem Nebel schälten. Einer der Deutschen kniete sich hin und visierte die drei Männer auf der andern Seite mit seinem Gewehr an. Meanson riss sein Gewehr hoch, brachte seine Atmung unter Kontrolle und zielte. Ein Schuss zerriss die Luft und nahm ihm für einen Moment die Konzentration. Dann schaute er wieder über seine Zieleinrichtung. Kimme und Korn verschmolzen zu einem einheitlichen Balken, sein Finger krümmte sich und der Schlagbolzen prallte auf das Zündplättchen, welches die Treibladung entzündete und das Projektil durch den Lauf presste. Meanson schenkte dem Schuss keine Beachtung. Sofort nach dem Abfeuern schwenkte er den Lauf seines

Gewehres wenige Zentimeter zur Seite. Erneut krümmte sich sein Finger. Der Kolben des Gewehres wurde ruckartig gegen seine Schulter gepresst. Dann öffnete er sein linkes Auge. Der Blick folgte dem Lauf, der auf die andere Flussseite zeigte. Meanson sah durch den Nebel zwei am Boden liegende Gestalten. Er senkte die Waffe. Sein Kopf fuhr herum und er sah zu seinen Kameraden, doch erblickte er jetzt nur noch zwei Männer, die ihm entgegenkamen. Meanson rannte los. Er war vielleicht 20 Meter von ihnen entfernt. Meanson sah Mayne. Sein Arm ruhte auf den Schultern von Jones. Wo war Barrow? Verdammt, wo war Barrow?

Als er die Männer erreicht hatte, bemerkte er, dass sie mit ihren Kräften am Ende waren.

»Nimm Mayne!«, rief Jones. Dann drehte er sich um und rannte mit schwerfälligen Schritten zurück.

Einen Augenblick lang sah Meanson ihm nach, bevor er in Richtung des Treffpunktes ging. Durch den Nebel sah er Baker auf sich zustürmen.

»Was ist passiert?«

»Ich weiß es nicht. Aber ich glaube, Toby hat's erwischt!«

»Jones?«

»Ist zurück!«

Baker zögerte einen Moment, dann half er Meanson, Mayne zu stützen. Gemeinsam rannten sie zum Boot. Maynes Füße berührten den Boden kaum.

»Machen Sie sich fertig. Bremer!«, rief Jones. Gleichzeitig legten sie Mayne ins Boot.

»Ich hoffe, Sie kennen ein gutes Versteck ganz in der Nähe!«

Doch bevor Bremer antworten konnte, rannten die beiden Männer zurück.

Sie sahen Jones. Er lief in hundert Meter Entfernung in ihre Richtung. So schnell er mit zwei beinahe je 15 Kilogramm schweren Rucksäcken und einem Mann auf den Schultern laufen konnte. Hinter ihm verstärkte sich das Hundegebell. Rufe waren zu hören.

Meanson und Baker erreichten Jones und nahmen ihm die Rucksäcke ab. Gemeinsam rannten sie zum Boot. Baker und Meanson sicherten ab.

Jones ließ Barrow in das Boot fallen, sprang ebenfalls hinein und nahm die Rucksäcke, die Baker und Meanson ihm reichten. Die beiden Soldaten schoben das Boot ins Wasser und sprangen auf.

»Los, Bremer!«, rief Baker. Meanson griff ein Paddel, das im Boot lag, und unterstützte Bremer beim Rudern. Sie kamen gefühlt unendlich langsam voran.

Die Männer sahen zum Ufer. Sie konnten bereits eine Strecke von fast 30 Metern überblicken. Noch war kein Soldat zu sehen, aber das Bellen der Hunde war deutlich hörbar.

Bremer ruderte wie nie zuvor in seinem Leben, ihm war, als kämen sie noch immer nicht von der Stelle.

Jones erkannte, dass sich der Fluss gabelte. Das gegenüberliegende Ufer stieg deutlich an. Das Flussbett lag dort tiefer. Er begriff, worauf Bremer hinauswollte. Die lang gezogene Insel, auf die Bremer zuruderte, würde den Verfolgern die Sicht nehmen.

»Die Brehminsel!«, sagte Bremer keuchend. »Auf der anderen Seite können sie uns schlecht folgen. Vor dem Geländeanstieg befindet sich überschwemmtes Land.«

Bremer mobilisierte seine letzten Kräfte. Seine Lunge brannte, doch die einstige Stärke, die in seinen Bergarbeiterarmen ruhte, schien in diesem Augenblick zurückzukehren und ließ ihn über sich hinauswachsen.

Jones beobachtete wieder das Ufer. Büsche schoben sich in sein Gesichtsfeld.

Bremer hörte auf zu rudern. Sie hatten die Abzweigung erreicht. Erschöpft ließ er den Oberkörper nach vorn fallen. Er war mit seinen Kräften am Ende. Die Männer schwiegen. Lauschten. Sie waren zwar außer Sicht, aber noch lange nicht in Sicherheit. Jones hob den Finger. Lenkte die Aufmerksamkeit auf sich und gab den anderen zu verstehen, dass er etwas gehört hatte. Dann vernahmen es die anderen auch. Motorengeräusche. Entfernt, aber deutlich anschwellend. Jones wies mit seinem Zeigefinger auf ihr Boot. Die Männer verstanden. Die Deutschen fuhren ihnen hinterher. Langsam, sich nähernd, hörte Jones die Motoren der Boote aus der Ferne. Und das Gehörte ließ keinen Zweifel zu. Es war nicht nur ein Boot.

Bremer tauchte langsam die Riemen ins Wasser. Nur das leise Geräusch der Ruder und das der Holme in den Führungsringen war zu hören.

Sie fuhren circa 20 Meter den Fluss hinauf. Noch immer verdeckt durch die Insel. Jones fragte sich, wohin Bremer ruderte. Plötzlich machten sie beinahe eine 90-Grad-Kehre.

Bremer steuerte zur Überraschung von Maynes Männer das Boot geradewegs auf das Ufer zu, das an dieser Stelle steil und felsig war. Die Männer sahen sich fragend an. Während Jones eine Rechtfertigung forderte und die Motorengeräusche der Deutschen im Ohr hatte, ruderte Bremer unbeirrt weiter. Jones blickte über Bremer hinweg zum Ufer. Dann nahm er etwas wahr. Innerhalb der Böschung schien eine Einmündung zu sein. Eine Schneise.

Wollte Bremer dort hinein, um sich vor den Booten zu verstecken? Jones sah, wie Bremer ihnen zunickte und ihm zu verstehen gab, dass er dort hineinrudern würde. Er deutete Meanson, weiterzupaddeln. Die Männer waren irritiert. Der Bug des Bootes berührte fast die Äste der Böschung. Bremer drehte sich um und kletterte nach vorn, ergriff das Astwerk und zog daran. Es war lose. Bremer nahm einige Äste weg und schmiss sie nach hinten zu Meanson. Dahinter tat sich ein Tunnel auf. Er war geflutet, aber offensichtlich nicht ganz gefüllt. »Ducken!«, flüsterte Bremer auf Deutsch und Jones übersetzte.

Die Männer zogen die Köpfe ein und legten sich ins Boot. Meanson nahm die Äste und verkantete sie hinter sich im Tunneleingang. Das Boot glitt lautlos in den Tunnel.

Bremer zündete ein Streichholz an und kletterte aus dem Boot. Unmittelbar an der Kiesbank stand eine Öllampe, die er anzündete. Sie befanden sich in einer Halle, die nur schwach ausgeleuchtet wurde.

»Wir sind hier sicher«, sagte Bremer. »Das Licht kann man von außen nicht sehen.«

Jones sprang aus dem Boot. Er reichte Mayne die Hand. Dieser hatte Mühe, sich auf den Beinen zu halten. Ihm folgten Meanson und Baker.

»Ihr Kamerad«, sagte Bremer.

»Tot«, sagte Baker knapp.

Bremer nickte. Dann sah er auf Mayne. »Wenn Ihr Kamerad da nicht auch noch sterben soll, dann sollte er schleunigst aus seinen nassen Sachen.« Bremer zeigte auf einige Kisten, die in einer Ecke der Halle standen. »Dort drin sind Decken und Bekleidung. Und Lebensmittel.«

Meanson und Baker halfen Commander Mayne. Sie zogen ihn aus und wickelten ihn in die Decken. Er fror fürchterlich. Baker begann, sich um Maynes Wunde zu kümmern.

»Was ist das für ein Ort?«, fragte Jones, der mit seinem Karabiner den Tunneleingang sicherte.

»Was diese Halle für eine Bedeutung hatte, ist mir nicht bekannt. Irgendwann hat man den Flusslauf verändert. Die Ruhr wurde breiter und überschwemmte das Gebiet hier. Ich habe die Halle vor Jahren entdeckt. Beim Angeln. Es war ein besonders heißer Sommer und die Ruhr führte wenig Wasser. Und da ich den Nazis ab und zu aus dem Weg gehen muss, hab ich mir die Halle als Zufluchtsort eingerichtet. Sie riecht etwas. Das Wasser steht hier. Aber sie ist sicher. Der Vorrat an Konserven und Kerzen reicht für ein paar Tage. Wasser filtere ich über Kohle. Im Übrigen habe ich mich schlau gemacht. Die Halle ist in keinem Plan erwähnt. Also quasi nicht existent.«

Jones blickte sich um. Dann ging er zu Commander Mayne. »Wir werden zunächst hier bleiben. Bleiben müssen, Sir. Haben dort draußen für mächtig Unruhe gesorgt.«

Mayne nickte. Sein Gesicht war aschfahl. Seine Lippen blau.

»Ich schlage vor, Sir, dass wir uns zunächst ausruhen und zu Kräften kommen. Momentan können wir ohnehin nichts machen. Man wird sicher noch längere Zeit nach uns suchen.«

»Ruhen wir uns aus«, sagte Mayne.

Bremer trat heran. »Ich werde in der Zwischenzeit mal sehen, was über ihre Landung so erzählt wird.«

»Bei allem Respekt. Aber das kann ich nicht zulassen. Sie gefährden uns alle damit. Außerdem wird der Fluss von Soldaten nur so wimmeln!«, sagte Jones.

»Wer sagt denn, dass ich das Boot nehme?«, sagte Bremer.

Jones blickte ihn verwundert an.

»Kommen Sie«, sagte Bremer und schritt voran. Die Halle war ungefähr zehn Meter lang und maß vielleicht 15 Meter in der Breite. Die Höhe schätzte Jones auf ungefähr fünf Meter. Die Decke war, wie der Tunnel, gewölbt. Ein Drittel der Halle stand unter Wasser.

Bremer ging zum entgegengesetzten Ende des Raumes, gefolgt von Jones. In der Ecke blieb Bremer stehen und bückte sich. In Bodennähe befand sich eine Platte an der Wand, die er abnahm. Jones erkannte einen Durchgang.

»Der Gang trifft in ungefähr zehn Metern auf die Kanalisation der Stadt. Ich habe ihn selbst angelegt. Man steht in der Kanalisation zwar knöcheltief im Wasser, kommt aber gut einen Kilometer weit. Ich habe das Tunnelsystem genauestens erkundet. Es gibt verschiedene Ausgänge. Einer davon befindet sich im Bereich einer alten Fabrik. Sie hat Anfang des Jahres einen Bombentreffer eurer Jungs abbekommen. Niemand hält sich dort auf.«

Jones wunderte sich immer mehr über diesen Deutschen. Umgeben von Leuten, die ihn jederzeit in den Tod schicken konnten, ihn als Gegner sahen, bot er ihnen die Stirn, bekämpfte sie und verfügte darüber hinaus über eine Raffinesse, die ihn beeindruckte.

»Ich werde Sie begleiten«, sagte Jones.

»Verstehe.«

»Nein. Sie verstehen nicht. Ich kann es mir generell nicht leisten, jemandem blind zu vertrauen. Das ist richtig. Aber der Grund ist, dass es für uns wichtig ist, zu wissen, wo wir uns befinden. Wohin eine rettende Hintertür führt. Außerdem müssen wir unseren Plan ändern. Das erfordert Ortskenntnisse.«

Bremer sah Jones an. Dann nickte er. »Folgen Sie mir«, sagte er und stieg in den Tunnel.

Bremer zündete eine Kerze an, die er in eine kleine Lampe stellte. Das Licht leuchtete den Tunnel auf einer Länge von wenigen Metern aus. Der Tunnel roch genauso modrig wie die alte Halle. Jones spürte feine dünne Wurzeln, die sich mühsam ihren Weg durch die Tunneldecke gekämpft hatten und sich Spinnweben gleich auf sein Gesicht legten.

»Wir sind nur ganz knapp über dem Flussbett. Bei Hochwasser ist der Tunnel im unteren Teil überschwemmt«, sagte Bremer, wobei seine Stimme von den alten Tunnelwänden widerhallte und sich ein fremdartig anmutendes Echo entwickelte. Die beiden gingen in gebückter Haltung. Das brackige Wasser war knöcheltief. Der Kanal war, wie die Halle, aus roten Ziegeln erbaut und zeigte an vielen Stellen lange Risse, die von Bergbewegungen herrührten, wie Jones vermutete. Jones hatte Mühe, dem Tempo von

Bremer zu folgen. Bremer war deutlich kleiner als er und musste nicht so tief gebückt gehen.

Bis auf die Geräusche ihrer Schritte im Wasser, welche durch die Tunnelwände verstärkt wurden, war nichts zu hören. Schließlich kamen sie zu einer Abzweigung.

»Wir müssen links gehen. Rechts gelangt man in eine Sackgasse«, sagte Bremer. »Ein Bombentreffer hat den Tunnel dort einstürzen lassen.« Er drehte sich um. Im Schein des tanzenden Kerzenlichtes wirkte sein Gesicht verzerrt. »Sehen Sie hier«, sagte Bremer und zeigte auf eine Stelle in Höhe ihrer Köpfe. Jones erkannte einen Pfeil. »Ich habe die Wege markiert. Man kann sich hier drin schnell verirren. Raus kommt man immer. Das ist nicht das Problem. Aber man ist schnell am falschen Ausgang. Daher die Pfeile. Sie sind mit Kreide gezeichnet. Man kann sie im Falle einer Verfolgung also wegwischen.« Bremer lief weiter. »Zudem habe ich an jedem Ende des Weges eine solche Lampe stehen. Es ist extrem dunkel.«

Der Tunnel stieg leicht an. Jones schloss daraus, dass es ein Abwasserkanal war, welcher das Schmutzwasser in den Fluss leitete.

Allmählich wurde das Wasser weniger. Schon bald liefen sie auf dem Trockenen und das widerhallende Geräusch des Wassers wich dem der schweren Stiefel.

»Das Wasser«, sagte Bremer leicht außer Atem. »Das Wasser hinter uns stammt aus der Ruhr. Sie drückt es in den Tunnel. Der Kanal ist sonst trocken. Zumindest, wenn es draußen nicht regnet.«

Wieder kamen sie an eine Abzweigung. Im Schein der Lampe sah Jones eine Ratte in eines der Tunnelsysteme verschwinden. Die Tunnelwand wies nun in unregelmäßigen Abständen Öffnungen auf. Verbindungskanäle, die in diesem Tunnel endeten und aus denen Abwässer floss, mutmaßte Jones, der das Gefühl für die Zeit verloren hatte und nicht hätte sagen können, wie lange sie unterwegs waren.

Bremer blieb stehen. Über ihnen befand sich ein Zugang in Form einer schmalen Röhre. Rostige Metallsprossen führten nach oben. Jones richtete sich auf. Die Röhre bot beiden Männern gerade so viel Platz, dass sie gemeinsam darin aufrecht stehen konnten.

»Dort oben«, sagte Bremer.

Licht drang in Strahlen durch den Kanaldeckel.

»Ich gehe vor.«

Jones trat zurück und ließ Bremer vorbei. Dieser stellte die Lampe ab und kletterte die Sprossen hinauf. Dann hörte Jones, wie der gusseiserne Deckel angehoben wurde. Schlagartig wurde der Zugang in helles Licht getaucht. Für einen kurzen Moment schloss Jones die Augen, um sich an die Helligkeit zu gewöhnen.

»Alles in Ordnung«, sagte Bremer nach unten zu Jones, bevor er den Kanaldeckel ganz zur Seite schob und aus dem Zugang kletterte. Jones folgte ihm.

Wie Bremer zuvor erwähnt hatte, befand sich der Tunnelzugang auf einem Ruinengelände. Schwarz ragten die einst roten Ziegel der zerstörten Mauern in die Höhe. Das in sich zusammengestürzte Gebäude schien einen Volltreffer erhalten zu haben. Jones sah sich um. Ringsherum standen beschädigte Gebäude und halb eingestürzte Mauern. Nichts war zu hören, bis auf den Gesang einiger Vögel.

»Eine alte Gerberei«, sagte Bremer. Der Boden ist hier weitläufig verseucht. Darum wohnt hier niemand mehr, weil man nichts pflanzen kann. Der Tunnel, durch den wir kamen, diente dazu, das Wasser der Fabrik abzuleiten.«

»Wie weit sind wir vom Zielort entfernt?«, fragte Jones, während er das Gelände in Augenschein nahm.

»Ich schätze, so 30 Minuten Fußmarsch.«

»Truppenbewegung?«

»In der Regel normal. Aber in den letzten Tagen stark erhöht.«

»Ich muss alles über die Truppenbewegungen erfahren. Wo wurden Kontrollstellen eingerichtet? Einfach alles, was uns auf unserem Weg als Hindernis im Weg stehen könnte.«

»Meine Leute sind bereit«, sagte Bremer.

Jones sah dem Deutschen direkt in die Augen. »Was genau wissen Ihre Leute, Mister Bremer?«

»Nichts. Sie wissen nichts. Ich habe mich ganz an Ihre Vorgaben gehalten. Jeder meiner Leute kennt nur einen kleinen Bereich, für den er zuständig ist. Selbst wenn einer meiner Männer gefasst wird, kann er nichts sagen. Weil er nichts weiß.«

Jones nickte. Sie wussten bei ihrem Abflug, dass die Wahrscheinlichkeit, ihr Vorhaben nach Plan umsetzen zu können, relativ gering war. Aber sich auf andere, unbekannte Leute, auf Zivilisten zumindest, ein Stück weit verlassen zu müssen, war etwas, was ihm nicht behagte.

»Wann sind Sie zurück?«

»In ungefähr fünf Stunden, denke ich.«

Jones blickte auf die Uhr. Dann kletterte er in den

Zugang. »Viel Glück«, sagte er zu Bremer und schob den Kanaldeckel wieder in seine Position.

*

Die Männer waren erschöpft. Meanson befand sich im Tunnelsystem und hielt Wache. Baker sah auf den schlafenden Commander. Beim Verbandwechsel hatte er sich die Wunde nochmals angesehen und wunderte sich wieder, dass offensichtlich kein lebenswichtiges Organ in Mitleidenschaft gezogen wurde. Mayne hatte viel Blut verloren. Unter normalen Umständen hätte er sich davon schnell erholt, wäre in einigen Tagen wieder fit. Aber Mayne hatte diese Zeit nicht. Er sah blass aus. Für Jones, der die Wunde genäht hatte, war es beinahe unerklärlich, dass die Wunde nicht verunreinigt war, vor allem weil Mayne zuvor in der Ruhr geschwommen war. Stark unterkühlt und fiebrig hätte sein Immunsystem Krankheitserregern nichts entgegenzusetzen. Jones wusste, Mayne war weit davon entfernt, die kommenden Strapazen durchzuhalten.

Commander Mayne öffnete die Augen. Anscheinend fühlte er sich besser. Der Schlaf, der ihn übermannt hatte, hatte ihm etwas von seinen Kräften zurückgegeben. Trotzdem blieb er geschwächt. Mayne setzte sich auf. Er fror nicht mehr. Am Ende der Halle sah er Toby Barrow liegen, dem seine Kameraden seine Tuchjacke über das Gesicht gelegt hatten. Mayne fühlte, wie eine stählerne Faust sein Herz umklammerte.

Baker wusste, was der Commander empfand.

»Er hat mir das Leben gerettet«, sagte Mayne.

Baker nickte. »Ich weiß, Sir.«

Maynes Wunde schmerzte. Baker reichte ihm eine Feldflasche und weitere Schmerztabletten.

»Baker. Klären Sie mich auf«, sagte er, während er die Flasche wieder verschloss.

»Wir befinden uns in einer Halle, die laut diesem Bremer in keiner Karte verzeichnet ist. Offensichtlich noch vor dem Großen Krieg gebaut. Die Halle ist an ein altes Tunnelsystem angeschlossen. Es führt nach draußen, ungefähr einen Kilometer weit. Jones war mit Bremer im Tunnel. Er endet an einer verlassenen Gerberei. Von dort sind es etwa 30 Minuten Fußmarsch bis zum Objekt. Unter Normalbedingungen.«

»Wo ist Meanson?«

»Im Tunnel, ein Stück weit hochgelaufen. Hat ihn mit einer Granate gesichert. Bremer will in …« Baker sah auf seine Uhr. »Bremer will in ungefähr einer Stunde zurück sein. Er kommt durch den Tunnel. Meanson wartet dort auf ihn.« Baker sah Mayne an. »Sir?«

»Ja, Baker?«

»Trauen Sie Bremer?«

»Laut Aussage unseres Geheimdienstes gehört er dem Widerstand an. Nachweislich. Und das, was er heute Morgen getan hat … Ja. Ich traue ihm.«

Baker wirkte nachdenklich.

»Die Rucksäcke?«

»Alle da und überprüft. Sie sind in Ordnung«, sagte Jones.

»Was ist mit dem Fluss?«

»Ich bin rausgeschwommen«, sagte Jones. »Schweinekalt, das verdammte Wasser!«

Mayne lächelte gequält. »Wem sagen Sie das?«

»Starke Bewegung am gegenüberliegenden Ufer«, fuhr Jones fort. »Man sucht uns weiter. Habe den Eingang nochmals getarnt und zusätzlich gesichert. Sollte es jemand versuchen hier hineinzukommen, fliegt ihm der halbe Tunnel um die Ohren. Denke aber nicht, dass sie den Zugang finden.«

Mayne nickte. Er wusste, dass er sich auf seine Männer verlassen konnte.

»Ohne Kenntnis dessen, was da oben vorgeht, können wir nicht weiter. Wir müssen auf Bremer warten«, sagte Baker weiter. »Aber wir liegen gut in der Zeit. Zumindest im vorgegebenen Rahmen.«

»Gut. In wenigen Stunden wissen wir eventuell mehr. Wenn Bremer in einer Stunde nicht da ist, müssen wir hier raus. Wenn er geschnappt wird, singt er womöglich.«

*

Der inoffizielle Gauleiter und SS Brigadeführer Fritz Schleßmann sah aus dem Fenster seines Büros. Auf dem langen Tisch lagen einige Schriftstücke und Notizen ausgebreitet. Die Vorbereitungen waren in vollem Gang. Alfried Krupp von Bohlen und Halbach zeigte sich zufrieden. Alles war perfekt organisiert. Und ihm war viel daran gelegen, dass sein Einsatz von Perfektionismus geprägt war.

Die Beziehung, welche die Familie Krupp mit dem Führer verband, war natürlich in erster Linie geschäftlicher Natur. Vielleicht ging sie ein Stück weit darüber hinaus. Die unzähligen Zwangsarbeiter, welche in den Kruppwerken arbeiteten, waren auf Geheiß des Führers bereitgestellt worden, und so trug Hitler maßgeblich zum Erfolg des Unternehmens bei. Krupp versorgte das Reich mit den notwendigen Waffen, und Hitler bedankte sich mit schwergewichtigen Aufträgen.

Generalfeldmarschall von Rundstedt war angereist. Und das, obwohl er in Frankreich sicher einiges zu tun hatte. Die gesamten Vorbereitungen, insbesondere die Sicherheitsvorkehrungen um die Villa Hügel, ließen keinen anderen Schluss zu. Hitler würde in die Villa Hügel kommen. So viel stand für Schleßmann fest. Und darin sah er eine Chance für sich.

Gauleiter Josef Terboven wurde vor drei Jahren durch den Führer zum Reichskommissar in Norwegen benannt. Schleßmann wusste um die enge Beziehung, die Terboven und Hitler verband. Sogar zu dessen Hochzeit im Juni 1934 in der Essener Münsterkirche war Hitler, neben Göring, gekommen.

Seit Terbovens Abreise nach Norwegen führte Schleßmann die Amtsgeschäfte. Ganz offiziell. Aber der Führer verweigerte ihm beharrlich die offizielle Ernennung. Er galt zwar überall als Gauleiter, aber tatsächlich wartete er immer noch auf die offizielle Bestätigung.

SS-Brigadeführer Fritz Schleßmann hatte viel erreicht. Er war Mitglied im Preußischen Landtag, danach Polizeipräsident in Bochum und zuletzt in Essen gewesen. Dazu war er Mitglied des persönlichen Stabs der SS-Reichsführung, mit freundschaftlichen Verbindungen zu Goebbels und Himmler.

Dennoch kratzte es an seinem Selbstwertgefühl, dass er nach wie vor nicht zum Gauleiter ernannt wurde. Zumal man ihm bisher keinen triftigen Grund genannt hatte und ihn immer wieder vertröstete. Schleßmann wusste nicht um die Umstände, dass seine Parteifreunde ihm einen nur eingeschränkten Intellekt bescheinigten und von daher empfahlen, die offizielle Ernennung zu verwehren. Er war ein dankbarer Erfüllungsgehilfe. Loyal und leicht lenkbar. Nur wusste Schleßmann das nicht.

Daher sah er im Besuch des Führers in der Villa Hügel eine weitere Chance, sich als Gauleiter zu empfehlen.

Schleßmanns Laune war nicht besonders gut. Man hatte ihn früh geweckt. In Mülheim, an der Grenze zur Stadt Kettwig, hatte man ein britisches Flugzeug abgeschossen. Nach ersten Informationen handelte es sich nicht um einen Bomber. Das beruhigte Schleßmann zunächst. Einen Angriff, verbunden mit der Tatsache, dass Fallschirmjäger in seiner Stadt herumschlichen, unmittelbar bevor der Führer zu Besuch kam, war das Letzte, was er sich wünschte. Der Zweck des Fluges war bisher noch nicht bekannt. Der Flieger war eine Transportmaschine, eine Handley Page H.P.54 Harrow, wie man ihm sagte. Aber davon verstand er nichts.

Der Pilot und der Kopilot konnten nur tot aus dem Wrack geborgen werden. Sie waren bis zur Unkenntlichkeit verbrannt. In den nachfolgenden Stunden war es zu einem Schusswechsel im Bereich der Ruhr gekommen, zwischen Werden und Bredeney. Einige Männer waren tot und drei weitere wurden vermisst. Auch wenn keine feindlichen Fallschirmspringer ausgemacht wurden, ließ der zeitliche Zusammenhang zwischen dem Abschuss und den Schusswechseln darauf schließen, dass der Feind eventuell doch gelandet war.

Schleßmann sah dies nicht als Bedrohung. Ein einziges Flugzeug. Wie viele Soldaten konnte es schon transportieren? Wahrscheinlich war ein halbes Dutzend abgesprungen, wenn überhaupt. Und bisher hatten sie einfach nur unverschämtes Glück gehabt. Aber das würde sich ändern. Zwar berichteten die Soldaten, dass der Gegner bei der Schießerei an der Ruhr deutsche Uniformen trug, aber Schleßmann wusste, dass die Dunkelheit einem so manchen Streich spielte. Trotzdem hatte er vorsorglich alle verfügbaren SS-Einheiten in das Gebiet entsandt, um bei der Suche zu helfen. Schleßmann schätzte Sturmbannführer Schlegel. Er würde sich der Problematik annehmen.

Vielleicht waren es auch keine Soldaten, sondern eine Truppe aus dem Untergrund. Der Widerstand stach immer wieder mal wie eine heiße Nadel zu, obwohl es sich dabei mehr um Sabotageakte handelte. Ein offener Schusswechsel war untypisch, jedoch rechnete Schleßmann damit, dass es früher oder später dazu kommen würde.

Bisher hatte Schleßmann noch keinen detaillierten Bericht erstattet. Er wollte der Sache auch nicht mehr Beachtung schenken, als sie verdiente. Vor allem sah er bisher keine Notwendigkeit darin, dem zuständigen Kommandanten der SS, der für die persönliche Sicherheit des Führers verantwortlich war, vorschnell diese Sache als potenzielle Gefahrenlage zu präsentieren. Zu oft hatte es falschen Alarm gegeben. Er war selbst in der Lage, für die Sicherheit in seiner Stadt zu sorgen. Schleßmann setzte sich an seinen Schreibtisch. Er ging nochmals die Planung für den Empfang durch. Dieses

Mal würde er überzeugen. Daran bestand für Schleßmann keinen Zweifel.

*

Die Männer wechselten sich mit der Wache ab. Dazwischen ruhten sie, sofern dies überhaupt möglich war. Sie befanden sich in einem hauchdünnen Kokon inmitten des Feindgebietes. Das Gefühl, nichts an ihrer Situation verändern zu können, zehrte an ihren Nerven. Solange sie in Aktion waren, agieren konnten, so lange funktionierten sie. Hatten keine Zeit, Für und Wider abzuwägen, sich mit belastenden Gedanken zu quälen. Das Warten aber war schlimmer als der Kampf.

Mayne grübelte. Das Ziel ihrer Mission war klar definiert. Die Rucksäcke zu ihrem Bestimmungsort zu bringen, sie auf irgendeine Weise in oder nahe genug an der Villa Hügel zu platzieren, die Sender einzuschalten und sich möglichst unerkannt aus dem Staub zu machen. Und das lediglich unter Zuhilfenahme einer kleinen Gruppe einer Untergrundbewegung, welche die Aufgabe hatte, genau zu dem Zeitpunkt einen Weg in die Villa Hügel zu finden, wenn nicht mal eine Maus eine realistische Chance hatte, unbemerkt auf das Gelände zu gelangen. Also ein nicht in die Tat umzusetzendes, wahnwitziges Projekt.

Der britische Geheimdienst hatte alle nur möglichen Informationen über Bremer und seine Männer einholen können. Und zumindest in Hinsicht auf Bremer war man optimistisch, sofern man dies sein konnte. Er wurde als loyal eingeschätzt und seine Handlungen in den vergangenen Stunden, mit denen er sich selbst mehrfach in Lebensgefahr brachte, unterstrichen dies. Trotzdem blieb immer etwas Misstrauen.

Was ihre Ausführung betraf, war eine Planung im Vorfeld nur schwer möglich. Sie landeten im Zielgebiet und erreichten ihren Kontaktmann. Soweit hatte ihr Plan funktioniert. Aber sie waren aufgefallen. Hatten Feindkontakt. Waren in Kämpfe mit dem Feind verwickelt, der sie nun suchte. Es war für Commander Mayne ohnehin klar, dass die Wahrscheinlichkeit, hinter den feindlichen Linien nicht aufzufallen, relativ gering war. Aber gerade er hatte sich zum schwächsten Glied entwickelt. Eine unglückliche Verletzung hatte sie auffliegen lassen und letztendlich einem seiner Männer das Leben gekostet. Vielleicht würde dieser Umstand zum Tod aller führen. Ein weiteres Mal durfte er seine Männer nicht in zusätzliche Gefahr bringen.

Es klopfte an der Wandplatte. Das vereinbarte Zeichen. Dennoch hatte Jones blitzschnell die Waffe im Anschlag. Er schob die Platte beiseite und half Meanson und Bremer aus dem Tunnel.

»Sind Sie sicher, dass man Ihnen nicht gefolgt ist?«, fragte Baker.

»Ich habe vor dem Einstieg in den Tunnel eine halbe Stunde in einem Versteck gelegen und die Gegend beobachtet. Es ist mir niemand gefolgt.«

Mayne nickte. Er setzte sich aufrecht hin. Man sah ihm an, dass er Schmerzen hatte.

»Und? Wie sieht's aus?«, fragte Baker.

Bremer setzte sich. Auch er wirkte müde. »Ich habe gehört, dass der verantwortliche Sturmbannführer Schlegel über die Polizei per Lautsprecherdurchsagen verbreiten lässt, dass ein britisches Flugzeug abgeschossen wurde und der Feind sich eventuell in der Stadt befinden könnte. Ein kluger Schachzug. Die Anzahl der wachsamen Augen potenziert sich so um ein Vielfaches. Allerdings erwähnte man weder wie viele es sind, noch dass sie offensichtlich in deutschen Uniformen unterwegs sind. Was mir sagt, dass sie nichts wissen.«

»Hat sich die Lage sonst noch verschlechtert?«, fragte Mayne.

Bremer nahm die Wasserflasche, die Jones ihm reichte, trank einen Schluck und wischte sich mit dem Ärmel den Mund ab. »Man vermutet Sie und Ihre Männer weiter im Bereich der Ruhr. Die Polizei durchkämmt den Kruppwald nahe der Villa, wie ich beobachten konnte. Sie erkunden das Gelände, weil der Oberbefehlshaber West zu Gast ist. Und weil einige Stimmen unken, dass Hitler kommt. Von daher ist generell mit einer erhöhten Alarmbereitschaft zu rechnen. Meine Männer haben in den letzten Wochen Erdlöcher ausgehoben. Sie sind gut getarnt. Wenn wir sie erreichen, können wir uns nach und nach der Villa nähern.«

»Wie sieht es an der Villa aus?«, wollte Mayne wissen.

»Am Zaun patrouillieren Wachen. In einem Abstand von vielleicht 50 Metern. Sämtliche Zugänge weisen Kontrollsperren auf. Das gesamte Gelände und ein weiter Bereich vor dem Zaun sind mit starken Scheinwerfern ausgeleuchtet, die aber nur kurz vor einem Wachwechsel eingeschaltet werden. Auf dem Gelände befinden sich ebenfalls Wachen mit Hunden. Und ich denke, dass sie am kommenden Tag nach den Vorfällen in dieser Nacht deutlich verschärft werden.«

»Was ist mit dem Gerüchten um Hitler?«, fragte Baker.

Bremer zuckte mit den Schultern. »Definitiv weiß es keiner so genau. Aber wir haben beobachtet, dass einige Vorbereitungen im Gang sind, die darauf schließen lassen, dass Krupp hohe Gäste erwartet. Wir wurden damals von Ihren Jungs gefragt, ob wir in Erfahrung bringen können, ob in den nächsten Tagen in der Villa Hügel Fisch serviert wird. Fragen Sie mich nicht, was das soll. Einen Reim kann ich mir darauf nicht machen. Jedenfalls haben wir Kontakt zu einem der Hausmädchen. Ursula heißt sie. Sie gehört nicht zu uns. Aber sie ist naiv und stolz auf ihre Anstellung und daher leicht zu irgendwelchen Auskünften bereit. Zur Gästeliste oder einem etwaigen Speiseplan konnte sich nichts sagen. Aber ihr fiel auf, dass in den vergangenen Tagen mehrfach große Laster auf das Gelände der Villa fuhren. Es waren Lieferwagen. Keine Militärfahrzeuge. Mit Werbeaufschriften. Was auf ihnen stand, daran kann sich das Mädchen nicht erinnern. Aber einmal bekam sie mit, dass ein Professor Erich Müller, ein Ingenieur von Krupp, zu einem Offizier sagte, während sie aus dem Fenster schauten, dass dort wieder ein Teil der Forelle käme.«

Mayne sah Jones ernsthaft an. »Okay. Wir ruhen uns aus. Zurzeit können wir ohnehin nichts unternehmen.«

Die Männer machten sich bereit. Sie hatten die vergangen Stunden damit verbracht, ihre Kleidung einigermaßen zu trocknen, etwas zu essen und sich erneut mental auf ihre Mission einzustellen. Darüber hinaus begruben sie Barrow.

Sie hatten eine heftige Diskussion über Maynes Rolle geführt, ob sie den Commander mitnehmen sollten. Aber Mayne bestand darauf, zurückzubleiben. Er war ein Risiko. Und ein weiterer Mann sollte nicht seinetwegen sterben. Mayne verwies darauf, dass es ein wichtigeres Ziel gab, als sein Leben zu retten. Wobei er für sich insgeheim infrage stellte, jemals lebend aus diesem verfluchten Land herauszukommen.

»Bremer wird uns nahe an die Villa führen. Danach holen wir Sie hier raus, Commander«, sagte Jones und es bestand für Mayne kein Zweifel daran, dass er es ernst meinte.

»Sie retten gefälligst Ihren Arsch, wenn Sie das Paket abgeliefert haben. Wir sehen uns in einem Pub in London.«

Baker und Meanson waren wieder dabei, sich ihre Gesichter zu schwärzen.

Jones sah auf die Uhr. Es war 1 Uhr. Die Nacht hatte das Ruhrgebiet in Dunkelheit getaucht. Die immer häufigeren Luftangriffe der Briten hatten zu der Anweisung geführt, dass die Bevölkerung jegliche überflüssige Lichtquelle abzuschalten und die Wohnungen zu verdunken hatte. In Verbindung mit dem wechselhaften Wetter kam dies den Männern entgegen, verringerte jedoch das Tempo, mit dem sie sich bewegen konnten.

Baker, Jones und Meanson verabschiedeten sich von Commander Mayne. Sie salutierten vor ihm und drückten seine Hand. Dann gingen sie, ohne sich umzusehen. Bremer stand an der geöffneten Luke, blickte zu Mayne zurück, als die Männer einer nach dem anderen in den Tunnel kletterten. Möge Gottes Schutz euch begleiten, dachte Mayne und wurde sich bewusst, dass er das erste Mal Gott um Beistand bat.

Meanson hob den schweren Kanaldeckel nur wenige Zentimeter an. Unter der Last des Gusseisens zitterten seine Unterarme. Die Nacht hatte, wie die vorhergegangene, einen wolkenverhangenen Himmel. Eine Zeit lang verharrte Meanson und lauschte in die Dunkelheit. Dann schob er den Deckel so leise wie möglich zur Seite, stieg aus dem Tunnel und lief in geduckter Haltung zu einer gegenüberliegenden Mauer, die ihm Sichtschutz bot.

Meanson hielt sein Gewehr im Anschlag. Er blickte über den Lauf seiner Waffe und tastete mit den Augen das Gelände ab. Er vermochte die Dunkelheit nur auf wenige Meter zu durchdringen. Wieder lauschte er. Nichts war zu hören. Alles war ruhig. Meanson sah auf den Tunnelzugang. Er war vielleicht zehn Meter von ihm entfernt. Diese Entfernung reichte, um ihn nur noch erahnen zu können.

Jones stand unmittelbar unter der Öffnung. Ein Kauz rief. Das Zeichen. Sofort schwang er sich aus dem Tunnel. Baker reichte ihm die Rucksäcke. Dann kletterte er aus dem Zugang, gefolgt von Bremer. Jones verschloss den Eingang, in dem er den Kanaldeckel wieder in seine Position brachte. Die Männer nahmen die Rucksäcke und liefen geduckt zu Meanson und verharrten dort lautlos. Meanson machte ein Zeichen mit der Hand. Die Männer nickten. Dann verschwand er in der Dunkelheit.

Bremers Herz pochte bis zum Hals. Er sah nur die zwei hellen Augenpaare von Jones und Baker. Jones sah ihn an. Dann erkannte Bremer kurz Jones' Hand vor seinen Augen. Unmittelbar darauf spürte er etwas Feuchtes in seinem Gesicht. Jones' Hand fuhr ihm über die Wangen und über die Stirn. Bremer war irritiert, verstand aber, dass Jones ihm das Gesicht schwärzte.

Die Männer verharrten nach wie vor. Bremers Beine forderten deutlich einen Stellungswechsel. Das Blut wollte in die abgeschnürten Bereiche seiner unteren Gliedmaße.

Wie viel man doch in der Nacht hörte, wenn man sich darauf konzentrierte, dachte Bremer. Er bemerkte den Wind. Das Rascheln der Blätter. Sein leises Ein- und Ausatmen. Wie laut doch alles klang. Wieder rief ein Kauz. Jones hob die Hand und zeigte in die Richtung, in der Meanson verschwunden war.

Die Männer gingen los. Bremer kniff die Augen zusammen, konzentrierte sich auf die wenigen Meter vor ihm, die er erkennen konnte. Das Geräusch seiner Schuhe auf dem unbefestigten Weg der Gerberei schien sich in ein deutlich hörbares Echo zu verwandeln, welches ihre Position unendlich weit in die Gegend trug.

Sie gelangten an einen alten Traktor, der auf der Seite lag. Jones drückte Bremer nach unten und deutete ihm an, sich auf den Boden zu legen. Bremer hatte Angst. Seine Adrenalinausschüttung hatte sich jeglicher Kontrolle entzogen, aber gleichzeitig war er froh, dass man ihm Anweisungen erteilte. Diese Männer waren Spezialisten. Bremer hätte nicht sagen können, ob es fünf oder 50 Minuten waren, die seit dem Verlassen des Tunnels vergangen waren, aber er erahnte, dass die sonst relativ leicht und schnell zu bewältigende Strecke auf diese Art und Weise zu einer weiten, beschwerlichen und vor allen Dingen gefährlichen Reise werden würde.

Bremer spürte einen festen Griff an seinem Oberarm, der ihn in die Höhe zog. Gemeinsam liefen die Männer einige

Meter die Straße entlang. Bis zu einer niedrigen Mauer, hinter der sie sich versteckten. In der Ferne hörten sie das Brummen von Dieselmotoren.

Meanson tauchte auf. Er sprang über die Mauer und legte sich neben Baker.

»Die Freiherr-vom-Stein-Straße liegt schätzungsweise hundert Meter von hier entfernt«, flüsterte er. »Linksseitig ist hinter einer lang gestreckten Kurve ein Kontrollposten aufgestellt. Circa 200 Meter von hier. Sie leuchten die Straße aus.«

Jones nickte. »Dann bin ich auf eure Vorschläge gespannt«, sagte er.

*

Etwa drei Kilometer weiter fuhr Hermann Kröll mit seinem Fahrrad durch die Straßen Bredeneys. Es war 1.30 Uhr. Kröll nahm den so typischen Geruch verbrennenden Kokses wahr, der von den weißen Rauschschwaden aus den Kaminen in die Luft getragen wurde, um sich schwer über den Stadtteil zu legen. Die Pflastersteine der Straße glänzten von der Feuchtigkeit, welche die Luft von der nahe gelegenen Ruhr mitnahm. Die Fensterläden der meisten Häuser waren geschlossen. Die Straße wirkte friedlich. Hier und da erkannte er eine Fahne an der Häuserfront, welche das Hakenkreuz zeigte, aber sonst schien der Krieg sich in der Nacht aus der Realität zu stehlen. Einzig die feindlichen Bomber, die das Ruhrgebiet heimsuchten, widerlegten diesen Eindruck.

Es galt das nächtliche Ausgangsverbot, doch Kröll hatte eine Sondergenehmigung. Er war zwar kein ausgebildeter

Arzt, konnte jedoch auf einige Semester Medizin zurückblicken. Das bedeutete, dass er sich zur Betreuung seiner Patienten relativ frei bewegen konnte. Seine medizinischen Kenntnisse waren in diesen Zeiten sehr gefragt und mit jedem Tag wuchs Krölls Patientenkreis.

Die Widerstandsbewegung des Ruhrgebietes verfügte über eine mittlerweile ansehnliche Funkausrüstung, mit der sie unter anderem die Kommunikation der deutschen Polizei überwachte.

Kröll hatte die Aufgabe, Nachrichten zu übermitteln. Verschlüsselte Nachrichten als medizinische Befunde getarnt. Und Dokumente, die Bremer beschafft hatte.

Kröll konnte sich auch zu später Stunde relativ unauffällig in der Stadt bewegen. Darüber hinaus kannte man ihn mittlerweile. Und schon einige Male war es ihm zu verdanken gewesen, dass die Polizei ein ausfindig gemachtes Widerstandsnest leer vorgefunden hatte.

An einem der Häuser bremste Kröll ab. Er stieg von seinem Fahrrad und lehnte es an die seitliche Hauswand. Dann ging er zum Vordereingang und klopfte mit dem vereinbarten Zeichen an die geschlossene Fensterlade. Einige Zeit verging. Kröll blickte sich um und versuchte, in der Dunkelheit etwas zu erkennen. Eine aufglimmende Zigarette. Das Licht einer Taschenlampe. Er lauschte auf das so typische Geräusch schwerer Kampfstiefel auf Pflastersteinen. Auf Motorengeräusche.

Das Schloss wurde geöffnet. Kröll hörte wie der Schlüsselbart zweimal den Mechanismus drehte, bevor die Tür einen spaltweit aufgeschoben wurde. »Kröll hier! Ich bringe Ihnen die Medizin!«, sagte er etwas lauter als normal.

Der Mann hinter der Tür löste eine Kette. Leise war das rasselnde Aneinanderreiben der Metallglieder zu hören, bis einen Augenblick später die Tür offen stand. Geräuschlos. Kröll trat ein.

Die Stube wurde nur durch den schwachen Schein einer Kerze erhellt. Sie war gemütlich eingerichtet. Nicht hochwertig. Die Möbel stammten größtenteils aus dem vorigen Jahrhundert, aber die Stube war ordentlich aufgeräumt und wirkte mit all ihren liebevollen Dekorationen in der Tat behaglich.

Der Mann schob vom Tisch einen Stuhl zurück und deutete Kröll mit einer Handbewegung an, Platz zu nehmen, während er zu einer alten Anrichte ging, eine der Schranktüren öffnete und eine dunkelgrüne Flasche hervorholte. »Helga. Bring uns zwei Gläser!«

Die Frau, die aus der Küche kam, war jünger als sie aussah. Das wusste Kröll. Aber der Krieg ließ manche deutlich schneller altern. Als der Mann sich Kröll gegenüber gesetzt hatte, schenkte er ein.

Winkler blickte die Frau an. »Geh schlafen, Helga. Und stör uns nicht.«

Helga zögerte einen Moment. Ihre Mimik zeigte unmissverständlich, dass sie sich der Weisung des Mannes nur widerstrebend beugte. Doch sie sagte nichts.

Winkler wartete, bis sie in der Kammer neben der Stube verschwand.

Die Männer saßen sich gegenüber und tranken etwas von der klaren Flüssigkeit, die sich von einem Brennen in der Kehle zu einem wohlig warmen Gefühl in der Magengegend wandelte.

»Was Neues?«, fragte Werner Winkler.

Kröll nickte. »Bremer war bei mir.«

Winkler betrachtete das Glas in seinen Händen. »Man verbreitet, dass ein Brite abgeschossen wurde und einige weitere Soldaten in der Gegend seien. Darüber hinaus berichtet man von Schusswechseln im Bereich der Ruhr«, sagte Winkler und blickte nachdenklich auf.

»Bremer hat die Männer an einen sicheren Ort gebracht«, erwiderte Kröll.

»Hätte nicht gedacht, dass sie es schaffen«, entgegnete Winkler.

Für einen Moment herrschte Stille zwischen den beiden.

Winkler war jetzt 59 Jahre alt. Er war ein kräftiger Mann von beeindruckender Statur. ›Hab früher den Bergwerkshammer geschwungen‹, pflegte er immer zu sagen, wenn man ihn nach seinem Beruf fragte. Wie so oft bei großen Menschen, strahlte auch dieser große Mann eine Ruhe aus, die ihn fast lethargisch wirken ließ. Aber er besaß einen scharfen Verstand. Etwas, was man diesem wortkargen Mann nicht sofort zugetraut hätte. Seit dem Tod seiner Frau lebte er mit seiner Schwägerin und seinem Sohn zusammen, der mehr noch ein Kind als ein Mann war. Und bisher war es Winkler gelungen, dass sein Sohn mit seinen 15 Jahren nicht eingezogen wurde. Als Halbwaise mit einem Vater, der lungenkrank war, blieb er bis jetzt davon verschont. Aber wie lange noch, dachte Kröll.

»Was gibt es bei euch Neues?«, fragte er.

»Von Rundstedt ist gestern Abend eingetroffen«, sagte Winkler.

»Ich hörte davon. Die Straßen sind gesperrt. Meinst du immer noch, er kommt auch?«

Winkler zuckte mit den Schultern. »Von Rundstedt dürfte in Frankreich jede Menge zu tun haben. Zumindest pfeifen das die Spatzen vom Dach. Es muss also einen Grund geben, warum er hier ist. Gleichzeitig riegelt man den Bereich um die Villa Hügel ab. Aber konkret gehört haben wir noch immer nichts.«

»Es ist Krieg. Auch der Führer kann sich nicht mehr mit einem Fanfarenzug durch das Reich bewegen.«

Winkler nickte.

»Wie sieht es mit den Vorbereitungen konkret aus?«, fragte Kröll.

»Es ist alles erledigt. Wir haben Posten im Bereich der Zufahrtsstraßen, mit denen wir in Kontakt stehen. Es wird uns also nicht entgehen, wenn Besuch anreist. Der Kanal zu den Briten steht. Sobald wir positiven Bescheid erhalten, setzen wir die Nachricht ab.«

»Gut. Sehr gut«, sagte Kröll, trank den Rest aus und erhob sich.

*

Meanson ging die Freiherr-vom-Stein-Straße etwas hinauf. Die Straße machte eine leichte Biegung, sodass dieser Bereich durch die Scheinwerfer des Kontrollpostens nicht erfasst wurde. Die Männer lagen noch immer auf dem Boden hinter der vielleicht einen Meter hohen Mauer.

»Nichts Auffälliges«, flüsterte Meanson, als er wie aus dem Nichts neben den drei anderen auftauchte. Bremer hatte Meanson erst kommen hören, als dieser sich unmittelbar neben ihnen zu Boden fallen ließ. Ihm erschien es, als hätten die anderen ihn bereits viel eher wahrgenommen.

»Wird nicht einfach. Stockdunkel da drin«, sagte Meanson, wobei er zum Waldgebiet vor ihnen zeigte.

Jones sah Bremer an. »Kriegen Sie das hin?«, fragte er.

»Wir müssen ungefähr 200 Meter in den Wald. Dann stoßen wir auf einen kleinen Bachlauf. Er führt Wasser. Nicht viel. Mehr ein Rinnsal. Wir folgen ihm in östliche Richtung. Ungefähr …«

Baker legte seine Hand auf Bremers Mund. Dessen Herz hämmerte. Die Männer legten sich noch flacher auf den Boden. Dann hörte es auch Bremer. Stimmen. Männerstimmen. Und sie kamen näher. Wie viele es waren, konnte Bremer nicht einschätzen. Mindestens drei, dachte er. Sie befanden sich nun in ihrer unmittelbaren Nähe. Doch sie gingen nicht weiter. Sie verharrten dort und unterhielten sich. Schritte. Bremer hörte Schritte, die sich weiter näherten. Er spürte Jones' Hand auf seinem Rücken, die leicht Druck ausübte. Diese Berührung gab Bremer etwas Sicherheit und kontrollierte die Panik, die in ihm aufstieg. Bremer war mutig. Auf seine Weise. Aber nie war er in einen direkten Kampf verwickelt worden. Nie zuvor hatte er einen Menschen ernsthaft verletzt, geschweige denn getötet. Er war für eine andere Art Kampf geschaffen. Diese Situation überforderte ihn.

Die Stimme des einen Mannes wurde noch deutlicher. Sie war so nah, dass Bremer sich sicher war, den Mann berühren zu können, wenn er nur die Hand ausstreckte. Er hob den Kopf ein Stück mehr. Überstreckte ihn beinahe. Er sah einen Soldaten. Er saß auf der Mauer, ihnen den Rücken zugewandt. Bremer bemerkte dessen Karabiner, den er um die Schulter gehängt hatte und erkannte den Tragegurt. Jones' Hand auf seinem Rücken verschwand für einen Augenblick. Jetzt würde es zum Kampf kommen, dachte Bremer. Todesangst stieg in ihm auf. Doch dann legte sich eine Hand auf seinen Kopf, die ihn mit leichten Druck nach unten führte. Bremer schloss die Augen. Seine Stirn berührte den Boden. Er roch die feuchte Erde. Auf einmal nahm Bremer Hitze wahr. Sie verbrannte ihn nicht, er spürte sie nahe an seinem Gesicht. Bremer erblickte eine Zigarette, die unmittelbar neben seinem Gesicht lag. Wieder waren Schritte zu hören, aber genau wie die Stimmen, entfernten sie sich allmählich.

Eine Zeit lang ruhte die Hand auf seinem Kopf, bis Jones sie wegnahm und sich langsam erhob. Bremer drehte den Kopf und sah, dass der SAS-Mann hinter der Mauer kniete und den Soldaten nachblickte.

Jones gab Bremer zu verstehen, er solle aufstehen. Er half ihm auf. Bremer schwitzte, obwohl es kalt war. Sein Haar klebte am Kopf und er hatte das dringende Bedürfnis, sich zu erleichtern. Doch Jones zog ihn weiter über die Mauer. Meanson und Baker sicherten, den Karabiner im Anschlag, die linke und rechte Flanke, während Jones mit Bremer im Laufschritt die Straße überquerte. Dichtes Buschwerk empfing sie. Die Äste waren kaum auszumachen und hieben ihnen ins Gesicht. Doch die sonst so beängstigende Dunkelheit des Waldes umarmte sie und gab ihnen ein Gefühl der Sicherheit. Meanson und Baker folgten, gerade in dem Augenblick, wo ein schwerer Militärlastwagen die Stelle passierte, an der sie soeben die Straße überquert hatten.

»Der Bach«, hörte Bremer Jones sagen.

»Wie?«

»Sie sagten, wir folgen dem Bach.«

Bremer war irritiert. Wenn diese Männer keine Furcht kannten, welche Art von Gefühlen mag es überhaupt noch in ihrer Seele geben, fragte er sich. »Ein umgestürzter Baum. Wir haben den Bachlauf mit einem umgestürzten Baum markiert.«

»Wie geht es von dort aus weiter?«, fragte Jones.

»Links das Gelände hoch. 700 Schritt geradeaus. Dann kommen wir an ein Versteck. Es ist gut getarnt. Möchte sagen, nicht zu finden, wenn man es nicht kennt.«

Wieder nickte Jones. »Dann los!«

Die Männer schlugen sich durch das Unterholz. Das Knacken der Äste und das Rascheln des Buschwerks schienen Bremer kilometerweit hörbar. Immer wieder blieben die Männer stehen und horchten in die Nacht. Sie liefen von nun an im Wasser, das lediglich knöcheltief war. Die Schritte, vorsichtig gesetzt, verursachten nicht so laute Geräusche wie beim Schreiten über den Waldboden, auf dem Äste und Zweige brachen.

»Aas!«, sagte Jones. »Hier riecht es irgendwie nach Aas.«

»Ein alter Gaul. Ein Kaltblüter«, sagte Bremer. »Einer unserer Männer berichtete davon. Ein Bombentreffer in der Nähe. Ein Waldarbeiter starb.« Bremer kannte die Strecke, wie er den Wald kannte, aber ihm kam die Strecke so lang vor und Zweifel machten sich in ihm breit.

In der Dunkelheit tauchte der umgestürzte Baum auf. Sie verließen das Bachbett und gingen in den Wald hinein. Das Gelände stieg stetig an und die Sicht war derart eingeschränkt, dass die Männer nur eine Armlänge weit sehen konnten.

Bremer zählte die Schritte mit. Waren sie lang genug oder

doch zu kurz? Er war hoch konzentriert, darauf bedacht, sich nicht zu verzählen. Insgeheim streckte er jeweils einen Finger seiner Hand nach 100 getätigten Schritten.

Bremer zählte weiter. Noch 50 Schritte. Auf einmal blieb Jones abrupt vor ihm stehen. Bremer wusste, dass er mitgezählt hatte.

Die Männer verharrten und lauschten wieder. Nichts war zu hören. Jones zeigte nach vorn.

»Die Villa. Nachts schalten sie die Beleuchtung aus. Sie wird zum Wachwechsel wieder eingeschaltet. Dann erfolgt eine Überprüfung, bevor man sie wieder abschaltet. Das machen sie so, seit die Gegend unter Beschuss liegt«, sagte Bremer.

»Und wo ist Ihr Versteck«, fragte Jones.

»Alter Baum. Abgestorben. Eine große alte Eiche. Irgendwo hier«, flüsterte Bremer. »Linksseitig!«

Jones gab den beiden Männern ein Zeichen. Baker und Meanson verschwanden in der Dunkelheit, um den alten Baum zu suchen. Wieder vergingen zähe Minuten. Ein Kauz meldete sich von links. Jones zog Bremer am Ärmel. Sie gingen in die Richtung des Rufes. Obwohl der Ruf nur einmal erfolgte, schien Jones wie zielstrebig auf die Stelle zuzusteuern, aus der er ihn vernommen hatte. Und tatsächlich. Jones gelangte zielgenau zu Meanson. Sie hatten den Baum gefunden. Es war in der Tat ein alter Baum mit einem großen Umfang.

»Sie sind dran, Bremer«, flüsterte Jones.

»Wir müssen hineinklettern. Auf der Rückseite«, sagte Bremer und schritt um den Baum. Dann ergriff er einen Aststumpf in Kopfhöhe und zog sich hoch. Im Stamm klaffte ein großes Loch. Der Baum war innen hohl. Ein einzelner Mann konnte in ihm Platz finden. Bremer bückte sich. Als er wieder stand, hatte er eine Holzplatte ich der Hand. Sie war mit Reisig und altem Laub bedeckt. Unter ihr befand sich der Eingang zu einer Höhle. Bremer kletterte hinein. Jones reichte ihm die Rucksäcke, dann folgten die Männer. Baker verschloss den Zugang. Da die Höhle sehr niedrig war, mussten die vier in gebückter Haltung verharren, bis Bremer Licht machte. »Eine alte Grubenlampe«, sagte er. »Wir haben das Versteck überprüft. Der Lichtschein dringt nicht nach außen.« Die drei Soldaten sahen sich um. Viel Raum bot die Höhle nicht, allerdings hätten zwei zusätzliche Personen noch Platz gefunden.

Dicke Wurzeln zogen sich durch den Hohlraum. In der Mitte stützte ein Balken die Decke. Am Ende des Erdloches erkannten sie ein altes Fallrohr zur Belüftung.

»Wie weit noch?«, fragte Jones.

»Wir befinden uns ungefähr tausend Meter von der Umzäunung der Villa entfernt. Die Wachablösung erfolgt jeweils zur vollen Stunde. Dann werden die Scheinwerfer angestellt. Fünf Minuten vorher bis fünf Minuten danach. Also für insgesamt zehn Minuten«, antwortete Bremer.

»Sie bleiben hier, Bremer. Wir werden gemeinsam bis zur Villa vordringen. Dann teilen wir uns auf. Meanson wird sich dem westlichen Gebäudeflügel nähern. Baker nimmt sich den östlichen Komplex vor. Ich selbst werde versuchen, mich zur Rückseite zu begeben. Denkt daran: Tarnung vor Wirkung. Solltet ihr, aus welchen Gründen auch immer, die Sender nicht platzieren können, dann zieht euch zurück. Ich erinnere nochmals daran, dass unter allen Umständen zu vermeiden ist, dass ein Sender sichergestellt oder aufgefunden wird. Eine Gefangennahme ist nicht vertretbar. Wenn alles gut geht, treffen wir uns im Anschluss wieder hier bei Bremer«, sagte Jones. Dann sah er auf seine Uhr. Sie zeigte 2.15 Uhr an. »Wir nähern uns dem Objekt um 3.30 Uhr. Die Wachen sind dann schon müde und ihre Aufmerksamkeit sinkt zur Ablösung hin.«

*

Die Gefreiten Josef Dürer und Franz Ridders standen am Zaun der Villa Hügel. Vor ihnen erstreckte sich das weitläufige Gebiet des Kruppwaldes. Seit Tagen waren sie für die Nachtwache eingeteilt, die Sicherheitsvorkehrungen von einem Tag auf den anderen erhöht worden. Die ganze Gegend, die Häuser der Haraldstraße, über die man die Villa erreichte, alles wurde auf Hochglanz gebracht. Man munkelte, dass der Führer persönlich der Familie Krupp einen Besuch abstatten würde. Letztendlich bekam man aber erst unmittelbar vorher Gewissheit. Die beiden jungen Männer waren müde. Sie standen am Zaun, wo er unmittelbar ans Waldgebiet grenzte, weit entfernt von der Hauptzufahrt. Das, in Verbindung mit der bereits fünften Nachtschicht in Folge, erhöhte nicht unbedingt ihre Motivation.

Die großen Scheinwerfer, der die Gegend um sie herum taghell erscheinen ließ und dessen Licht sonst tief in den Wald drang, waren ausgeschaltet. Aber selbst wenn sie eingeschaltet waren, gelang es dem künstlichen Licht nicht, etwas von den lebendigen Farben auf die Pflanzen und

Bäume zu legen, wie es die Sonne vermochte. Die beiden grüßten einen Hundeführer, der mit seinem Schäferhund an der Innenseite des Zaunes vorbeilief. Das Tier stellte sich kurz auf die Hinterläufe und bellte sie bei straff gespannter Leine an, bis sein Herr ihn mit einem energischen Ruck zur Räson brachte. Als er außer Sichtweite war, holte Ridders ein Päckchen Zigaretten aus seiner Brusttasche. Sie gingen noch einige Meter weiter abseits, um zu verhindern, dass ein sich nähernder Vorgesetzter die Glut ihrer Zigaretten erkannte. Die beiden Soldaten waren junge Männer. Während Ridders groß gewachsen und breitschultrig war, wirkte Dürers Körper geradezu zerbrechlich. Und in der Tat war er von Kindesbeinen an ständig krank gewesen.

Die beiden wurden das erste Mal mit der Brutalität des Krieges konfrontiert, als die britischen Bomber das Ruhrgebiet ins Visier genommen hatten. Beide waren vertraut mit dem Anblick von Leichen. Von Verstümmelten. Hatten all das Elend und die Verzweiflung gesehen. Jeder kannte irgendwen, der von der Front nicht zurückgekehrt war. Aber so war der Krieg nun mal. Bisher hatten beide noch nicht die Erfahrung machen müssen, wie es wäre, wie es sich anfühlte, einen Menschen zu töten. Wie bei den meisten Soldaten hatten sie sich mit der nicht zu vermeidenden Tatsache auseinandergesetzt, sie wussten nur noch nicht, wann sie damit konfrontiert würden. Insgeheim freuten sie sich auf den Tag, an dem sie echten Feindkontakt bekämen. Dieses permanente Wacheschieben, dieser unbefriedigende Dienst, den sie seit ihrer freiwilligen Meldung verrichten mussten, all das würde dann der Vergangenheit angehören. Obwohl Ridders und Dürer das Gesicht des Krieges bereits kennenlernen durften, wurde ihre Vorstellung von ruhmreichen Schlachten von einer grenzenlosen jugendlichen Naivität begleitet, sodass sie das Ganze mit einer gewissen Abenteuerromantik betrachteten und Gedanken an ihre eigene Verwundbarkeit gar nicht erst aufkommen ließen.

Dürer zündete sich die zweite Zigarette an, die ihm Franz Ridders gereicht hatte. Eigentlich rauchte Dürer nicht. Genauso wie er zuvor kaum Alkohol getrunken hatte. Aber das Leben inmitten einer Männergemeinschaft ließ ihn glauben, dass dies zu einem richtigen Kerl dazugehörte. Die Zigarette löste einen Schwindel in ihm aus, der nach ein paar Sekunden abebbte. Dazu rumorte sein Magen.

Dürer sah auf seine Uhr. Sie zeigte 3.50 Uhr an. Gegen 4 Uhr würden sie abgelöst werden. Er warf seine Zigarette auf den Boden und trat sie aus. Dann kickte er mit seinem Stiefel etwas Erdreich darüber. »Ich muss dich mal ein paar Minuten allein lassen«, sagte er.

»Wieso?«, fragte Franz Ridders kurz, während er an seiner Zigarette zog und sein linkes Auge schloss, weil der Rauch in seinen Schleimhäuten brannte.

»Ich muss mal.«

»Na und? Kannst doch hier am Zaun pissen!«

»Mein Magen«, sagte Dürer, während er sich an den Bauch fasste und eine betretende Mine aufsetzte.

»Wir werden in zehn Minuten abgelöst. So lange wirst du doch wohl noch einhalten können, oder?«

Dürer schüttelte den Kopf. »Ich glaub nicht, dass ich den Rückweg noch schaffe.«

Ridders machte einen genervten Gesichtsausdruck. Aber er sah, dass es Dürer offensichtlich wirklich dringend hatte.

»Aber gib Gas. Wir werden gleich abgelöst. Ich habe keine Lust darauf, dass die Meldung machen, weil wir unseren Posten verlassen haben, nur weil du kacken musst!«

»Ich werd schon rechtzeitig wieder hier sein«, sagte Dürer und ging auf den Wald zu.

Dürer bahnte sich einen Weg durch das Buschwerk. Dann suchte er sich eine geeignete Stelle und legte seinen Karabiner ab. Es wurde höchste Zeit.

*

Werner Winkler öffnete die Hintertür seines Hauses. Die Nacht war ungewöhnlich schwarz. Nur für kurze Momente konnte er die schmale Mondsichel erkennen, wenn das Licht einen Spalt in der Wolkendecke fand. Er trat hinaus und ging zu dem alten Geräteschuppen, der sich am Ende seines Grundstücks befand. Dahinter erstreckte sich Brachland, überwachsen von Birken und Brombeerhecken. Das Einzige, was auf den alten Schlackenhalden wachsen wollte.

Winkler stellte seinen verbeulten Eimer ab und öffnete das alte Vorhängeschloss. Zweimal drehte er den Schlüssel, bis der Riegel aus dem Gehäuse sprang. Er steckte das Schloss in die Hosentasche und betrat den Schuppen.

Der Geruch alten Holzes drang in seine Nase. Auf dem Boden befand sich eine dicke Schicht Hobelspäne. Winkler schob einen alten Korb mit Brennholz beiseite, bückte sich zum Fußboden und wischte dabei die Späne mit der Hand weg. Dann klopfte er in einem bestimmten Rhythmus auf den Holzboden und zog die Falltür auf. Winkler musste sich ducken, als er den Hohlraum betrat. Klaus saß am Funkgerät, dessen Antenne durch ein schmales Rohr zur Oberfläche verlief und von außen nicht zu erkennen war. »Es scheint ein Problem zu geben«, sagte er und sah seinen Vater besorgt an. »Die Briten. Sie sagen, dass er in Berlin ist.«

»Zweifelsfrei?«

Klaus zuckte kurz mit den Schultern. »Zumindest war das dem letzten Funkspruch zu entnehmen. Wir sollten Bremer Bescheid geben.«

Winkler blickte auf seine Uhr. »Dafür ist es zu spät. Informiere die anderen. Ich sehe nachher nochmals nach dir.«

Winkler schloss die Luke und schob den großen Korb mit dem Holz darüber. Anschließend verschloss er den Schuppen wieder und trug seinen nun gefüllten Eimer mit Brennholz in sein Haus.

*

Josef Dürer saß in einem Gebüsch. Die Erleichterung ließ seine Unterleibskrämpfe allmählich verschwinden. Er war etwas tiefer in den Wald gegangen, hatte die Grenze passiert, welche das Licht der Scheinwerfer gezogen hatte, die in dem Moment angeschaltet wurden, als er sich hinkniete.

Er war hundemüde und würde die kommende Pause nutzen, um sich etwas auszuruhen.

Dürer zog seine Uniformjacke wieder an. Auf seiner Taschenuhr war es 3.58 Uhr und Dürer beeilte sich. Es war höchste Zeit, zurückzukehren. Er hoffte, dass die Ablösung nicht schon früher dran war. Dürer sah zu der Villa. Das Gelände war von den Bäumen und Büschen verdeckt, aber der gesamte Bereich vor ihm war großräumig erhellt. Das Zeichen für die Wachablösung.

Er schulterte seinen Karabiner und machte sich auf den Rückweg. Plötzlich nahm er eine Bewegung wahr. Sie kam von links. Dürer blieb stehen. Er hörte ein Rascheln. Ein rhythmisches Geräusch. Es waren Schritte. Von einem Tier? Dürer lauschte. In der Ferne hörte er die Stimmen der Wachablösung. Aber die Laute aus dem Wald kamen immer näher. Etwas schien sich schnell fortzubewegen. Dürer entsicherte seinen Karabiner und hielt dessen Lauf in Richtung des Geräusches. Langsam, ganz langsam schritt er voran.

Schritte. Es waren unverkennbar Schritte. Etwas oder jemand lief. Dürers Herz klopfte heftig. Er war hin und her gerissen. Sein Verstand sagte ihm, dass er zurück zu Ridders gehen sollte. Seine Neugierde drängte ihn vorwärts.

Der Wald war dunkel. Dürer näherte sich aus dem Hellen und war somit gut sichtbar, während er sich auf etwas Unbekanntes in der Dunkelheit zubewegte. Ein weiteres Gefühl kam hinzu. War es Angst? Dürer hatte keine Zeit, sich mit dieser Frage auseinanderzusetzen. Er spürte, dass dieses Unbekannte unmittelbar vor ihm war. Dürers Augen durchdrangen die Schwärze. Dann sah er etwas. Wieder eine Bewegung. Sie kam in seine Richtung. Was war es? Ein Tier hätte ihn längst wittern müssen! Wäre geflohen.

Dürer hatte Angst. Aber er zog sich nicht zurück. Eine unerklärliche Macht drängte ihn weiter. Die Geräusche um ihn herum, die Stimmen der Soldaten bei der Wachablösung hinter ihm, all dies drang wie durch Watte zu ihm. Es gab nur noch dieses Ding und ihn. Dürer drückte einige

Äste aus seinem Gesichtsfeld, ging ein paar Schritte weiter und verharrte dann hinter einem Baum. Er lauschte, drehte seinen Kopf in die Richtung, aus der er zuvor das Geräusch vernommen hatte.

Plötzlich bewegte sich wieder etwas. Wenige Meter vor ihm.

Eine Gestalt! Ein Mensch rannte geduckt an ihm vorbei. Josef Dürer war für einen kurzen Moment wie gelähmt. Der Unbekannte war dunkel gekleidet und lief in gebückter Haltung. Und er trug etwas auf seinem Rücken. Einen Rucksack. All diese Eindrücke verarbeitete Dürers Unterbewusstsein. Zu überrascht war er, als dass er sie hätte analysieren können. Doch mit einem Mal war Dürer wieder voll da. »Stehen bleiben, oder ich schieße!«, schrie er den Mann an.

Dieser blieb mit dem Rücken zu ihm stehen. Die Dunkelheit ließ Dürer kaum etwas erkennen. Er sah nur einen Mann. Einen großen Mann. Kräftig. Sah dessen Rucksack auf dem Rücken. Dürer kämpfte gegen seine aufkommende Panik an. Die Situation überforderte ihn. Er hatte einen Mann gestellt. Allein. Was musste er jetzt tun?

»Hände über den Kopf!«, schrie er. Doch der Mann tat nichts. Er stand aufrecht da. Wie zu einer Statue erstarrt. Sprach nicht. Bewegte sich nicht.

»Ich sagte Hände über den Kopf!«, schrie Josef Dürer erneut. Der Mann vor ihm reagierte immer noch nicht. Dürer nahm nicht wahr, dass er sich automatisch in Richtung des Mannes bewegte. Sein Zeigefinger umfasste den Abzug. Verkrampfte sich.

Er stand nun direkt hinter dem Unbekannten. Was war mit Ridders? Er musste ihn doch gehört haben? Wo blieb er? Dürer tat noch einen weiteren Schritt auf den Mann zu und drückte ihm den Lauf seines Gewehres in den Rücken. »Ich sage es dir nicht noch mal! Nimm deine verdammten Hände über den Kopf!«

Erst jetzt wurde Dürer bewusst, dass der Mann eine Soldatenuniform trug. Eine Fliegermontur. Eine deutsche Fliegermontur.

Der Mann vor ihm hob beide Arme an.

»Langsam! Ganz langsam«, sagte Dürer, wobei es ihm nicht gelang, das Zittern in seiner Stimme zu unterdrücken.

Wie in Zeitlupe hoben sich die Hände weiter. Sie befanden sich auf einer Höhe mit dem Lauf der Waffe. Dürer war angespannt. Aber die Tatsache, dass der Mann seinen Anweisungen nun folgte, gab ihm etwas Sicherheit und das Gefühl, die Situation zu kontrollieren.

Mit geradezu atemberaubender Geschwindigkeit fuhr der Mann herum und drückte den Lauf der Waffe weg. Die Kugel, die aus Dürers Karabiner schoss, flog ziellos ins Buschwerk. Die Hand, die mit brachialer Gewalt gegen Dürers Hals schlug, zerschmetterte seinen Kehlkopf in Sekundenbruchteilen. Dürer fiel bewusstlos nach hinten. Das Messer, welches unterhalb seines Rippenbogens eindrang und ihm die Luft raubte, spürte er nicht mehr.

Jones packte den jungen Soldaten und zog ihn zu einem nahe gelegenen Gebüsch. Versteckte ihn dort notdürftig. Er war sicher, dass der Soldat nur zufällig in der Nähe gewesen war. Ohne künstliche Beleuchtung, dazu allein in diesem dunklen Wald, das ergab keinen Sinn. Trotzdem war er zutiefst verärgert über diesen dummen Zwischenfall, denn sie waren aufgeflogen. Daran bestand kein Zweifel.

Er rannte weiter.

»Hier entlang!«, hörte er Meanson. Jones schwenkte nach rechts und lief das Gelände etwas hinauf. Baker und Meanson standen nahe einem dichten Busch. Baker sicherte die Umgebung. Jones sah seine Kameraden kurz an, wobei Meanson hörbar ausatmete.

»Ich wurde entdeckt. Die Deutschen werden den Schuss gehört haben. Und es fehlt einer ihrer Männer. Mir blieb keine Zeit, die Leiche richtig zu verstecken. Wahrscheinlich werden sie den Toten schnell finden. Wir müssen also davon ausgehen, dass es in wenigen Minuten hier nur so von Soldaten wimmelt. Ihr verschwindet. Zurück zum Commander oder zum Versteck.«

»Ich höre noch niemanden kommen«, erwiderte Baker. »Wir sollten uns geschlossen zurückziehen und später einen erneuten Vorstoß wagen.«

Jones schüttelte den Kopf. »Die Deutschen werden ähnlich denken. Sie werden davon ausgehen, dass der Feind sich geschlossen zurückzieht. Ich werde sie von euch ablenken und sie in eine andere Richtung locken. So sind eure Chancen zur Flucht größer.«

Baker nickte. Wenngleich er nur widerwillig zustimmte.

»Sobald die Luft rein ist, komme ich nach. Und jetzt los!«

*

Franz Ridders war ein Stück in Richtung des Waldes gegangen. Dann aber kehrte er um. Ridders durfte seinen Posten unter keinen Umständen verlassen. *Dürer!* Wo verdammt noch mal blieb Dürer eigentlich?, schoss es ihm durch den Kopf.

Ridders lief zu ihrem ursprünglichen Standort. Dürer war nicht da. Ridders konnte sich nicht vorstellen, dass Dürer in aller Seelenruhe sein Geschäft beendete, während einige hundert Meter weiter die Ablösung heranmarschierte, was riesigen Ärger bedeutete, wenn sie nicht auf ihrem Posten waren.

Franz Ridders fuhr herum. Er hörte einen Schuss direkt aus dem Wald. Aus dem Bereich, in dem er Dürer vermutete. Ridders machte die ersten Schritte zur Waldgrenze. Wo war Dürer noch mal hingelaufen? Er versuchte, es sich in Erinnerung zu rufen. »Josef!«, rief er. Doch er bekam keine Antwort. Ridders ging weiter. Er war sich sicher, dass Dürer nicht viel weiter in den Wald gegangen war. Er hätte nichts gesehen. »Lass den Scheiß, Dürer!«, rief Ridders. Er horchte in den Wald. Nichts. Vielleicht hatte er sich einfach verlaufen und die Nerven verloren, dachte Ridders. Oder er wurde von einem Tier aufgeschreckt. Wenn er Feindkontakt gehabt hatte, hätte er doch nicht nur einmal geschossen, sagte sich Ridders, um sich selbst zu beruhigen. Dürer war ein Feigling. Er hatte bestimmt nur versehentlich den Abzug betätigt.

Wieder lauschte er. Aber das Einzige, was er hören konnte, waren die Rufe der Wachablösung und Motorengeräusche der Generatoren hinterm Haupteingang.

Nochmals blickte Ridders sich um. Er sah auf das hell erleuchtete Gebiet der Villa Hügel, doch es war niemand in der Nähe. Er drehte sich wieder in Richtung Wald. Langsam ging er weiter. Der Wald roch. Verbreitete seinen typischen Duft. Der Geruch frischen Grüns vermischte sich mit dem noch immer vorherrschenden Geruch des sich zersetzenden Laubes. Ridders spürte etwas in seinem

Gesicht. Er fuhr sich über die Augen und bemerkte, wie sich der leichte Klebefaden eines Spinnennetzes von seinem Gesicht hob. Er vernahm den Widerstand dünner, biegsamer Äste. Die ersten vereinzelten zarten Blätter, die über sein Gesicht strichen. Die Wolkendecke riss allmählich auf. Ridders blickte nach oben. Er sah die Mondsichel zwischen der Lücke in den Wolken, die sich zügig nach Osten bewegten. Doch das bisschen Licht drang nicht tief genug durch das Blätterdach der Bäume. Ridders konnte nicht sehen, was sich vor ihm befand. Er griff in seine Brusttasche und holte seine Zündhölzer hervor. Dann zündete er ein Streichholz an. Sofort fiel ihm ein, was man ihm während ihrer Ausbildung gesagt hatte. Dass eine solche Flamme über einen Kilometer weit zu sehen sei. Ridders ging weiter, rief erneut, ohne Antwort zu erhalten. Hier stimmte etwas nicht. Irgendwas war faul! Ridders drehte sich um. Wo blieben die anderen? Sie mussten doch auch den Schuss gehört haben? Es hatte keinen Zweck. Er sah nicht genug. Und er hatte ein ungutes Gefühl. Vielleicht war ihm doch etwas zugestoßen, fuhr es Ridders durch den Kopf. Oder Dürer war gestürzt. Lag verletzt im Wald. Womöglich ohne Bewusstsein. Ridders beschloss umzukehren. Er würde Meldung machen. Machen müssen.

Als er auf einen Ast trat, verlor er den Halt. Mit dem Gesicht voran schlug er auf den Waldboden auf. Er hob den Kopf und spuckte Erdreich. Ridders setzte sich auf. Fluchte. Tastete seitlich den Boden ab und bekam seinen Karabiner zu fassen. Wieder griff er in seine Brusttasche und holte seine Zündhölzer hervor. Wenn er hier etwas verloren hatte, würde er es garantiert am Tag nicht mehr wiederfinden. Ridders fingerte ein Hölzchen aus der Verpackung. Seine Fingerkuppen fühlten die Erhebung des Schwefelpulvers. Er rieb den Zündkopf an der Reibefläche und sah den leichten Funkenflug. Hörte das zischende Geräusch, als das Pulver unter der Flamme verglühte und roch den Schwefel, der kurz in seiner Nase stach. Ridders sah an sich herunter und leuchtete nach rechts. Betrachtete den Boden. Suchte. Schwenkte dann nach links.

Auf einmal sah er in leblose Augen. In Dürers Augen. Sie waren starr wie die Augen der Toten, die er nach einem Bombenangriff in den Straßen der Stadt gesehen hatte.

Ridders sprang auf, ergriff seinen Karabiner und rannte. Er rannte, so schnell er konnte.

*

Jones steckte sein Kampfmesser wieder weg. Es hatte keinen Sinn. Der junge Soldat war zu weit weg, um ihn noch gefahrlos einholen zu können. Er würde den Toten nicht mehr verstecken müssen. Ab jetzt wusste man, dass sie hier waren. Jones drehte sich um und lief.

Das Licht, welches die schweren Scheinwerfer im Bereich der Villa Hügel aussandten, erhellte den Wald vor ihm zwar nicht vollständig, ließ zumindest auf den ersten hundert Metern weitaus mehr erkennen, als es unter dem fahlen Licht des Mondes auf ihrem Hinweg der Fall gewesen war.

Jones wusste, dass er sich nicht allzu viel Vorsprung herausarbeiten durfte. Es galt, genau die Entfernung zu finden, in der er die volle Aufmerksamkeit seiner Verfolger hatte, gleichzeitig aber zu weit entfernt war, gestellt zu werden. Zumindest zunächst. Denn ihnen zu entkommen war etwas, womit Jones nicht wirklich rechnete. Jones verschwendete dabei keine Sekunde lang einen Gedanken an sein eigenes Leben. Sie hatten eine Mission zu erfüllen, die weitaus wichtiger war.

Er lehnte sich mit dem Rücken an einen Baum. Versuchte, seinen Atem unter Kontrolle zu bekommen, spürte seinen Herzschlag. Seinen Puls in seinem Hals und in seinen Schläfen. Ohrenbetäubender Lärm, der ihn beeinträchtigte. Wenn nicht sogar verriet, so laut erschien es ihm. Er nahm seinen Helm ab, um sich den Schweiß von der Stirn zu wischen, der ohne Unterlass in seine Augen rann. Es konnte nicht mehr lange dauern, das wusste er. Jones war in der Lage, die Geräusche aus dem Bereich der Villa Hügel zu klassifizieren. Der Lärm entstand vornehmlich durch die herrschende Hektik. Aber er glaubte, dass sie allmählich einer koordinierten Aktion wich. Und dann bemerkte er sie. Vernahm die Hunde und die Befehle, die sie vorantrieben. Die Jagd begann.

Während Jones den Hügel hinunterschritt, zog er seine Uniformjacke aus und wickelte sich diese um den linken Unterarm. Dann blieb er erneut stehen. Diesmal suchte er keine Deckung. Jones blieb an einer Stelle stehen, weil sie strategisch günstiger war in Anbetracht dessen, was er erwartete. Sein Puls beruhigte sich und Jones lauschte in Richtung des Feindes. Ein Ungeübter hätte das Geräusch wohl nicht wahrgenommen. Und wenn, erst sehr spät. Und auch dann hätte er es nicht zuordnen können. Doch Jones wusste es zuzuordnen. Der SAS-Mann hob den linken Arm und hielt den Unterarm mit der Tuchjacke vor seiner Brust. Die andere Hand tastete nach seinem Kampfmesser, welches sich seitlich an seinem Gürtel befand.

Der Schatten, der auf Jones zuflog, erschien mit atemberaubender Geschwindigkeit wie aus dem Nichts. Die Zähne des gut 40 Kilogramm schweren Schäferhundes, der sich mit annähernd 50 Stundenkilometern seiner Beute genähert hatte, gruben sich wie eine stählerne Zwinge in die Jacke, die sich um Jones' Arm befand. Jones spürte die Kraft des Kiefers und den Druck der Eck- und Reißzähne. Er wusste, dass er die Bewegung des Tieres seitlich von sich wegführen musste, um von der enormen Aufprallenergie nicht umgerissen zu werden. Jones drehte sich mit dem Tier, das sich in seinen Unterarm verbissen hatte und rammte ihm sein Kampfmesser seitlich in den Brustkorb. Jones bemerkte, wie einige Rippen unter der Wucht seines Stoßes brachen. Doch der Hund gab noch nicht auf. Seine Instinkte waren durch seinen Ausbilder nicht nur erhalten, sondern verstärkt worden. Er fühlte zwar, dass sich der Kiefer etwas löste, bis plötzlich das Tier noch fester zuzupacken schien. Der Hund landete auf dem Boden. Jones war nun über ihm und führte die Klinge direkt in das Herz des Tieres.

Gerade als Jones sich erheben wollte, sprang ihn ein zweiter Hund an. Doch das Tier war zu flink und flog förmlich über Jones hinweg. Die Geschwindigkeit, mit dem sich der zweite Schäferhund drehte, war unglaublich. Seine mächtigen Oberschenkel katapultierten das Tier derart schnell nach vorn, dass Jones keine Zeit blieb, ihm seinen geschützten Arm anzubieten. Das Tier sprang mühelos aus dem Stand anderthalb Meter hoch, zielgerichtet auf Jones' Kehle zu. Der SAS-Mann hob reflexartig den rechten Arm. Die Zähne drangen in seine Muskeln und fanden erst auf seinem Unterarmknochen Widerstand.

Durch den Adrenalinausstoß, der durch die Adern schoss, nahm Jones diesen Schmerz nur beiläufig wahr. Aufgrund des Bisses ließ er jedoch sein Messer fallen. Die enormen Nervenimpulse, welche durch seinen verletzten Unterarm schossen, entzogen ihm jegliche Kontrolle über seine Hand. Das Tier war ein geschulter Kämpfer. Unmittelbar nachdem es sein Opfer erfasst hatte, zog es mit unglaublicher Kraft und riss so die Wunde zusätzlich auf. Jones ballte die linke Hand zur Faust. Fest schlug er zu. Doch er verfehlte die empfindliche Schnauze des Tieres, welches wie in einem Blutrausch seinen Kopf hin und her riss. Der zweite Schlag traf den Hund mittig auf die Nase. Begleitet von einem lauten Jaulen ließ der Hund los. Er zog den Schwanz ein und lief seitlich einige Meter nach hinten. Jones wusste, dass das Tier nicht aufgeben würde. Er sprang zur Seite, rollte sich über die linke Schulter ab und ergriff sein Messer. Gerade in dem Moment drehte er sich, als der Hund wieder angriff. Der Elitesoldat riss den Arm hoch. Die rasiermesserscharfe Klinge drang durch den Unterkiefer des Tieres und verschloss dessen Schnauze. Der Hund wich zurück. Jones zögerte keine Sekunde, ergriff einen dicken Ast direkt neben sich und zertrümmerte den Schädel des Tieres.

»Haut ab, ihr verfluchten Scheißköter«, schrie Jones auf Deutsch, so laut er konnte. Er zog das Kampfmesser aus dem Schädel des Hundes, führte es in die Scheide seitlich an seinem Gürtel, hob seinen Karabiner auf und lief den Hügel hinab. Dann sah er etwas am Fuße des Hügels. Unzählige Lichtpunkte, die unruhig das Gelände abtasteten und die sich über die gesamte Breite zu erstrecken schienen. Und diese Lichtpunkte kamen unaufhaltsam auf ihn zu. Jones wusste, dass er in der Falle saß. Er überlegte kurz. Dann lief er den Lichtern entgegen. Er musste vor ihnen an dem Bach sein.

*

Baker und Meanson liefen gebückt durch das Unterholz. Sie wussten nicht, dass Dürer bereits gefunden worden war. Sie gingen davon aus, dass sie zumindest etwas Zeit hatten, bis der Wachposten aufgefunden wurde und sich die Suchkräfte organisiert und koordiniert hatten. Das hätte etwas gedauert und ihnen einen Vorsprung verschafft.

Die Sicht war derart eingeschränkt, dass die Männer höllisch aufpassen mussten, sich nicht zu weit voneinander zu entfernen.

Baker schätzte, dass er sich ungefähr zehn Meter vor Meanson befand. Hinter sich nahmen sie Rufe wahr. Und noch etwas anderes. Die kehligen Laute der abgerichteten Hunde, die durch ihre Führer angefeuert wurden.

Und dann sah Baker die Lichtpunkte, die eng beieinander tanzten, dünne Lichtstrahlen aussandten und die Dunkelheit zerschnitten. Noch war sie zu weit weg, um bedrohlich zu sein, aber diese Lichterkette näherte sich ihnen unaufhaltsam. Baker spürte Meanson hinter sich. »Auf die Bäume«, sagte er knapp und noch ehe er den Satz ausgesprochen hatte, hörte er, wie Meanson sich entfernte.

Baker verharrte kurz und lauschte auf Meansons Schritte. Nach wenigen Sekunden vernahm er ein anderes Geräusch. Es waren keine vorsichtig aufgesetzten Schritte.

Mehr ein schabender, ein kratzender Laut. Meanson kletterte einen Baum hinauf. Baker prägte sich die Richtung und die geschätzte Distanz ein. Dann schritt er weiter nach links und tastete mit seinen Händen die raue Rinde der Bäume vor sich ab. Die Stimmen, die sich den Hang hinaufbewegten, wurden lauter. Die Soldaten in der Lichterkette überprüften ihren Stand, in dem sie sich zuriefen. Baker verstand inhaltlich nicht, was sie sagten, aber er glaubte, klare Worte heraushören zu können. Ihm blieb nur noch wenig Zeit. Der Baum vor ihm schien geeignet. Baker sah den Ast über sich. Der SAS-Mann sprang hoch und ergriff ihn mit beiden Händen. Dann zog er sich nach oben. Das Gewicht seines Rucksackes hinderte ihn dabei weniger als die Tatsache, dass sich sein Körperschwerpunkt durch diese Last verlagert hatte und er sich nicht, wie gewollt, ohne deutliche Pendelbewegung hochziehen konnte.

Das Holz war feucht und seine Hände fanden schlecht Halt. Baker musste all seine Kräfte aufbieten. Mit den Füßen stemmte er sich gegen den Stamm und als er sich genügend hochgezogen hatte, schwang er sich auf den Ast, setzte sich und blickte nach oben. Der alte Baum verfügte über eine mächtige Krone, die sich hoch über ihm befand. Die Äste im unteren Bereich jedoch waren spärlich. Baker drehte sich, hielt sich an dem Stamm fest und stand auf. Kurz blickte er nach unten und erkannte, dass sich aus den einzelnen Lichtpunkten allmählich eine Wand aus gebündelten Lichtstrahlen entwickelte, die in wenigen Augenblicken auf seiner Höhe sein würde. Baker sah einen weiteren Ast über sich. Er streckte den rechten Arm aus, konnte ihn nicht erreichen, ging daher leicht in die Knie und stieß sich ab. Er bekam den Ast zu fassen. Wieder nahm er die

Füße zu Hilfe und diesmal fanden die schweren Kampfstiefel besseren Halt in der Rinde des alten Baumes. Baker zog sich hoch. Kletterte Ast für Ast in Richtung Wipfel.

Ein Geräusch! Baker hörte etwas. Einen dumpfen Aufprall. Genau in dem Moment, als er bäuchlings auf den nächsten Ast kletterte. Sofort überprüfte der SAS-Mann seine Ausrüstung. Tastete sein Koppel ab. Seine Pistole! Seine Pistole befand sich nicht mehr in seinem Holster. Baker blickte nach unten. Er nahm die ersten Bewegungen wahr. Schatten. Nicht klar voneinander abgetrennt. Aber doch deutliche Schatten, die sich unruhig bewegten und ein immer stärker werdendes Licht vor sich hertrieben. Er überlegte kurz, dann kletterte er den Baum hinunter. Baker setzte den ersten Fuß auf den unter ihm befindlichen Ast, als sein Stiefel auf dem mit Flechten bewachsenen Holz wegrutschte.

Baker fiel, jeglicher Möglichkeit beraubt, auf seinen Sturz Einfluss zu nehmen. Der unglaublich harte Aufprall mit dem Rücken auf einen unteren Ast schien ihm jegliche Luft zu rauben. Der Schmerz war so gewaltig, dass Baker unfähig war, sich festzuhalten. Während er von dem Ast rutschte, drehte er sich und fiel nun mit dem Bauch voran dem Boden entgegen. Bis ihn etwas jäh stoppte. Der SAS-Mann brauchte einige Sekunden, um sich zu orientieren und die Situation zu begreifen. Unter ihm befand sich noch immer der dunkle Waldboden, aber nichts passierte. Baker blickte nach oben. Er hing fest. Der Tragegurt seines Rucksacks hatte sich in einem abgebrochenen Ast verfangen.

Baker versuchte, den Gurt zu erreichen. Es gelang ihm, den Oberkörper so weit aufzurichten, dass er den dünnen Ledergurt zu fassen bekam. Aber seine Hände waren feucht. Immer wieder rutschte er bei dem Versuch ab, sich hochzuziehen. Und dann wurde es hell.

Baker blickte zur Seite. Den Hügel hinab. Er sah die tanzenden Lichtkegel der Lampen, die in wenigen Metern Entfernung den Waldboden absuchten und geradewegs auf ihn zu kamen. Baker wusste, dass er chancenlos war. Die Pistole lag im Laub unter ihm. Das Gewehr befand sich auf seinem Rücken, durch den Tragegurt seines Gepäcks fest an seinen Körper gepresst. Der SAS–Mann entnahm die Handgranate, die seitlich an seinem Koppel hing. Baker sah, wie der Lichtkegel zum Stamm des Baumes wanderte, an dem er hilflos hing. Einen leichten Schwenk zur Seite und der Soldat würde seine Pistole sehen. Eine Bewegung des Handgelenkes nach oben und der Soldat hätte Baker in Anbetracht der hilflosen Lage verhöhnen können. Langsam näherte sich Bakers linker Zeigefinger dem Sicherungsstift der Granate. Es war seltsam. Er müsste Angst empfinden, dachte er. Aber da war keine Angst. Eine seltsame Gelassenheit stellte sich ein. Es galt, nur den richtigen Augenblick zu finden. Abzuwarten, dass genügend Feinde in seiner Nähe waren. Baker machte mehrere Gestalten aus, die sich aus der Dunkelheit schälten. Der Zeigefinger fuhr langsam in die metallene Öse. Seine Arme spannten sich an.

»Haut ab, ihr verfluchten Scheißköter!«

Die Soldaten unmittelbar vor ihm fuhren zur Seite. Für einen Moment verharrten sie. Dann rannten sie los. Sie rannten in die Richtung, aus der Baker Jones' Schrei gehört hatte.

*

»Was zum Teufel ist da los!«, brüllte Schleßmann. Sturmbannführer Schlegel sah seinen Vorgesetzten ausdruckslos an. Er wusste, dass Schleßmann viel von ihm hielt. Eine Tatsache, die nicht auf Gegenseitigkeit beruhte. Schlegel empfand es als persönliche Beleidigung seines Intellektes, unter Fritz Schleßmann dienen zu müssen. Stets waren seine Antworten und Kommentare von einem Sarkasmus geprägt, die allmählich als Affront empfunden werden konnten. Aber selbst offenkundige Häme schien dieser Kretin nicht zu erkennen. Was jedoch deutlich erkennbar war: Schleßmann war wütend. Was sicher nicht nur damit zu tun hatte, dass man ihn mitten in der Nacht geweckt hatte.

»Erst ein abgestürzter Brite. Dann eine Schießerei. Sechs tote Wehrmachtssoldaten. Im weiteren Verlauf fischen wir drei weitere Tote aus dem Wasser und finden zwei weitere mittels Kopfschuss hingerichtet am Ufer. Und jetzt der Vorfall an der Villa Hügel. Mit einem weiteren Toten. Ich habe Grund zur Sorge, dass der Feind eingedrungen ist. Ich erkenne durchaus einen Zusammenhang, Brigadeführer.«

Schlegel vermied es stets, Schleßmann als Gauleiter anzusprechen. Der Gedanke, es vielleicht in naher Zukunft einmal tun zu müssen, widerte ihn an.

»Sie nicht?«

Schlegel stand noch immer vor dem Schreibtisch des Brigadeführers, der mit sichtlich hochrotem Kopf wie ein traumatisiertes Zootier hin und her lief. »Das Flugzeug wurde in einigen Kilometern Entfernung vom Ort der Schießerei aufgefunden. Der zeitliche Zusammenhang lässt nicht unbedingt eine Parallele erkennen. Wenn es Briten waren, dann würde dies bedeuten, dass sie annähernd 15 Kilometer bei Dunkelheit in einem fremden Gebiet in weniger als drei Stunden zurückgelegt hätten.«

»Ich widerspreche Ihnen da nicht. Aber bedenken Sie, dass unmittelbar vor der Schießerei aus einem Fahrzeug der Wehrmacht mehrere Männer flohen. Die Soldaten, denen der Wagen zugeteilt wurde, werden noch immer vermisst. Und zuvor wurde an einem Kontrollpunkt ein Fahrzeug angehalten, in dem ein schwer verletzter Hauptmann lag. Leider versäumte der Wachhabende die Personalien festzuhalten. Eine Einlieferung ins Krankenhaus erfolgte nach unseren ersten Ermittlungen nicht.«

»Ich habe den Bericht gelesen. Aber der Wachhabende gab in seiner Vernehmung an, dass die Soldaten in dem Wagen deutsche Uniformen anhatten. Und akzentfreies Deutsch sprachen. Das wird von einem der Sicherungsschützen bestätigt.«

»Es wundert Sie nicht, dass der Oberbefehlshaber West die Villa Hügel besucht und ausgerechnet in diesem Moment in der Nähe des Haupteinganges ein Wachsoldat tot aufgefunden wird?«

Schleßmann sah Schlegel an. In einer Art, als zweifle er ernsthaft an dessen Verstand. »Der Soldat wurde erstochen! Hier!«, sagte Schleßmann und hielt demonstrativ einige Blätter hoch. »Hier! Steht in Ihrem Bericht. Es ergibt keinen Sinn, mit einer groß in Szene gesetzten Landungs- oder Sabotageaktion aufzufallen und dann davor zurückzuscheuen, von der Schusswaffe Gebrauch zu machen, und stattdessen einen unserer Soldaten zu erstechen.« Schleßmann blätterte den Bericht um. »Hier! Hier steht es! Schwarz auf weiß! Zwei Hunde tot aufgefunden.

Ebenfalls erstochen. Flüchtig eine männliche Person, die eindeutig akzentfrei Deutsch spricht!«

Schlegel atmete tief aus. Es hatte keinen Sinn. Schleßmann fehlte der Intellekt, um die Sache zu bewerten. Daran bestand für ihn kein Zweifel. Und ihn hier vor sich im Morgenmantel zu sehen, trug nicht dazu bei, seine Autorität zu heben. »Ich empfehle Herrn Brigadeführer dennoch, den Generalfeldmarschall von den Vorfällen zu unterrichten.«

»Sicher! Natürlich!«, rief Schleßmann wild gestikulierend. »Und was soll ich von Rundstedt erzählen? Dass wir nicht in der Lage sind, für seine Sicherheit zu sorgen? Dass ich nicht in der Lage bin? Das ist es, Sturmbannführer. Es fällt auf mich zurück! Und ich werde mich sicher nicht in ein schlechtes Licht setzen, weil Sie nicht in der Lage sind, die Situation richtig einzuschätzen!« Schleßmann ließ sich wutentbrannt auf seinem Sessel nieder. Er starrte auf einen imaginären Punkt. Irgendwo zwischen Schlegel und seinem Schreibtisch, während er geistesabwesend mit seinem Füllfederhalter hantierte.

»Es bleibt dabei!«, sagte Schleßmann und knallte den Federhalter auf den Schreibtisch. »Zufälle! Es ist eine Aneinanderkettung von Zufällen. Mehr nicht!«

»Wer wird die Ermittlungen übernehmen? Die Polizei oder die Wehrmacht?«

»Ich arbeite daran. Die Wehrmacht ist, wie Sie ja wissen, nach der Genfer Konvention lediglich für Kriegsgefangene zuständig. Zum einen haben wir noch keine Kriegsgefangenen, die wir übergeben müssen, zum anderen ist noch nicht mal bekannt, wer es war. Somit gehen wir zunächst von einer versuchten Sabotageaktion des Widerstandes oder von feindlichen Agenten aus. Vielleicht eine Aktion beider Seiten. Ich habe bereits mit dem Polizeipräsidenten Max Henze gesprochen und ihm mitgeteilt, dass ich die Zuständigkeit bei der Polizei sehe. Ich werde aber darüber hinaus mit Karl Gutenberger sprechen. Er ist mir noch einen Gefallen schuldig. Und als SS- und Polizeiführer West wird sich Henze seinen Wünschen nicht widersetzen. Gehen Sie also davon aus, dass wir die Sache übernehmen. Außerdem brauche ich Sie wohl nicht daran zu erinnern, dass Sie die Gestapo sind. Denken Sie sich also etwas aus, was unsere Position stärkt.«

»Wir werden das gesamte Gebiet durchsuchen müssen.«

»Ich weiß. Ich werde Gutenberger um ein Bataillon bitten. Ich bin mir sicher, dass er meinem Wunsch entspricht. Und jetzt sollten wir uns an die Arbeit machen!«

*

Mayne befand sich hinter einer umgestürzten Mauer der alten Gerberei, unweit des Tunnelzugangs. Er war noch immer schwach, doch die zurückliegende Pause hatte etwas von seiner Kraft zurückkehren lassen. Mayne hatte sich entschlossen, die Halle zu verlassen. Zu groß war seiner Einschätzung nach die Gefahr, in der Falle zu sitzen, sollte man das Versteck finden. Der Commander beobachtete das Gelände vor sich über den Lauf seiner Waffe. Die Reste dieser ehemals tragenden Ziegelwand führten einen aussichtslosen Kampf gegen die niedere Vegetation, die, durch den nahenden Frühling geweckt, langsam begann, sich das zurückzuerobern, was der Natur einst genommen wurde. Moose und Flechten hatten die alten, brüchigen Fugen aufplatzen lassen und die ersten, wenige Zentimeter großen Bäumchen reckten sich auf dem Schuttberg vor Mayne in die Höhe.

Der Commander zog den Kragen seiner Jacke hoch. Er fror und seine Wunde schmerzte. Ein unaufhörliches Pochen. Ein Pochen, welches nicht nur in seiner Seite zu spüren war. Es war ein Pochen in seinem Verstand. Laut. Aufdringlich.

Der Morgen graute. Die hohe Luftfeuchtigkeit legte sich über das alte Fabrikgelände. Die schwere Luft trug den Geruch verbrannten Kokses aus den umliegenden Wohnhäusern davon. Mayne mochte diese Tageszeit. Diese Stille. Die klare Luft, in der Gerüche rein erschienen. Als kleiner Junge hatte ihn sein Bruder oft zum Angeln mitgenommen. Der Commander schmunzelte. Musste daran denken, wie er müde und frierend neben seinem Bruder gesessen hatte, kaum in der Lage, mit seinen kalten Fingern einen Wurm am Haken zu befestigen. Wie die Nebelschwaden über das Wasser des kleinen Flusses gezogen waren. Erinnerte sich an die Bisamratten, die beinahe lautlos ihre Höhlen unterhalb der ausgespülten Uferbereiche aufgesucht und sich nur durch die seichten Wellen verraten hatten, die ihr Schwanz erzeugt hatte. Und die farbenprächtigen Eisvögel, die sich wie schillernde Edelsteine vom Grau des Morgens abgehoben hatten. Es gab Erinnerungen, die änderten sich nie. Nicht mal in den Kriegstagen. Und der Laut einer Elster schien ihn tatsächlich für einen kurzen Moment in das England seiner Kindheit zurückkehren zu lassen. Allmählich begannen sich die Umrisse der übrigen Ruinen aus der Umklammerung der Dunkelheit zu lösen. Noch wenige Minuten und Paddy Mayne konnte den Zugang zum Kanal sehen.

Wieder hörte er die Rufe aus dem nahe liegenden Waldgebiet. Er konnte sich denken, was dies zu bedeuten hatte. Sie waren aufgeflogen. Das Licht der starken Scheinwerfer ließ die Villa Hügel beinahe goldfarben erstrahlen. Der Commander versuchte, die Lage einzuschätzen. Er hatte keinen Schusswechsel gehört. Ein zarter Beweis dafür, dass man seine Männer noch nicht gefasst hatte. Denn sie würden sich unter keinen Umständen dem Feind ergeben.

Mayne veränderte seine Liegeposition, denn die Kälte drang unaufhörlich durch seine Kleidung. Der Commander kämpfte zusehend gegen eine immer schwerer werdende, bleierne Müdigkeit, die ihn seiner Konzentration berauben wollte. Mayne wusste, dass dieser Gegner sich schon bald auch seinen Männern entgegenstellen würde.

Das Geräusch war kaum wahrzunehmen. Und Maynes Reaktion erfolgte mehr instinktiv als bewusst. Sein Verstand war zu träge. Er hätte Fragen aufgeworfen. Analysiert. Ein Für und Wider abgewogen und so kostbare Zeit vergeudet, die das Leben gefährdete.

Mayne lauschte in die Richtung, die ihm sein Unterbewusstsein zuvor aufzeigte. Und diesmal vernahm er den Laut bewusster. Schritte. In schneller Abfolge. Dann wieder Stille. Mayne drehte sich auf den Bauch und folgte dem Geräusch nun mit dem Lauf seines Gewehres, über das er in die Dämmerung spähte. Sein Zeigefinger lag am Abzug, ohne ihn jedoch zu berühren.

Die Schritte stammten von jemandem, der es nicht geübt war, sich lautlos zu bewegen. Es waren die Schritte eines

Menschen, der mit dem ganzen Fuß aufsetzte. Schwerfällig. Es war keiner seiner Männer. Die Person war jetzt ganz nah. Sicherlich schon in Sichtweite. Nur durch die Morgendämmerung geschützt. Dann sah der Commander eine Bewegung.

Mayne war sich sicher, dass es ein Mann war. Ein Feind? Möglich, dachte er. Aber eher unwahrscheinlich. Paddy Mayne konnte sich nicht vorstellen, dass ein einzelner, gegnerischer Soldat einen Vorstoß in ein unübersichtliches Gelände wagte, wenn hinter jeder Mauer ein Schütze lauern konnte. Es waren die Schritte einer einzigen Person. Das stand fest. Und ein Profi würde sich nicht derart stümperhaft durch die Nacht bewegen.

Mayne hatte sein Gewehrlauf auf den Schatten ausgerichtet. Dieser verharrte einige Minuten in seiner Position. Dann lief der Mann weiter. Er beschleunigte seine Schritte, verließ seine Deckung und rannte nun in gebückter Haltung auf die Stelle zu, an der sich der Zugang zum Kanal befand. Mayne entspannte sich wieder. Er hatte die Gestalt erkannt.

Der Commander wartete ab. Seine Aufmerksamkeit richtete sich nun auf das umliegende Gelände. Er musste damit rechnen, dass man Bremer gefolgt war, wenngleich auch die Umgebungsgeräusche dies nicht vermuten ließen. Der Commander sah, wie Bremer den Kanaldeckel beiseiteschob. Vernahm das scharrende Geräusch, als der schwere Gussdeckel über die alten Pflastersteine schabte.

Paddy Mayne verließ sein Versteck. Bremer stand mit dem Rücken zu ihm, zog den Kanaldeckel weiter zu sich und drehte sich dann um. Bereit, die Metallsprossen hinunterzuklettern. Bremer fuhr zusammen. Beinahe wäre er in den Schacht gestürzt. Mayne legte seinen Zeigefinger auf die Lippen und gab Bremer mit der Hand zu verstehen, er möge schnell den Kanal hinabsteigen.

Sofort eilte ihm der Commander nach. Mayne schloss den Deckel und hob ihn erneut ein Stück weit an. »Warten Sie«, sagte er zu Bremer. Mayne beobachtete die Umgebung einige Minuten lang. Niemand näherte sich dem Zugang. Der Commander zog den Deckel zu, bevor er die restlichen Sprossen nahm und Bremer in die Gänge des Kanalsystems folgte.

*

Baker hielt sich mit seiner linken Hand am Tragegurt fest, während er ihn mit der rechten Hand durchtrennte. Er rutschte ab, konnte sich aber so festhalten, dass er auf die Füße fiel und nicht mit dem Kopf voran aufschlug. Baker hob seine Pistole auf und lief in die Richtung, die Meanson eingeschlagen hatte. Dieser wartete bereits hinter dem nächsten Baum.

»Zu gefährlich«, flüsterte Meanson und deutete in Richtung des Abhanges. »Die Straße wird voll von Truppen sein.«

»Zum Versteck?«, fragte Baker kurz, ohne seinen Kameraden dabei anzusehen.

Meanson schüttelte den Kopf. »Wir werden den Baum womöglich nicht sofort finden. Außerdem würden wir in der Falle sitzen, wenn man ihn findet.«

Baker sah Meanson an. »Vorschlag?«

Meanson zeigte zur Villa Hügel. »Wo man uns am wenigsten vermutet. Wir gehen zur Villa.«

Nochmals blickten die Männer den Abhang hinunter. Dann drehten sie sich um und rannten den Hügel hinauf.

*

Sturmbannführer Schlegel stand vor der großen Wandkarte der Stadt Essen und der angrenzenden Vororte. Langsam fuhr er mit dem Zeigefinger seiner rechten Hand die Karte entlang. Kurz hinter Kettwig wurde das Flugzeugwrack gefunden. Eine britische Transportmaschine, die durch die deutsche Flugabwehr einen Treffer nehmen musste. Schlegel markierte die Absturzstelle mit einer Nadel und versah diese mit einem Notizzettel, auf dem er zuvor ›Flugzeugwrack‹ notiert hatte.

Der äußerste Radius, in dem die noch immer vermisste Doppelstreife mit ihrem Fahrzeug unterwegs war, lag circa zehn Kilometer entfernt. Schlegel schätzte, dass die Maschine unweit dieses Punktes getroffen wurde. Sollten sich fremde Soldaten in der Maschine befunden haben, und Schlegel hegte keinen Zweifel daran, dann waren sie vermutlich unmittelbar vor dem Absturz abgesprungen.

Schlegel markierte diese Stelle mit zwei weiteren Nadeln, die er mit einer Schnur verband. Innerhalb der dazwischenliegenden Strecke durften die Feinde gelandet sein. Schlegel setzte eine weitere Nadel vor dem Kontrollpunkt, an dem der Geländewagen angehalten wurde. Eine weitere Nadel in Richtung Ruhr, wo es zum ersten Schusswechsel kam und eine in dem Bereich, wo man mittels einer Granate einen seiner Wagen mitsamt seiner Männer in die Luft gejagt hatte.

Der Punkt, an dem man zwei weitere Männer mit einem Kopfschuss gefunden hatte, lag ungefähr einen Kilometer weiter flussabwärts. In dem Bereich war ein Kontrollboot gekentert. Zwei der Männer wurden tot geborgen. Sie hatte man einige hundert Meter weiter flussabwärts mit durchgeschnittener Kehle aufgefunden. Ein weiterer galt noch als vermisst. Aber Schlegel war sich sicher, dass er schon bald ans Ufer gespült werden würde.

Schlegel trat etwas zurück und betrachtete die Karte. Der Weg war eindeutig.

Der Sturmbannführer ging zu seinem Telefon. »Bringen Sie mir alle Berichte über Verdächtige, die in der letzten Zeit im Bereich der Ruhr mit einem Boot unterwegs waren, oder eins besitzen. Sofort! Und alle Kontrolllisten der letzten zwölf Stunden aus dem Bereich Bredeney … Ob ich weiß, wie spät es ist? Natürlich weiß ich, wie spät es ist. Gegenfrage. Glauben Sie ernsthaft, ich verlange um diese Uhrzeit nach Akten, weil ich nichts Besseres zu tun habe?«

Schlegel beendete das Gespräch.

Wieder betrachtete er die Karte. »Ihr habt was vor«, sagte er zu sich. »Ihr habt was vor. Und ich bin mir sicher, dass es mit der Villa Hügel zu tun hat.«

*

Mayne und Bremer liefen den Tunnel zurück zu der alten, halb gefluteten Halle.

»Sie sollten in dem Versteck bleiben, Bremer!«, sagte Mayne, während er die Flamme der Grubenlampe anzündete.

Bremers Englischkenntnisse waren schlecht und einen Moment lang suchte sein Verstand nach den richtigen Vokabeln. »Es gab einen Zwischenfall. Ich glaube, Ihre Leute sind aufgeflogen«, sagte er.

Mayne grübelte. Seine Befürchtung schien sich zu bewahrheiten.

»Ich bin im Versteck geblieben. Bis dahin lief alles nach Plan. Kurz nachdem Ihre Männer das Versteck verlassen hatten, habe ich einen Schuss gehört. Es war definitiv ein Schuss. Und danach ist die Hölle losgebrochen! Der Wald wimmelte nur so von Truppen. Ich musste davon ausgehen, dass sie das Versteck finden.«

Mayne sah Bremer nachdenklich an. Der alte Mann hatte viel auf sich genommen. Der Commander wusste, dass Bremer kein Soldat war. Er konnte von ihm nicht erwarten, sich so zu verhalten, wie es einer seiner Männer getan hätte.

»Schon gut, Bremer. Sie haben richtig gehandelt. Ich ...«

Schritte! Commander Paddy Mayne hörte Schritte. Schritte, die eindeutig aus dem Tunnel kamen. Er gab Bremer zu verstehen, sich auf den Boden zu legen, und löschte dann die Grubenlampe. Seine Hand griff nach der Waffe. Mayne entsicherte sie und ging hinter dem Boot in Deckung. Seine Hand spürte das kalte und nasse Holz. Er konzentrierte sich ganz auf das Geräusch im Tunnel. Eine Person, dachte er. Instinktiv suchten seine Augen nach einem Punkt, den sie fixieren konnten. Doch es drang kein Licht in die Halle. War es einer seiner Männer? Oder hatte man sie entdeckt?

Die Schritte kamen näher. Dann blieb die Person stehen. Mayne ertastete den Rand des Bootes. Er legte den

Lauf seines Gewehres darauf und zielte in die Richtung, in der er den Tunnelzugang vermutete. Langsam legte sich sein Zeigefinger um den Abzug. Da war er wieder. Dieser alles verdrängende und alles beherrschende Adrenalinausstoß, der sämtliche Empfindungen in dem feinen Nervengeflecht auf den Punkt unmittelbar über seinem Magen fokussierte. Das Gefühl, welches gleichzeitig Flucht, aber auch einen unwiderstehlichen Drang zum Angriff forderte. Mayne kannte dieses Gefühl, die beinahe süchtig machende Wirkung seiner Endorphine, die abrupte Schärfung seiner Sinne. Das bewusste Wahrnehmen des rauschenden Blutes in seinen Ohren. Das pulsierende Gefühl seines Herzschlages in seinem Hals.

Es klopfte gegen die Platte des Tunnels. Das vereinbarte Zeichen. Danach folgte eine kurze Pause, bis es erneut klopfte.

Commander Mayne hörte etwas. Dann drang ein schmaler Lichtschein in die Höhle. Er schloss ein Auge und blickte über seine Zieleinrichtung, die nun genau auf den Tunnelzugang ausgerichtet war.

»Commander!«, hörte Mayne Jones rufen. Paddy Mayne legte den Finger neben den Abzug, visierte aber nach wie vor den Zugang an. Die Platte wurde entfernt und Mayne erkannte eine Hand, die eine Grubenlampe hielt. Der Bereich des Tunnels wurde in ein gelbliches Licht getaucht, welches das Gesicht von Jones verzerrte. Kurz zögerte Mayne, bevor er den Lauf vom Boot nahm und sich erhob.

Jones schritt auf Mayne zu.

»Jones! Was ist das für ein abartiger Gestank?«

Er grinste. »Ich habe über eine Stunde in den Innereien eines schätzungsweise 1.400 Pfund schweren Kaltblüters gelegen, während eine Gruppe Krauts nichts Besseres zu tun hatte, als um mich herum jeden verfluchten Ast umzudrehen.«

»Ihr Arm.«

»Erwähnte ich schon, dass ich Hunde hasse?«

»Wo sind Baker und Meanson?«

»Keine Ahnung. Ob man sie entdeckt hat, weiß ich nicht. Ich bin zufällig einem Wachsoldaten begegnet, der sich vermutlich ausgerechnet in dem Moment die Seele aus dem Leib scheißen musste, als ich vorbeikam. Bin fast über ihn gestolpert. Er hat mich erwischt und also musste ich ihn ruhigstellen. Er wurde gefunden. Ich habe die Deutschen abgelenkt und mich anschließend in einem alten Gaul versteckt, der nach einem Bombentreffer im Wald vor sich hingammelt.«

Mayne sah Bremer an. »Wir brauchen Ihre Hilfe. Wir müssen wissen, ob man unsere Männer entdeckt hat.«

»Ich kümmere mich darum. Ich werde das Boot nehmen. Wenn man mich findet, sage ich, dass ich mit dem Boot gekentert bin. Das wird den Dreck erklären. Aber ich werde erst bei Anbruch der Dunkelheit zurückkehren können. Man beobachtet mich. Es wäre zu gefährlich.«

Mayne sah auf die Uhr. Sie hatten keine Wahl. »Okay, Bremer. Viel Glück …«

*

Der Blick zum Himmel verdeutlichte, dass sich die Nacht dem Ende neigte. Doch am Boden lag die nächtliche Schwärze wie eine schwere Decke und verschlang Konturen und Umrisse immer noch nach wenigen Metern.

Meanson spürte die leichte Brise, die ihm kalt ins Gesicht stach, als er zu Baker rüberblickte. Obwohl die Temperaturen deutlich über dem Gefrierpunkt lagen, begann die klamme Kälte, langsam in seine Muskeln einzudringen. Wie ein Gift, welches nach und nach jede einzelne Faser befiel und sie seiner Kontrolle entzog. Die Folge war Zittern. Ein Zittern, welches ihm eine Botschaft sandte. Ein untrügerisches Zeichen dafür, dass sein Körper Schlaf forderte. Meanson brauchte dringend eine Pause. Müdigkeit war, neben Durst, der größte Feind. Zu ihrer Ausbildung gehörte auch das Training unter Schlafentzug. Die Männer der SAS waren darin trainiert. Aber Meanson wusste, dass es sich bei der Müdigkeit um einen Gegner handelte, dem man nur kurzfristig gewachsen war. Es war ein Gegner, der lähmte. Der einen in Sicherheit wiegte. Deren Verlockung man dauerhaft nicht widerstehen konnte. Und dieser Gegner schien ihn ins Visier nehmen zu wollen. So oder so. Es blieb nicht allzu viel Zeit.

Ted Meanson lief in gebückter Haltung in Richtung des Gebäudes, welches in der Ferne beinahe golden leuchtete. Der SAS-Mann hielt sein Kampfmesser in der Hand. Er durfte unter keinen Umständen auffallen. Sollte er unvermeidlichen Feindkontakt haben, so galt es, seinen Gegner mittels gezielter Exekutionstechnik möglichst lautlos auszuschalten. Eine Schusswaffe in der Hand zu halten, ohne sie tatsächlich gebrauchen zu können, behinderte mehr, als dass sie half.

Das Licht des Gebäudekomplexes in der Ferne wies den beiden SAS-Männern zwar den Weg, doch lag der Bereich unmittelbar vor ihnen in der Dunkelheit. Meanson und Baker liefen gebückt. Meanson hielt den linken

Arm vor sich, um Hindernisse wie große Äste vor sich frühzeitig zu ertasten. Trotz seiner schweren Kampfstiefel spürte er, dass er sich auf feuchtem Waldboden bewegte.

Dann erhellte sich der Bereich vor ihnen. Die Männer knieten sich vor der Wiese hin, die sich bis zum Haus erstreckte. Sie hatten im Vorfeld der Operation Fotos der Villa studiert. Sich ihre Aufteilung eingeprägt. Der SAS-Mann hob sein Fernglas an. Ihm fiel auf, dass sich unmittelbar vor dem Gebäude keine Wachen befanden. Er zog daraus den Schluss, dass es sich um die Gebäuderückseite handeln musste. Meanson glaubte zwar nicht, dass das Gelände gänzlich unbewacht war. Aber er vermutete, dass sich die Überwachung vorrangig auf den Bereich vor der Villa Hügel, im Bereich des Zaunes, konzentrierte.

»Es wird gleich hell«, flüsterte Baker ihm zu.

Meanson sah besorgt zum Himmel. Baker hatte recht. Ihnen blieb keine halbe Stunde mehr.

»Okay. Ziehen wir uns zurück.«

*

Schlegel setzte sich auf den alten Holzstuhl, dessen verschlissenes Kissen nicht darüber hinwegtäuschen konnte, dass das alte Bastgeflecht der Sitzfläche darunter seine besten Zeiten längst hinter sich hatte. Der SS-Sturmbannführer sah sein Gegenüber Winkler an. Dann schwenkten seine Augen kurz zu dessen Schwägerin, die, wie er wusste, nach dem Tod ihres Mannes mit Winkler und dessen Sohn Klaus zusammenlebte.

»Nun, Herr Winkler«, sagte Schlegel und lehnte sich

zurück. »Ich muss mich für die so frühe Störung entschuldigen.« Winkler saß nur stumm da. Schlegel sah dem großen Mann vor sich in die Augen. Suchte nach einer Regung. Nach irgendetwas, was er für sich verwenden könnte. »Im Moment ist es, wie soll ich sagen ... Das ist Ihre Schwägerin, nicht wahr? Helga? Ihr Name ist doch Helga, wenn ich mich nicht irre? Helga ... Helga Köhne. Helga, was halten Sie davon, wenn Sie uns eine Tasse Tee zubereiten?« Schlegel betrachtete die Frau neben Winkler.

Sie war unsicher und wischte sich die Hände an ihrer Schürze ab. Ihm fiel auf, dass sie das tat, obwohl ihre Hände offensichtlich weder verschmutzt noch nass waren. Ihr Blick wechselte vom Sturmbannführer und dem großen Mann hin und her.

Schlegel zündete sich eine Zigarette an. Er machte sich nicht die Mühe zu fragen, ob dies vielleicht unerwünscht sein könnte. Beinahe geistesabwesend pustete er den Rauch gegen die Glut seiner Zigarette und betrachtete die hellrote Farbe der glimmenden Spitze. Helga wartete auf eine Reaktion. Eine Weisung, die ihr Sicherheit gab. Aber Winkler blickte den Mann vor sich nur starr an. »Der Krieg verlangt uns allen momentan sehr viel ab. Auch mir. Das können Sie mir glauben. Es brennt an allen Ecken und Enden. Und als ob ich nicht schon genug zu tun hätte, scheint der Feind auch noch in unsere Stadt eingesickert zu sein.« Wieder betrachtete Schlegel sein Gegenüber. Und wieder zeigte sich dessen Gesicht ausdruckslos. »Kennen Sie einen Bremer? Harald Bremer?« Schlegel zog erneut an seiner Zigarette, inhalierte tief und atmete den Rauch über den Tisch aus. »Ein ehemaliger Bergmann. Sie waren doch auch Bergmann, oder?«

»Sollte ich ihn kennen?«

Schlegel zuckte mit den Schultern. »Vielleicht kennen Sie ihn. Immerhin werden Sie von demselben Arzt betreut. Nun, kein wirklicher Arzt. Sagen wir, ein Sachkundiger. Kröll. Hermann Kröll. Sie werden doch von Kröll behandelt, oder?«

»Er bringt mir hin und wieder Medizin«, sagte Winkler.

»Und ich kann mir vorstellen, dass man sich dann unterhält. Über die guten alten Zeiten unter Tage.«

»Ist das ein Verhör?«

Schlegel hob abwehrend die Hände. »Keineswegs. Keineswegs. Ich frage nur, weil Sie auch Bergmann sind. Man kennt sich. Vermutete ich. Daher die Frage.«

»Vielleicht kenne ich ihn. Vielleicht auch nicht. Warum fragen Sie?«

Schlegel setzte sich aufrecht hin. »Wie unhöflich von mir. Natürlich. Entschuldigen Sie. Nun, wir ermitteln gerade in einem Fall, der den Verdacht nahe legt, dass einige feindliche Fallschirmjäger gelandet sind. Wir können ihren Weg ziemlich exakt nachzeichnen. Bis zu einem gewissen Punkt. Dort endet ihre Spur. Wir haben Grund zur Annahme, dass die Männer Hilfe hatten. Von einer Person, die ein Boot besitzt. Wir überprüfen das routinemäßig. Bremer hat ein Boot. Aber er ist unauffindbar. Daher die Nachfrage. Nichts Konkretes. Reine Routine, wenn Sie verstehen. Und da Sie denselben … Arzt haben, dachte ich, dass Sie mir eventuell weiterhelfen können.«

Winkler schwitzte.

Schlegel bemerkte das Glänzen unmittelbar unter Winklers Haaransatz. »Wissen Sie, wo ich Bremer finden könnte?«, fragte Schlegel, während er seine Zigarette auf einem Porzellanteller ausdrückte, auf dem sich Brotkrumen befanden.

»Es tut mir leid. Ich kann Ihnen nicht helfen.«

»Es war auch nur eine Frage. Wissen Sie, manchmal bekommt man zufällig etwas mit. Nun denn. Aber, aufrichtig gesagt, ist das nicht der Hauptgrund meines Besuches.«

Winkler zog fragend eine Augenbraue hoch. Kurz sah er nach links zu Helga, ohne jedoch seinen Kopf zu bewegen. Dann richtete er seinen Blick wieder auf den SS-Mann vor sich.

»Es geht um Ihren Sohn. Klaus. So heißt der doch, oder?«

Die Tasse, die Helga Köhne fallen ließ, landete mit einem dumpfen Geräusch auf den alten Holzbohlen. Schlegel sah, dass die Frau starr vor Entsetzen war und sich die rechte Hand vor den Mund hielt. Dann betrachtete Schlegel Winkler. Sein Gesicht wirkte, wenngleich weiter ausdruckslos, verändert. Es schien, als habe er mit einem Male seine Gesichtsfarbe verloren. Wie jemand, dessen Kreislauf sich kurz vor dem Zusammensacken befand.

»Ist er hier? Ich würde ihn gern sprechen.«

Winkler schluckte. »Er ist außer Haus.« Der große Mann hatte das Gefühl, dass das nicht mehr seine Stimme war, mit der er eben gesprochen hatte.

»Mitten in der Nacht? Bei bestehender Ausgangssperre? Sehr gefährlich.«

»Er ist gestern im Laufe des Tages fort. Er nächtigt öfter woanders. Bei Freunden. Er ist jung.«

»Schade«, sagte Schlegel. »Ich weiß um den Umstand, dass Klaus Halbwaise ist. Wie lange ist Ihre Frau jetzt schon tot?« Schlegel schob den Stuhl näher an den Tisch und stützte die Arme auf. Er versuchte, einen mitfühlenden Gesichtsausdruck an den Tag zu legen. »Ich weiß, dass es für den Jungen nicht leicht war. Leicht ist. So ohne Mutter aufwachsen zu müssen. Dazu körperlich … sagen wir mal … beeinträchtigt. Das alles in diesen schwierigen Zeiten.« Schlegel ließ seine Worte etwas sacken, bevor er fortfuhr. »Wir haben stets versucht, dem Rechnung zu tragen. Aber mittlerweile gibt es viele Waisen. Familien, die ihre Angehörigen verloren haben. Sie verstehen. Obwohl es außer Frage steht, dass unser Führer das Reich zum Sieg führen wird, hat auch das deutsche Volk Opfer zu bringen. Ich bin mir sicher, Klaus wird das verstehen. Er ist ein junger Mann. Zweifelsohne wird er als aufrechter Deutscher sein Vaterland, all die Werte, all das, was auch Sie aufgebaut haben, Winkler … ich bin mir sicher, es wird ihm eine Ehre sein, dies alles verteidigen zu dürfen.«

»Er ist gerade mal 15 Jahre alt!«

»In wenigen Wochen 16, wenn ich mich nicht irre. Somit einem Mann näher als einem Kind. Es gibt viele Soldaten in seinem Alter. Die Zeiten, in denen wir großzügig Ausnahmen machen konnten, sind vorbei. Wir haben den totalen Krieg, wie Sie wissen.« Schlegel erhob sich und zog seinen Uniformrock zurecht. »Er soll sich bereit machen. Morgen früh wird er rekrutiert. Es ist ein weiter Weg bis an die Ostfront.« SS-Sturmbannführer Schlegel rückte den Stuhl zurück an den Tisch, bis dessen Lehne an die Tischplatte stieß. Nochmals fixierte er Winkler. »Wenn Sie mir noch etwas zu sagen haben. Ich meine, wegen Bremer.«

Winkler starrte dem Mann vor sich an.

»Nun gut. Sie wissen sicherlich, wo Sie mich finden. Morgen früh. Punkt 6 Uhr!«, sagte Schlegel, drehte sich um und schritt durch die Tür.

*

Bremer blieb an einer Häuserecke stehen. Der Klang der läutenden Kirchenglocke verriet ihm, dass es Viertel nach sechs war. Die Stadt erwachte allmählich zum Leben, obwohl es noch dämmrig war. Ihm war aufgefallen, dass die Polizei auf den Straßen mehr Streife ging. Aber das interessierte die Menschen nicht. Sie kämpften täglich ums Überleben. Nicht wissend, ob es am Ende des Tages reichen würde, sich selbst oder ihre Familien zumindest mit dem Nötigsten versorgen zu können. Die vergangenen Stunden zehrten an Bremer. Physisch wie psychisch. Er wunderte sich, woher er die Kraft nahm. Doch etwas trieb ihn voran. Harald Bremer spähte um die Ecke und blickte die Alfredstraße in Richtung Innenstadt hinunter. An der nächsten Einmündung musste er rechts abbiegen. 50 Meter weiter, dann nach links und nach weiteren 50 Metern würde er seine Wohnung erreichen. Bremer musste sich zunächst waschen und umziehen, bevor er zu Winkler ging. So wie er aussah, würde er sofort auffallen. Selbst in dieser Zeit.

Bremer sah sich um. Hielt nach einer Polizeistreife Ausschau. Wenn man ihn in diesem Zustand kontrollierte, würde er sich Fragen gefallen lassen müssen. Wahrscheinlich würde man ihn auf ein Revier bringen und ihn vernehmen. Man hatte schon nichtigere Anlässe gefunden, um ihn stundenlang festzuhalten. Doch diese Zeit hatte er nicht.

Harald ging langsam die Straße entlang. Er musste sich beherrschen, nicht zu rennen. Ihm war, als packte ihn jeden Moment eine Hand im Nacken. Bereit, ihn zu Boden zu reißen. Bremer wurde bewusst, wie schwer es ihm fiel, normal zu wirken. Die wenigen Meter, die er die Hauptstraße entlanglief, fühlten sich an wie in einem Traum. Einer jener Träume, die ihn nahezu jede Nacht heimsuchten. Träume, in denen er rannte. Vor etwas wegrannte, was direkt hinter ihm war. Etwas, was er nicht sah. Aber was er spürte. Etwas, was da war. Unmittelbar hinter ihm. Immer, wenn er sich umdrehte, war da nichts. Und wenn er nach vorn blickte, war er am Anfang der Strecke. Bremer ging weiter. Er würde sich nicht umdrehen.

Dann bog er ab. 50 Meter bis zur Einmündung. Die Straße war ruhig. Sie wirkte friedlich, wenn nicht zahlreiche Gebäude der geschlossenen Häuserzeilen deutliche Beschädigungen durch Bomben der alliierten Luftangriffe aufweisen würden. In der ersten Etage eines Hauses direkt vor ihm öffnete eine Frau die Fensterläden. Ihr Haar war unter einem Tuch verdeckt und sie war in einen dicken Mantel gehüllt. Niemand heizte in der Nacht. Nur in den ganz strengen Wintern, wenn die Atemluft in den Schlafräumen an den Fenstern gefror, legte sich dieser typisch schwere Geruch verbrannten Kokses über die Straßen. Jetzt, wo Bremer die Frau sah, bemerkte er, dass auch er fror. Er ging weiter. Irgendwo bellte ein Hund. Die Stadt war voller Hunde. Verwaiste Hunde. Ausgesetzte Hunde, deren ehemalige Besitzer sie nicht mehr ernähren konnten. Sie schlossen sich zusammen. Zogen in Rudeln durch die Stadt.

Bremer näherte sich der nächsten Einmündung. Er sah

die Eckkneipe. ›Zum Kanonier‹ war auf dem alten Schild über dem Eingang zu lesen. Oft hatte er dort gesessen. Mit den anderen. Ein Ort, in dem man sich näher kam. Erlebtes austauschte. Über Sorgen sprach. Über Nöte. Ob diese Kneipe jemals wieder Gäste bewirten würde?, fragte er sich. Bremer bog ab. Noch wenige Meter und er würde zu Hause sein. Er stoppte. Abrupt. Bremer drückte sich in den nächsten Hauseingang. Spähte nach links und nach rechts. Dann trat er erneut einen Schritt auf die Straße, lief einige Meter zurück, um wieder in einem Hauseingang Schutz zu suchen. Sah wieder in die Richtung der Eckkneipe. Kein Zweifel. Es war eindeutig. Die Kreidezeichnung neben der vernagelten Eingangstür war klar zu erkennen. Man suchte ihn. Bremer drehte sich um. Seine Müdigkeit war wie weggeblasen.

*

Meanson blickte über den Lauf seines Gewehres und tastete visuell das Gelände ab. Das dünne Tarnnetz, welches ihn bedeckte, behinderte seine Sicht nur unwesentlich. Dass man sie entdeckte, wenn es hell war, hielt er für unwahrscheinlich. Die Männer der SAS waren Spezialisten im Bereich der Tarnung und in der Lage, innerhalb einer kurzen Zeit ein Versteck zu errichten, welches selbst aus wenigen Metern Entfernung kaum zu sehen war. Sorgen bereiteten ihm die Hundeführer, welche auf dem Gelände patrouillierten. Meanson hoffte, dass sich der Wind nicht drehte. Bisher kam er von vorn.

Die Position war gut gewählt. Sie befanden sich vielleicht 300 Meter vom Gebäude entfernt auf einer kleinen

Anhöhe, die dicht mit Brombeerhecken bewachsen war. Das Buschwerk war so dicht, dass die Dornen das Laub des vergangenen Jahres hielten und dazu beitrugen, dass die Männer schon nach wenigen Metern nicht mehr von ihrer Umgebung zu unterscheiden waren. Zudem führte kein Weg in allzu naher Entfernung an dieser kleinen Anhöhe vorbei.

Er blickte nach links. Baker lag in der exakt gleichen Position. Mit einem Unterschied. Er schlief. Meanson sah auf seine Uhr. In genau einer halben Stunde würde er ihn wecken und dann selbst die so notwendige Ruhe finden können, nach der sein Körper verlangte. Die Männer hatten einen Punkt erlangt, wo sie sich nicht mehr auf ihre mentale Stärke berufen mussten, um schlafen zu können. Die Erschöpfung war nun allgegenwärtig. Besonders in dieser Situation der absoluten Regungslosigkeit.

Wieder sah Meanson auf die Uhr. In frühestens zehn Stunden würden sie auf ihren Verbündeten, die Dunkelheit, zurückgreifen können. Wenn, ja wenn nichts dazwischenkam.

Meanson rieb sich kurz über sein Gesicht. Noch 25 Minuten. Dann würde er Baker wecken.

*

Der Kohlenhändler Ernst Lohmann fuhr mit seinem alten Gespann auf den Hinterhof. Der Gaul hätte schon längst ausgemustert werden müssen. All die Jahre war er ein zuverlässiger Begleiter gewesen. Treu und ergeben. Nie hatte Lohmann es erlebt, dass dieses Pferd unter der schweren Last aufbegehrt hatte. Aber nun war das Tier alt. Der Rücken zeigte deutliche Anzeichen eines Hohlkreuzes und der milchig-trübe Schleier auf den ehemals so schwarzen Augen verriet, dass das Tier seinen Weg mehr durch die Kommandos seines Herren fand als durch seine Sehkraft. Lohmann stieg vom Bock, tätschelte kurz den Hals des Tieres und führte das Pferd an den Zügeln zu dem Kohlenhaufen. Das Pferd schnaufte kurz aus und eine Wolke kondensierter Atemluft drang aus seinen Nüstern. Lohmann wunderte sich darüber, wie das alte Tier die Strapazen trotz der bescheidenen Futterrationen durchhielt. Die Geschäfte liefen sehr schlecht. Der Krieg vereinnahmte beinahe alle verfügbaren Rohstoffe. Die wenigen Kohlen, die Lohmann ankaufen konnte, waren derart teuer, dass nur noch die Wenigsten es sich leisten konnten, ihm etwas von seiner Ware abzunehmen. Die allermeisten wanderten ohnehin zu den alten Schlackenhalden der unzähligen Zechen, um sich die Reste aus dem Schutt zu suchen, mit denen sie ihre Stuben zumindest für wenige Stunden heizen konnten.

Lohmann nahm die große Kohlenschaufel und begann, im Schein einer alten Lampe seinen Anhänger zu füllen. Schon bald war die Luft erfüllt von dem monotonen, rhythmischen Geräusch des Kohlenaufladens. Doch anders als sonst kamen seine Gedanken bei dieser Arbeit nicht zur Ruhe. Hätte man ihn nach seinem Befinden gefragt, so hätte Lohmann vielleicht den Begriff Unsicherheit benutzt. Vielleicht hätte er auch von Besorgnis geredet. Irgendeinen Begriff gewählt, der seine wahre Empfindung herunterspielte. Denn Ernst Lohmann hatte Angst. Eine Angst, die sich von Stunde zu Stunde verstärkte.

»Ernst!«

Lohmann drehte sich um. Zu Tode erschrocken. Er hatte Bremer nicht kommen hören. Sofort ging er zum Zufahrtsbereich des Hinterhofes, blickte in alle Richtungen auf die Straße und schloss das Tor. »Harald! Die Polizei und die Gestapo suchen dich!«

Bremer war schweißgebadet. Der alte Bergmann schien am Ende seiner Kräfte.

»Ich weiß, Ernst.«

Lohmann sah an den angrenzenden Gebäuden hoch. Die Fenster waren geschlossen. »Rein mit dir«, sagte er knapp. Bremer schlüpfte durch die Hintertür ins Haus, während Lohmann eine Zeit lang unbeeindruckt weiter seinen Anhänger mit Kohlen befüllte.

»Gisela aus der Bäckerei hat mir erzählt, dass die Gestapo heute in der Früh deine Wohnung durchsucht hat und in der Nachbarschaft Fragen nach dir gestellt hat«, sagte Lohmann, während er Bremer Wasser in einen Becher schenkte, den dieser zügig leerte. »Wir haben uns dann gleich gedacht, dass irgendetwas passiert sein muss. Es war dieser … wie heißt doch gleich noch der Chef von diesem Bastarden? Schermel? Irgendwas mit Sch…«

»Schlegel. Sturmbannführer Schlegel.«

»Richtig. Es hat uns stutzig gemacht, dass er persönlich an der Durchsuchung teilgenommen hat.«

»Haben sie sonst noch was gefragt?«

»Sie wollten wissen, ob du eventuell zum Angeln weg bist. Mit deinem Boot. Es liegt nicht am Anleger.«

Bremer lehnte sich niedergeschlagen zurück. Wie geistesabwesend hielt er Lohmann den leeren Becher hin, der ihn sogleich erneut füllte. Bremer trank mit ausdruckslosen Augen.

»Ich habe versucht, mit Kröll Kontakt aufzunehmen. Er ist wie von der Erdoberfläche verschwunden«, sagte Lohmann.

Bremer sah sein Gegenüber an. »Du meinst, sie haben ihn?«

Lohmann hob die Schultern. »Hast du eine andere Erklärung?«

Bremer blickte ratlos auf seinen Becher, den er sich auf seinen Oberschenkel abgestellt hatte. Er schüttelte den Kopf. »Wir müssen zu Winkler, Ernst. Sofort!«

*

Generalfeldmarschall Gerd von Rundstedt war schlecht gelaunt. Sehr schlecht gelaunt. Nicht, weil er bereits seit halb fünf auf den Beinen war. Er war Frühaufsteher. Als Oberbefehlshaber West hatte er derzeit andere Dinge zu regeln, als für Berlin den Waffenkontrolleur im Ruhrgebiet zu spielen. Die Planung und der Bau des Atlantikwalls forderte bereits seine volle Aufmerksamkeit und zehrte an seinen Nerven. Der Generalfeldmarschall verschränkte seine Arme hinter dem Rücken und lief unruhig hin und her. Er blickte auf den künstlerisch angefertigten Parkettboden des Büros von Alfried Krupp von Bohlen und Halbach, ohne ihn tatsächlich wahrzunehmen. Von Rundstedt war mit seinen Gedanken woanders. Nämlich an einer beinahe 5.000 Kilometer langen Atlantikküste, die er in Zusammenarbeit mit Fritz Todt und dem nach ihm benannten Bautrupp OT zu einem – wie Hitler großspurig in seinen Propagandareden sagte – ›Gürtel von Bollwerken‹ zu verwandeln hatte. Von Rundstedt schnaufte verächtlich aus. Gürtel von Bollwerken. Ein Flickenteppich von einzelnen, schlecht befestigten Stellungen war dieses Bollwerk. Hitler schwang nur großspurige Reden, er hätte ihm lieber sagen sollen, wo er all den Stahl und den Beton für diesen Atlantikwall herbekam. Von den Arbeitern ganz zu schweigen. Und als wäre das nicht genug, hatte er alle Hände voll damit zu tun, die öffentliche Ordnung in Frankreich aufrechtzuerhalten. Der Widerstand war groß und die Franzosen ließen keine Gelegenheit aus, ihm das Leben so schwer wie möglich zu machen.

Und jetzt das. Eine weitere Wunderwaffe des Führers, die schon in wenigen Tagen Großbritannien in die Knie zwingen würde. Von Rundstedt schüttelte den Kopf und rieb sich die Schläfen, als könnte er so dem sich immer breiter machenden Spannungskopfschmerz an einer großflächigen Ausbreitung hindern. 600 Kilometer Luftlinie bis nach Großbritannien. Den Plänen nach mit einer Waffe erreichbar. Eine Waffe, die noch nie getestet wurde. Generalfeldmarschall Gerd von Rundstedt nahm die Hände von den Schläfen. Er wusste, wann er kapitulieren musste. Der Kopfschmerz würde aller Wahrscheinlichkeit nach zumindest diese Schlacht gewinnen. Wunderwaffe. Eine weitere, fixe Idee des Führers. Genau wie dieser Atlantikwall, der seiner Meinung nach nichts anderes als ein schlechter Witz war. Wieder rief sich von Rundstedt das Telegramm in Erinnerung. Ein großangelegter Angriff der Alliierten auf das Ruhrgebiet. Aller Wahrscheinlichkeit nach zwischen dem 10. und dem 15. März. Und diese

Informationen beruhten lediglich auf den Angaben eines Agenten aus Großbritannien. Einem Mann, der seit genau drei Tagen wie von der Bildfläche verschwunden war. Generalfeldmarschall Gerd von Rundstedt hatte schlechte Laune. Sehr schlechte Laune.

*

Der alte Gaul verfiel in einen leichten Trab. Die Strecke war leicht abschüssig und die Last, die er zu ziehen hatte, verhältnismäßig gering. Ernst Lohmann saß wie immer regungslos auf seinem Kutschbock und gab seinem Tier hin und wieder mit der langen Gerte, die sich in einer Halterung neben dem Kutschbock befand, einige Befehle. Nicht weil das Tier seine eigenen Vorstellungen vom Verhalten auf öffentlichen Straßen durchsetzen wollte. Vielmehr weil sein schwindendes Augenlicht Hindernisse erst sehr spät wahrnahm. Lohmann musste kaum mehr mit Kontrollen rechnen. Als einer der wenigen noch tätigen Händler war er mittlerweile bekannt. Sporadisch wurde unter der Plane nachgesehen, wenn er an einen Kontrollposten kam. Einer genaueren Überprüfung war sein Fuhrwerk seit Langem nicht mehr unterzogen worden. Hätten die Kontrollposten ihre Arbeit gewissenhafter verrichtet, oder das Anschlagen ihrer Wachhunde richtig gedeutet, so wären sie vielleicht auf den Hohlraum aufmerksam geworden, der sich mittig unter den Kohlen auf der Ladefläche befand und der von der Unterseite her zugängig war. Er hatte ihn ursprünglich für seine zweite Einnahmequelle, dem Schmuggeln von Waren, die auf dem Schwarzmarkt verkauft wurden, eingebaut.

Vielleicht lag es aber auch daran, dass sich die Soldaten einfach nicht unnötig beschmutzen wollten. Denn als Kohlenhändler übernahm er in diesen Zeiten auch Teilbereiche der Arbeit eines Schornsteinfegers und seine rußbehafteten Arbeitsutensilien hingen seitlich an seinem alten Kohlenwagen herunter.

Bremer war zu erschöpft, als dass ihm übel wurde. Die Blattfedern des alten Wagens gaben jede noch so kleine Unebenheit an ihn weiter. Zunächst kämpfte er gegen eine immer stärker aufkommende Panik. Aber dank seiner jahrelangen Tätigkeit als Bergmann war er räumliche Enge bei Dunkelheit gewohnt, sodass er sich schon bald mit der Situation abfand. Das monotone Geräusch der Hufe wirkte auf ihn zusätzlich angenehm beruhigend. Erst jetzt wurde Bremer die Situation, wie es um ihn stand, bewusst. Er rechnete immer damit, dass man ihn unter einem Vorwand verhaftete. Und weiß Gott, mit welchem Ziel. Aber dass die Gestapo, ja dass Schlegel persönlich gerade in dieser Situation an ihm interessiert war, das war kein Zufall. Und die Frage nach seinem Boot beseitigte jeglichen Zweifel in ihm. Wie sollte er den britischen Soldaten nun helfen? Jetzt, da er sich nicht mehr frei bewegen konnte. Ja, selbst zum Gesuchten wurde. Und was würde aus ihm werden? Er lebte schon jetzt von der Hand in den Mund. Hielt sich mit Gelegenheitsarbeiten, mit Gefälligkeiten über Wasser.

Bremer verlor in diesem fahrenden Sarg jegliches Gefühl für Zeit. Einige Male dachte er, sie wären am Ziel. Dann aber zog das Pferd mit einem deutlichen Ruck an und sie setzten ihre Fahrt fort.

Nun verlangsamte Ernst Lohmann das Tempo, obwohl das Gelände nicht anzusteigen schien. Das Pferd wechselte vom Trab in den Schritt. Dann blieb es stehen. Nur ein Schnaufen war zu hören.

»Morgen früh. Punkt 6 Uhr!«, hörte Bremer gedämpft eine Männerstimme. Im Anschluss daran vernahm er das Zuschlagen einer Autotür und das Starten eines Motors. Unmittelbar darauf beschleunigte der Wagen und fuhr an ihnen vorbei. Mit einem Ruck setzte sich der Kohlenwagen wieder in Bewegung. Etwas irritierte Bremer. Lohmann wendete. Kurz vernahm Bremer ein schnalzendes Geräusch, welches wahrscheinlich von Lohmann kam, dann beschleunigte das Tier, während Lohmann es immer wieder anfeuerte.

*

Erich Müller war zufrieden. Er schloss den Aktendeckel seiner Aufzeichnungen. Erich Müller, oder auch Kanonenmüller, wie man ihn nannte. Obwohl ihn die Tatsache, als einer der besten Waffenentwickler im Reich zu gelten, zumindest ein Stück weit mit Stolz erfüllte, wurde ihm dieser Name nicht gerecht. Er wirkte ihm zu rudimentär. Kanonenmüller. Er war einer der herausragenden Köpfe, wenn es um die Entwicklung von Waffen ging. Aber bald würde man in ihm mit Sicherheit mehr sehen als den Kanonenmüller. Das Jahr 1943 schien sein Jahr zu werden. Dabei hatte es im Grunde genommen gerade erst begonnen. Seit 1941 war er nun stellvertretendes Vorstandsmitglied bei Krupp. Und zuverlässige Quellen bestätigten, dass er noch in diesem Jahr zum vollständigen Vorstandsmitglied gewählt werden würde. Und nun, seit wenigen Wochen, genauer gesagt seit dem 30. Januar 1943, nannte er sich Professor Erich Müller. Von Adolf Hitler persönlich ernannt. Professor Erich Müller. ›Einer der um die Lösung von Kriegsaufgaben besonders verdienten Männer‹, wie Hitler es nannte. Rasanter konnte eine Karriere seiner Meinung nach nicht erfolgen. 1935 begann er bei der Friedrich Krupp AG als Ingenieur. Und nur ein Jahr später war Müller Leiter der Artillerie-Entwicklungsabteilung. Insgesamt 24 Geschütztypen wurden unter seiner Führung entwickelt. Aber das, was sich hier in dem Aktenordner befand, übertraf alles bei Weitem. Albert Speer würde es noch bereuen, dass er ihn damals, im Frühjahr 1942, aus dem Waffenausschuss des Kriegsministeriums gedrängt hatte. Und wenn alles wie von ihm vorausberechnet funktionierte, dann würde sein Werk womöglich kriegsentscheidend sein. Es hatte einiges an Mühen und Überzeugungsarbeit gekostet, diese unvorstellbar hohe Investitionssumme zu rechtfertigen. Noch allzu deutlich hatte Müller die heftigen Diskussionen mit Krupp vor Augen, der Adolf Hitler immer und immer wieder nicht nur um Geduld bitten musste, sondern auch um weitere finanzielle Mittel. Beides Dinge, über die der Führer nicht im Übermaß verfügte. Der Krieg verschlang immense Ressourcen. Bisher gelang es mit konzentrierter Artillerie die feindlichen Bomberverbände in Schach zu halten. Aber er wusste auch, dass der finanzielle Aufwand, der Materialverbrauch früher oder später Grenzen setzen würde. Eine Flak des Kalibers 8,8 Zentimeter benötigte durchschnittlich bis zu 16.000 Schuss, um nur einen einzigen britischen Bomber aus der Luft zu holen. Ganz abgesehen von den hohen Kosten der Flakrohre, die permanent ausgetauscht werden mussten. Immer häufiger kam es zu Unfällen wegen Materialermüdung. Und wenn die konzentrierte Abwehr erst einmal Lücken aufwies …

Müller hätte lieber noch etwas mehr Zeit gehabt. Aber das Führerhauptquartier bestand darauf. Innerhalb nur einer Woche musste sein Werk funktionieren. Er hatte keine Zweifel daran, dass die Waffe funktionierte. Professor Erich Müller. Schon zu Lebzeiten eine Legende. Der Gedanke gefiel ihm. Müller zog seinen Gehrock straff nach unten und klemmte sich die Akte unter den Arm. Dann griff er in die kleine Außentasche seines Gehrocks und überprüfte die Uhrzeit auf seiner Taschenuhr. Es war an der Zeit. Man erwartete ihn schon.

*

Lohmann setzte seine rasante Fahrt unbeirrt fort. Bremer wusste nicht, was dies zu bedeuten hatte, spürte jedoch instinktiv, dass irgendetwas nicht stimmte. Urplötzlich verlangsamte sich die Fahrt und Bremer bemerkte, dass die Hufe des Pferdes nicht mehr über Stein galoppierten. Das Geräusch schien gedämpft. Sie fuhren über einen Waldweg. Eine Wiese. Irgendeinen weichen, natürlichen Untergrund. Dann stoppte der Wagen. Bremer hörte, wie Lohmann vom Kutschbock sprang und einige Schritte rannte. Kurz darauf vernahm er den knarrenden Laut eines alten Scharniers. Wenige Augenblicke später setzte sich das Fuhrwerk wieder in Bewegung. »Mach das Tor zu! Und sag Reinhard, er soll Ausschau halten, ob sich jemand dem Hof nähert!«

Dann vernahm Bremer, wie der Verriegelungsbolzen des geheimen Bodens gelöst und die Abdeckung geöffnet wurde. »Komm raus, Harald«, sagte Ernst Lohmann.

Bremer war nicht in der Lage, sich abzustützen. Die lange Fahrt in dem engen Hohlraum hatte dazu geführt, dass er sich nicht mehr bewegen konnte. Steif fiel er aus dem doppelten Boden des Fuhrwerkes zu Boden. Lohmann half ihm auf, stützte ihn und führte ihn zu einer Reihe Heuballen. Sie befanden sich augenscheinlich in einer Scheune. Diffus drang das Licht des jungen Tages in dünnen Strahlen durch die alten Holzbretter der Scheunenwände.

Lohmann bedurfte keiner Aufforderung zum Reden. »Die Gestapo. Sie war bei Winkler.«

»Bei Winkler? Haben sie ihn mitgenommen?«

Lohmann schüttelte den Kopf. Er blickte Bremer an, als gelte es, ihm den Verlust eines nahen Angehörigen beizubringen. Das Scheunentor öffnete sich einen Spalt weit und ein schlanker, aber auffallend drahtiger Mann Mitte 40 betrat rückwärts die Scheune. Mehrmals spähte er durch den Spalt des Tores, bis er es endlich schloss. »Reinhard ist auf seinem Posten.«

Ernst Lohmann zeigte auf den Hereingetretenen. »Darf ich vorstellen? Karl-Heinz Scholz. Ihm gehört der Hof hier.« Scholz nickte nur kurz in Bremers Richtung. Er vermittelte den Eindruck, als sei ihm dessen Gegenwart unangenehm. Weil er zwei Personen in einer vertrauten Unterhaltung störte.

Lohmann sah Bremers skeptischen Blick. »Scholz ist in Ordnung. Einer von uns. Du kannst dich auf ihn verlassen«, sagte Lohmann.

»Was ist mit Winkler?«

»Sie haben ihn nicht verhaftet. Dieser Schlegel war da. Er war allein bei Winkler. Seine zwei Aufpasser haben im Wagen gewartet.«

»Hat Winkler dich gesehen?«

»Nein. Ich denke nicht. Zumindest hat er Schlegel nicht zur Tür begleitet.«

Bremer fuhr sich durch das Haar. »Das muss nichts heißen, Ernst. Ich bin mir sicher …«

»Harald! Hör auf!«

Bremer sah Lohmann ernst an. »Ich glaube, du irrst dich!«

»Ich hoffe es, Harald. Ich hoffe es aufrichtig. Aber wir können uns keinen Tragträumereien hingeben.«

Lohmann drehte sich zu Scholz. »Karl-Heinz. Wenn ich beabsichtige, jemanden festzunehmen. Ihn zu verhören. Komme ich dann allein, lasse meine Aufpasser im Wagen und spaziere so mir nichts, dir nichts ins Haus?« Lohmann wandte sich wieder Bremer zu. »Oder umstelle ich nicht eher das Haus, dringe mit einem Großaufgebot an Truppen ein und zerre den Verdächtigen zum Revier? Wie macht die Gestapo das in der Regel?« Lohmann setzte sich neben Bremer auf den Heuballen. »Denk nach, Harald. Die Gestapo sucht dich ohne erkennbaren Grund. Durchsucht deine Wohnung und fragt die Leute aus. Und das zu einem Zeitpunkt, wo die Gruppe aktiv ist. Wir wissen, dass irgendetwas an der Ruhr vorgefallen ist. Du weißt, dass wir deren Funk überwachen. Und ausgerechnet dann marschiert ein Sturmbannführer aus dem Haus eines Mannes, der sicher eine Menge weiß.«

Bremer erhob sich und lief unruhig hin und her, während er sich die Stirn massierte. »Vielleicht hat man nichts gegen ihn in der Hand. Nichts, um ihn festzunehmen.«

Lohmanns Blick war nicht einzuschätzen. Er wirkte mitfühlend, vielleicht aber auch ein Stück weit sarkastisch. »Die Gestapo braucht also einen Grund. Sag mal, wie oft haben sie dich einfach so aufs Revier gezerrt?«

»Ich kann es mir einfach beim besten Willen nicht vorstellen, Ernst! Werner ist loyal. Absolut!«

»Wer weiß das schon mit Bestimmtheit? Jeder hat einen verwundbaren Punkt.«

Bremer sah Scholz an und schüttelte den Kopf. »Nein. Ich bleibe dabei. Nicht Werner!«

»Vielleicht nicht Winkler direkt«, sagte Scholz. Die beiden Männer sahen ihn fragend an. »Vielleicht wird er erpresst. Mit der Gestapo arbeitet man nicht freiwillig einfach so zusammen. Vielleicht beruht eine mögliche Zusammenarbeit auf einem Grund. Einer Tatsache, die man ... sagen wir mal ... nicht leugnen kann.«

»Erpresst? Lächerlich! Womit sollte man ihn denn erpressen können? Nein. Glaub mir, er würde sein eigenes Leben für die Sache opfern.«

»Genau aus diesem Grund«, sagte Scholz.

Lohmann sah Bremer direkt in die Augen. »Sein eigenes Leben vielleicht, Harald. Aber auch ein anderes?«

Bremer blickte stumpf vor sich hin. Dann hob er langsam die Hand, die er vor seinen geöffneten Mund hielt. »Oh mein Gott«, sagte er. »Klaus!«

Lohmann nickte betroffen. »Und Kröll ist ebenfalls unauffindbar. Was weiß Winkler alles, Harald?«

»Die meisten von uns wissen genug, um der Sache zu dienen. Zu wenig, um ihr zu schaden. Aber Winklers Wissen geht darüber hinaus. Er war von Anfang an mit eingeweiht.«

»Wie weit darüber hinaus, Harald?«

Bremer wich Lohmanns Blick aus. »Es verstößt gegen die Regel!«

Lohmann griff Bremer rüde am Kinn und zwang ihn, ihn anzusehen. »Wir werden gegen die Regeln verstoßen müssen. Denn wenn wir nicht wissen, was Winkler weiß, wenn wir nicht wissen, worum es geht, ist das Projekt, wie auch immer es aussieht, in Gefahr. Sind wir alle in Gefahr. Verstehst du?«

»Ich kann es nicht, Ernst! Ich habe es versprochen!«

»Und was gedenkst du zu tun? Man sucht dich! Was willst du unternehmen?«

Bremer ließ sich auf den Heuballen sacken. »Ich weiß es nicht. Ich weiß es wirklich nicht!«

Die Männer schwiegen. Das Einzige, was zu vernehmen war, war das mahlende Geräusch des fressenden Pferdes, welches sich an einem der Heuballen gütlich tat.

Lohmann stand auf, trat neben das Tier und tätschelte ihm beiläufig den Hals, was das Tier mit einem Kopfschütteln quittierte. Ein feiner Nebel an Kohlenstaub drang aus seinem Fell und seiner Mähne.

»So kommen wir nicht weiter. Es mag sein, dass wir Winkler Unrecht tun. Aber wir müssen vom Schlimmsten ausgehen. Auch um unserer eigenen Sicherheit willen. Wenn wir dir helfen sollen, wenn wir der Sache dienen sollen, wirst du uns die Karten offen auf den Tisch legen müssen. Das bist du uns schuldig. Immerhin riskieren wir gerade unser Leben, indem wir dich hier verstecken.«

Bremer blickte niedergeschlagen zu Boden. Betrachtete

die feinen Staubpartikel, die in den Lichtstrahlen über den mit Stroh ausgelegten Boden tanzten. Dann sah er auf, blickte Lohmann wie unter einer schweren Last stehend an und nickte.

*

Meanson blickte durch sein Fernglas. Sie hatten wechselweise den Tag über geruht. Meanson nahm an, dass die Krupp-Familie zwar um die Notwendigkeit des Schutzes wusste, gerade in Anbetracht eines bevorstehenden Besuches Adolf Hitlers, man seitens der Familie aber darauf bestand, etwas Privatsphäre wahren zu können. Dass es sich bei der Villa Hügel aber nach wie vor um einen der best geschützten Bereiche des Reiches handelte, bezweifelten weder er noch Baker. Meanson nahm den Feldstecher herunter. Nur noch wenige Minuten und die Dämmerung brach herein. Die Männer warteten und im Anschluss würden sie versuchen, so nah wie möglich an das Gebäude zu gelangen, den Sender zu platzieren und danach so schnell wie möglich wieder zu verschwinden. Ihre Chancen standen nicht schlecht. Offensichtlich hatte man Jones nicht erwischt. Sonst hätte man das gesamte Gelände lückenlos durchkämmt. Abgesehen davon hätte dieser Höllenhund ein Theater veranstaltet, das man bis nach London gehört hätte. Wenn die Deutschen also von einer feindlichen Aktion ausgingen, dann vermuteten sie ihren Gegner offensichtlich vor der Tür. Dass er sich bereits im Haus befand, schienen sie nicht in Erwägung zu ziehen.

Meanson war sich zwar nicht sicher, ob Hitler bereits eingetroffen war, er schloss es aber weitestgehend aus.

Das Spektakel hätten sie mitbekommen. Die Schergen des Führers hätten mit Sicherheit unmittelbar vorher das Gelände überprüft und sich nicht auf die Wehrmachtssoldaten und die Polizeieinheiten an den Zufahrtsstraßen verlassen. Hitler war nicht nur die am besten bewachte Person. Er war auch gleichzeitig die gefährdetste. Nein. Eine solch dargebotene Ruhe wäre bei seinem Eintreffen undenkbar.

Meanson sah zu Baker. Dieser lag in wenigen Metern Entfernung rechtsseitig. Seine Tarnung war so gut, dass er für den Feind schon auf kurze Distanz nicht mehr zu erkennen war. Gerade jetzt, wo sich die Lichtverhältnisse verschlechterten.

Meanson merkte jeden Knochen im Körper. Die Kälte, die vom Boden hochstieg, schien sämtliche Bereiche seines Körpers durchdrungen zu haben. Die Druckschmerzen, die das lange, beinahe regungslose Liegen verursachte, wichen allmählich einem tauben Gefühl. Wieder sah Meanson zu Baker. Spürte dieser denn nichts? Es kam ihm vor, als hatte er sich annähernd zehn Stunden lang nicht einen Millimeter bewegt. Verdammt! Was freute er sich auf ein heißes Bad! Wieder sah Meanson zu Baker. »Psst!«

Der Elitesoldat, der seit Stunden mit seiner Umgebung nahezu verschmolzen war, drehte den Kopf zu seinem Kameraden.

Meanson gab Baker einige Handzeichen. Baker nickte und blickte wieder teilnahmslos wirkend nach vorn, über den Lauf seines Gewehres. Er hatte verstanden. Meanson streifte das Tarnnetz ab und robbte rückwärts aus der Brombeerhecke. Er würde in 15 Minuten zurück sein.

Langsam erhob sich Meanson. Jede Bewegung schmerzte, und Meanson verharrte zunächst einige Augenblicke kniend, bevor er sich erhob.

Ursprünglich war es geplant, drei weit auseinanderliegende Punkte der Villa mit einem Sender zu versehen, um zu gewährleisten, dass der gesamte Gebäudekomplex in Schutt und Asche gelegt wurde. Mit nur zwei Sendern sah das anders aus. Gerade in Anbetracht der Ausmaße dieses Gebäudes vor ihnen. Es war durchaus möglich, dass eine Bombe die Hälfte des Gebäudekomplexes in die Luft jagte, während ein anderer Teil unversehrt blieb.

Langsam, jede natürliche Deckung ausnutzend, näherte sich Meanson der Freifläche, die sich bis zur Villa Hügel erstreckte, und spähte dann durch seinen Feldstecher. An der Rückseite erkannte er nach wie vor einige Wachsoldaten, die sich unmittelbar vor dem Gebäude befanden. Sie hatten freie Sicht über das Gelände. Ein Herankommen war auf diese Art und Weise nicht möglich. Er bewegte sich nach links. Die großen Rhododendronsträucher trugen auch zu dieser Jahreszeit volles Blattwerk. Und die Sträucher in diesem Park waren alt und groß, sodass Meanson sich gut verstecken, dabei aber gleichzeitig die Umgebung beobachten konnte. Trotzdem wusste er, dass es eine trügerische Sicherheit war, denn die Hundeführer, die um das Gebäude patrouillierten, würden sich nicht täuschen lassen.

Meanson blickte das Gebäude entlang. Dann hoch. Vielleicht ergab sich eine Möglichkeit, seitlich an der Fassade unbemerkt hochzuklettern und den Sender auf dem Dach zu positionieren. Meanson schob vorsichtig das Laub auseinander. Der nächste Busch, der hoch genug war, befand sich in vielleicht zehn Metern Entfernung. Kurz warf der SAS-Mann einen Blick zu den Wachen am Gebäude. Dann schritt er langsam geduckt in Richtung des nächsten Busches. Meanson hatte vielleicht fünf Meter zurückgelegt, als es schlagartig hell wurde. Für einen Sekundenbruchteil zeigte er sich überrascht. Blickte zum erleuchteten Gebäude. Dann lief er einige Schritte vorwärts, um anschließend mit einem gewaltigen Satz in den Busch zu hechten. Sofort stand Meanson auf und blickte durch die Blätter hindurch zum Gebäude. Tastete den Bereich vor sich hastig mit seinen Augen ab. Doch es näherte sich ihm niemand. Kein Scheinwerferlicht, welches in seine Richtung schwang. Meanson hatte die Leuchtkraft der Scheinwerfer unterschätzt. Er befand sich mitten in einer taghellen Szenerie. Nur geschützt durch einen gerade mal mannshohen Busch. Ein Busch, dessen Laubwerk ihm bei dieser Beleuchtung mit einem Male nicht mehr so dicht vorkam.

Meanson legte sich auf den Boden. Versuchte, durch das dicke Astwerk am Boden des Busches etwas von dem zu erkennen, was sich vor ihm abspielte. Dann erblickte er eine Gruppe von Soldaten. Sie schritten einen Weg rechtsseitig am Gebäude vorbei. Daneben sah er zwei Hundeführer, die sich links und rechts des Weges an die Spitze dieses Trupps setzten. Die Tiere zerrten an ihren Leinen und ihre Führer nahmen eine deutliche Rückenlage ein, um sich der Kraft der Hunde entgegenzustemmen.

Die Soldaten leuchteten den Bereich vor sich sowie das links und rechts umliegende Gelände ab. Einer der Lichtstrahlen kam verdächtig nahe an ihn heran, doch Meanson sah, dass der Lichtschein unruhig tanzte und nur sporadisch und ungezielt in seine Richtung gelenkt wurde. Ted Meanson drehte sich und folgte dem Trupp mit seinen Augen. Dieser lief weiter. Weiter in den dunklen Park hinein. Er fragte sich, ob man ihn entdeckt hatte, oder zumindest seine Anwesenheit vermutete. Aber dafür schien der Trupp zu gezielt in eine Richtung zu gehen. Darüber hinaus war er für die Durchsuchung dieses riesigen Geländes viel zu klein, gemessen an der Anzahl der Soldaten, vor denen sie geflohen waren. Meanson blickte auf seine Uhr. Ihm blieben noch vier Minuten, um zu Baker zurückzukehren.

Baker sah, wie die Scheinwerfer der Villa Hügel eingeschaltet wurden und die beginnende Dunkelheit aus der Welt nahm. Das gesamte Gebäude umgab wieder diese faszinierende goldfarbene Aura. Er blickte auf seine Uhr. Die Wachablösung erfolgte immer zur vollen Stunde. Aber es waren gerade mal 25 Minuten vergangen. Wo blieb Meanson? Dann hörte Baker das Bellen von Hunden. Mindestens zwei Tiere. Sie näherten sich von rechts. Baker entdeckte die Lichter von Taschenlampen, die unruhig den Bereich des Weges rechts von ihm absuchten. War Meanson der Grund?

Baker schob sich langsam rückwärts aus dem Gestrüpp. Er kniete sich hinter einen Baum und zog sein Tarnnetz über den Kopf und achtete darauf, aus welcher Richtung der Wind wehte. Er kam nach wie vor von vorn. Baker sah erneut auf seine Uhr. Meanson hatte noch eine Minute. Doch sein geschultes Gehör vernahm nichts, was auf seinen Kameraden hinwies. Es galt, sich in exakt einer Minute zurückzuziehen.

Meanson folgte der Soldatengruppe mit seinen Augen, bis sie im hinteren Teil des Geländes verschwand. Er blickte wieder nach vorn. Die großen Scheinwerfer der Villa Hügel leuchteten das Gelände nach wie vor aus. Solange es taghell war, saß er in der Falle. Er starrte auf die Uhr. In exakt einer Minute war die Zeit vorüber und Meanson wusste, dass sich Baker zurückziehen würde. Wenn er nicht zu ihm stieß, würde Baker davon ausgehen, dass er gefasst worden war.

Nervös sah Meanson erneut zur Villa. Dann hörte er einen Motor. Es näherte sich ein Fahrzeug. Noch ließen die Geräusche vermuten, dass das Fahrzeug sich vor der Villa Hügel befinden musste. Aber es wurde rasant lauter. Meanson konzentrierte sich darauf. Waren es nicht mehrere Fahrzeuge?

Dann sah Meanson die Scheinwerfer eines Autos. Es kam in seine Richtung. Dahinter tauchten weitere Wagen auf. Innerhalb weniger Sekunden hatten sie ihn erreicht. Es waren schwere Zivilfahrzeuge. Meanson erkannte nicht den Fahrzeugtyp, lediglich, dass es hochwertige Fahrzeuge waren. Aber wo fuhren sie hin? Warum fuhren sie augenscheinlich direkt in den Wald hinter ihm? Meanson drehte sich erneut um und blickte den Wagen nach. Einige Meter versetzt folgte ein dritter Wagen. Auch dies eine Luxuskarosse. Im Schlepptau zwei Lkws. Schon nach wenigen Metern sah Meanson nur noch die Rücklichter der Fahrzeuge, die rasch kleiner wurden und dann gänzlich von der Schwärze des Waldes hinter ihm verschluckt wurden. Er konnte sich nicht daran entsinnen, dass es in dem Gebiet hinter der Villa Hügel etwas gab, wohin diese Wagen hätten fahren können. Soweit er sich erinnerte, befand sich in dieser Richtung eine Gärtnerei. Mit Treib- und Gewächshäusern. Dahinter lediglich ein weitläufiges Waldgebiet. Und er wusste, dass man ihnen nur das aktuellste Kartenmaterial für ihre kurze Zeit der Vorbereitung zur Verfügung gestellt hatte. Wer befand sich in diesen Wagen?

Meanson drehte sich wieder um. Es war längst Zeit, zu Baker zurückzukehren, aber noch immer leuchteten die Scheinwerfer das Gelände um ihn herum aus.

Baker ging einige Meter vorwärts und sah der Soldatengruppe hinterher. Sie marschierten direkt in das Waldgebiet hinter ihm. Eine sporadische Streife? Ungewöhnlich, dachte er, da es keinen Sinn ergab. Selbst mit den Hunden konnte man das Gebiet nicht wirklich überprüfen. Als Abschreckung? Weil sie den Feind noch immer in der Nähe vermuteten? Baker sah auf die Uhr. Meanson war sieben Minuten über der Zeit. Er würde den Posten aufgeben und nach einigen weiteren Minuten allein operieren müssen. Ab dann galt es herauszufinden, inwieweit er noch etwas ausrichten konnte, oder ob die Mission gescheitert war.

Baker hörte von links Motorengeräusche. Und in der Tat, als er den Weg, den die Soldaten abliefen, nach links in Richtung des Gebäudes entlangblickte, erkannte er zwei Limousinen, die sich näherten. Weiter hinter ihnen erschien ein dritter Wagen und wiederum in kurzer Entfernung zwei Lkws. Baker pirschte sich noch etwas näher an den Weg heran und sah, dass eine der Luxuskarossen darunter war, mit denen sich die Führungselite der Deutschen in den Propagandanachrichten durch das Reich chauffieren ließ. Allerdings konnte er keine Personen ausmachen. Im dritten Fahrzeug erblickte er eine männliche Person auf der Rückbank. Der Mann war etwa Mitte bis Ende 60. Das Haar, vorne bereits licht, war kurz und streng nach hinten gekämmt. Und der Mann trug eine Offiziersuniform. Obwohl er nur für wenige Sekunden einen Blick auf diesen Mann werfen konnte, kam ihm die Person vertraut vor.

Baker zog sich langsam zurück, während er überlegte. Dann fiel ihm ein, wer der Mann war: Der Mann war Gerd von Rundstedt. Oberbefehlshaber West und Generalfeldmarschall des Deutschen Reiches!

*

Werner Winkler lief unruhig hin und her. Helga war längst überfällig. Kurz nach dem Besuch des Sturmbannführers hatte sie das Haus verlassen. Ihre Diskussion war heftig gewesen. Nie zuvor hatte Winkler seine Schwägerin derart erlebt. Sie hatte von ihm verlangt, dass er zu diesem Schlegel gehen solle. Vergeblich hatte Winkler ihr versucht zu erklären, dass dies unmöglich sei. Und dass ihr Leben, auch das von Klaus, keinen Pfifferling mehr wert sei, wenn man die anderen schnappe. Die Gestapo ließ sich mit niemandem auf einen Handel ein. Man würde sie alle verhaften und an die Wand stellen.

Winkler blickte auf die Wanduhr. Es war kurz nach fünf. Allmählich wurde es dunkel und so langsam begann er, sich Sorgen zu machen. Weder Kröll noch Bremer hatten sich gemeldet. Die Sperrstunde fing um 21 Uhr an. Er musste handeln. Winkler nahm seinen schweren Wollmantel von der Garderobe, löschte das Licht und spähte durch die Fenster nach draußen. Er war überzeugt, dass man ihn beschattete. Winkler zog die Tür hinter sich zu und atmete die kalte Luft tief ein. Er blickte nach links und rechts. Ungefähr 50 Meter weiter erkannte er in einem Hauseingang einen Mann. Das Licht der Straßenlaterne ließ nur die Silhouette erahnen. Aber es reichte, um zu sehen, dass der Mann in seine Richtung blickte. Er rauchte eine Zigarette, die er exakt in dem Moment wegwarf, als Winkler sich in Bewegung setzte. Winkler lief einige Meter die Straße entlang und drehte sich um. Ein zweiter Mann begleitete den ersten, und beide versuchten offenkundig nicht, aus ihren Absichten einen Hehl zu machen.

Winkler lief einige Seitenstraßen entlang. Er hörte von hinten die Schritte der beiden Gestapo-Männer, die ihm in unverändertem Abstand folgten. Er hatte das Gefühl, die Hufe eines Gespanns zu hören, doch dann vermischten sich die Geräusche mit denen der Hauptstraße vor ihm. Winkler bog nach links in die Sommerburgstraße und folgte der Hauptstraße ungefähr zwei Kilometer in Richtung des Stadtteils Holsterhausen. Nach ungefähr 20 Minuten ging er von der Holsterhauser Straße nach links in eine Seitenstraße, der er ungefähr hundert Meter folgte, bis er erneut nach links abbog und, ohne zu zögern, eine Eckkneipe betrat.

Die Kneipe war klein. Der Tresen befand sich in der Mitte und war somit von jeder Seite aus zugänglich. Winkler nahm mit dem Wirt Blickkontakt auf. Dieser nickte ihm zu. Winkler beschleunigte seine Schritte, zwängte sich an den Gästen vorbei und rannte die hölzernen Stufen zum Bierkeller hinunter.

Die beiden Geheimpolizisten sahen Winkler in eine Straße abbiegen. Sie beschleunigten ihren Schritt, da die Gefahr bestand, die Zielperson aus den Augen zu verlieren. Sie waren sich jedoch sicher, dass Winkler ihnen nicht entkommen konnte. Wie alle alten Bergmänner litt auch Winkler unter einer Staublunge und dass es mit seiner Kondition nicht zum Besten stand, war in den vergangen 20 Minuten, seit sie ihm folgten, deutlich zu spüren. Umso erstaunter zeigten sich die beiden Männer, als sie um die Ecke liefen und eine menschenleere Straße vor sich sahen. Doch ihre Überraschung währte nur einige Sekunden. Unverzüglich erkannten sie die Lage und rannten auf die Eckkneipe zu. Die beiden Gestapo-Männer zogen die Tür auf und schlagartig drang ihnen der typische Geruch alter Wirtshäuser in die Nase. Eine Mischung aus Bier und kaltem Rauch. Einen Moment hielten sie inne und blickten sich um. Dann entschieden sie sich rechts um die Theke herumzulaufen. Als sie am Ende der Theke angelangten, kam ihnen der Wirt entgegen, der ein volles Bierfass vor sich her rollte. Fluchend blieben die beiden Männer vor ihm stehen, stiegen über das Fass und stießen den Wirt derart beiseite, dass dieser rücklings zwischen die Barhocker fiel.

Während dieser sich, auf dem Rücken liegend, umdrehte und den Männern nachsah, rannten diese bereits die Stufen zum Bierkeller hinab. Die Tür war verschlossen. Mehrmals rammte der Größere der beiden Männer seine Schultern gegen das Türblatt, bis die Zarge nachgab und die Tür aufschwang. Der Bierkeller war nicht sonderlich groß. Gegenüber der Treppe erkannte er eine Tür, die einen Spalt breit offen stand. Mit wenigen

Schritten jagten die Männer die Stufen hoch, drückten die Tür auf und blickten auf einen schmalen Hinterhofweg, der sich nach rechts erstreckte. Die Männer hasteten den wenige Meter langen, schmalen Korridor entlang und fanden sich auf der Straße wieder, auf die Winkler zuletzt eingebogen war. Rechts sahen die beiden ein Fuhrwerk. Offensichtlich von einem Kohlenhändler. Kurz blickten sie nach links. Dann sprinteten sie los.

Winkler vernahm, wie die große und schwere Plane vom Wagen gezogen wurde. Und obwohl er noch immer den Jutesack über seinen Kopf gezogen hatte und nichts sah, sog er die frische Luft so tief ein, dass sich die Jute, seiner Atemfrequenz anpassend, in seine Mundhöhle presste. Der stählerne Griff, der ihm zunächst den Mund zugehalten und der sich später um seinen Hals gelegt hatte, war verschwunden. Und mit ihm das beklemmende Gefühl.

Rüde wurde Winkler über die Eierkohlen von der Ladefläche gerissen. Dann zog man ihn ein weiteres Stück, wobei er Mühe hatte, das Gleichgewicht zu halten.

Winkler wurde auf einen Stuhl gedrückt. Augenblicklich nahm man ihm den Jutesack vom Kopf. Er blinzelte und seine Augen brauchten einen Moment, um sich an das helle Licht in der Scheune zu gewöhnen. Dann sah er Ernst Lohmann. Etwas, was ihn nicht sonderlich überraschte. Neben Lohmann stand Karl-Heinz Scholz und dessen Knecht Reinhard.

Winkler sagte nichts, sondern starrte die Männer vor sich an. Eine Zeit lang schwiegen sie, bis Ernst Lohmann das Wort ergriff.

»Ich hätte meine Hand für dich ins Feuer gelegt.«

Winkler sagte noch immer nichts.

»Sag mir, Werner. Warum? Und warum ausgerechnet du?«

Winkler spie aus. Die feinen Fasern des Jutesackes reizten seine Mundschleimhäute. Er blickte an sich herunter. Betrachtete beiläufig seine stark verschmutzte Bekleidung. Dann sah er wieder zu Lohmann.

»Bevor ihr dieses … Verhör weiterführt. Erlaubt mir wenigstens zu erfahren, warum …«

»Du hier sitzt?«, fragte Lohmann sichtlich erregt. »Verkauf uns nicht für blöd, Werner!«

Winkler lächelte abfällig und spuckte erneut aus. »Zwei Möglichkeiten. Zwei Möglichkeiten, die mir spontan einfallen. Ihr seid Verräter oder ich scheine einer zu sein.«

Lohmann schaute Winkler direkt in die Augen, aus denen Wut und gleichzeitig eine tief gehende Enttäuschung sprach.

»War es freiwillig? Oder hat man dich erpresst. Letzteres würde dir zumindest noch etwas an Restwürde erhalten«, sagte Scholz, der beiläufig dem alten Pferd den Hals kraulte, das sich die unverhoffte Chance, ein zweites Mal satt zu werden, nicht entgehen ließ und wieder Heu fraß.

»Erpresst«, sagte Winkler.

Scholz nickte. »Dachte ich es mir doch.«

Winklers Blick wechselte von Lohmann zu Scholz. »Du bist ja ein furchtbar cleveres Kerlchen«, sagte Winkler.

Scholz trat unvermittelt einen Schritt vor, stoppte aber, als ihm Lohmann die Hand auf die Brust legte. »Erzähl!«

Winkler setzte sich aufrecht hin und versuchte, sich den Kohlenstaub von seinem Mantel zu klopfen. »Schlegel war bei mir. Sturmbannführer Schlegel. Er stand um halb sechs heute Morgen plötzlich in meinem Haus und eröffnete das Gespräch, in dem er angab, dass es zu feindlichen Aktivitäten im Bereich der Ruhr gekommen war. Er selbst geht davon aus, dass der Feind eingedrungen ist. Und er hat noch gesagt, dass er Hilfe gehabt haben muss. Hilfe von jemandem, der ein Boot besitzt. Er hat mich nach Bremer gefragt. Ob ich weiß, wo er ist, und ob ich mit ihm Kontakt habe.«

»Wie sollte Schlegel darauf kommen, dass du mit Harald Kontakt hast?«, warf Lohmann ein.

»Ganz einfach. Wenn sie Bremer auf dem Kieker haben, dann wissen sie, dass er von Kröll Medizin erhält. Wenn sie das wissen, dann wissen sie auch, dass Kröll mir Medizin bringt. Sie zählen zwei und zwei zusammen …«

Lohmann sah Winkler weiter aufmerksam an.

»Ich habe ihm nicht gesagt, dass ich Bremer kenne. Ich habe ihm rein gar nichts gesagt. Schlegel sagte daraufhin, dass Klaus morgen früh eingezogen wird. Er soll an die Ostfront.«

»Es sei denn, du sagst ihm, was du weißt.«

»Richtig, Ernst. So wird er es gemeint haben.«

»Bremer wird gesucht. Wir haben uns weiter umgehört. Krölls Wohnung wurde auf den Kopf gestellt. Er selbst ist wie von der Erdoberfläche verschwunden. Die Gestapo und die Polizei krempeln jeden zweiten Haushalt um. Zerren Leute aus den Wohnungen. Und darüber hinaus ist ein Großaufgebot an Wehrmachtssoldaten dabei, jeden Schilfhalm an der Ruhr umzudrehen. Und alles, seit wir Schlegel aus deinem Haus haben kommen sehen. Und zu allem Überfluss erwischen wir dich gerade in dem Moment, wo du mit zwei Gestapo-Kumpels einen Zug durch die Gemeinde machst. Sag mir, Werner. Was sollen wir glauben?«

»Wendet euch an Pfarrer Weißkamp. In Essen-Werden. Er ist Anhänger der bekennenden Kirche. Wie ihr euch vorstellen könnt, haben die Gestapo und die Deutschen Christen ihn im Visier. Setzt euch mit ihm in Verbindung. Er führt euch zu Klaus. Und zu Kröll.«

*

Meanson saß nach wie vor in dem kleinen Busch und um ihn herum leuchteten weiter gnadenlos die Scheinwerfer, die eine Rückkehr zu Baker unmöglich machten.

Mittlerweile war wieder Ruhe eingekehrt. Die Fahrzeuge waren längst außer Sicht- und Hörweite. Vereinzelnd vernahm er einige Rufe der Soldaten. Es waren nur noch wenige Minuten bis zur Wachablösung und er hoffte, dass sich dabei eine Möglichkeit auftat, sich unerkannt zurückzuziehen.

Meanson sah auf die Uhr. Zehn Minuten bis zur Wachablösung. Er hoffte, dass kurze Zeit darauf die Scheinwerfer wieder ausgeschaltet wurden. Jetzt, wo der Fahrzeugkonvoi verschwunden war, gab es keinen Grund mehr, die Villa Hügel durch die Festbeleuchtung zum Ziel nächtlicher Luftangriffe zu machen. Doch dann wurde die Ruhe durchbrochen. Ein Dröhnen – wie das entfernte Grollen eines herannahenden Gewitters – schwoll bedrohlich an. Wurde lauter. Deutlicher. Detaillierter.

Die Motoren, die Meanson nun vernahm, rührten nicht von einem vergleichbar kleinen Motor einer Personenlimousine. Es waren schwere Dieselmotoren. Meanson hob das Fernglas an und tastete den Bereich des Gebäudes ab. Die Motoren verstummten. Beinahe zum Greifen nah und doch für ihn nicht sichtbar hörte Meanson Männerstimmen. Er konnte das, was gerufen wurde, nicht deuten. Aber es war eine Sprache, die in jedem Winkel der Erde auf die gleiche Art und Weise gesprochen wurde. Es waren Befehle. Und dann sah er sie. Die lange Kette der Soldaten, die sich links und rechts des Gebäudes wie aus dem nichts herauskristallisierte und die langsam auf ihn zuschritt. Meanson drehte sich um und schob das Buschwerk auseinander. Etwa 20 Meter Freifläche bis zum Unterholz.

*

Der alte Traktor Hanomag RL 20 stieß kontinuierlich eine schwarze Rauchwolke in den Himmel und der Metalldeckel am oberen Ende seines Auspuffrohres klapperte. Der Motorblock schwitzte dickes und schweres Öl und die ehemals rote Lackierung war bestenfalls zu erahnen. Aber er war ein treuer Begleiter und Reinhard Schmidt kannte jede seiner Einzelteile bis auf die letzte Schraube. Ersatzteile waren rar und so mussten die Bauern, die sich glücklich schätzen durften, noch eine Maschine zu besitzen, ein erhebliches Improvisationstalent an den Tag legen, um diesen Mangel zu kompensieren und um ihre motorisierten Gefährten bei Laune zu halten. Weitaus schwieriger war es, an Diesel oder Heizöl zu gelangen. Aber auch hier florierte der Schwarzmarkt, und die Währung, mit der ein Bauer bezahlen konnte, war derzeit die härteste. Trotzdem blieb nicht viel von dem übrig, was Scholz und er an Arbeit investierten. Großflächige Ackerflächen legte niemand mehr an. Zu groß der Verlust durch Diebstahl, und die vermehrten Bombentreffer konnten die Arbeit eines ganzen Jahres innerhalb von Sekunden zunichtemachen. Seiner Anstellung bei Scholz war es zu verdanken, dass er bisher nicht eingezogen wurde. Es galt, die ungeheuren Mengen an Soldaten satt zu bekommen und genügend Futter für die Pferde anzupflanzen, denn trotz des stetigen Fortschritts waren Fuhrwerke und Pferde immer noch die am meisten verwendeten Transportmittel.

Die Fahrt war nicht einfach. Die Lichtverhältnisse waren in Anbetracht der hereinbrechenden Dämmerung schlecht und der große Anhänger hatte Überbreite, um die Strohballen aufnehmen zu können. Und diese Überbreite machte ein schnelles Vorankommen auf den geschundenen Fahrbahndecken unmöglich. Die schweren Fahrzeuge der Kriegsmaschinerie hatten ihre Spuren auf den Kopfsteinflächen und den asphaltierten Straßen hinterlassen und es gab kaum jemanden, der sie ausbesserte.

Reinhard fuhr aus Richtung Essen-Haarzopf kommend die Hatzper Straße entlang. Er würde von dort aus nach rechts auf die Meisenburgstraße abbiegen und dann den Schuirweg in Richtung Ruhr hinunterfahren. Wenn alles gut lief und sie in keine Kontrolle gerieten, dann würden sie in ungefähr einem Kilometer auf die Ruhrtalstraße kurz vor Essen-Werden treffen. Reinhard hoffte inständig, dass ihr hastig gestrickter Plan aufging.

Solange er denken konnte, war er bei den Scholzes auf dem Hof. Als Reinhard im Alter von zwölf Jahren Waise wurde, bewahrte ihn der alte Bauer vor dem Kinderheim. Stellte ihn als Helfer ein und kümmerte sich um ihn. Wenngleich der alte Scholz ihn auch nie wie einen Sohn behandelte, war er gut zu ihm. Streng, aber gerecht. Und die alte Berta Scholz gab ihm zumindest das Gefühl, ein Zuhause zu haben. Nach dem Tod der beiden übernahm ihr einziger Sohn Karl-Heinz den Betrieb. Und der junge Bauer hielt zu seinem Helfer. Selbst in diesen harten Zeiten. Er konnte sich auf ihn verlassen. Egal, was da käme.

Reinhard fuhr auf die nächste Kreuzung zu. Wenn sie das Tempo beibehielten, würden sie in ungefähr 20 Minuten am Ziel sein. Er lenkte den Traktor nach links und bog auf die Ruhrtalstraße ab. Es herrschte bereits Sperrstunde, doch glücklicherweise war er bisher in keine Kontrolle geraten. Bremer hatte geschildert, dass auf der Freiherr-vom-Stein-Straße, wenige hundert Meter von der alten Gerberei entfernt, eine Kotrollsperre eingerichtet war. Aber allzu weit musste er ohnehin nicht mehr fahren. Reinhard Schmidt fuhr noch ungefähr 200 Meter, dann hielt er am rechten Fahrbahnrand und schaltete den Motor des Traktors aus. Die Maschine erstarb unter einem unharmonischen Vibrieren, welches sich auf das gesamte Fahrzeug ausbreitete und auch Schmidt erfasste. Er stieg vom Sattel und lief zur rechten, der Straße abgewandten Seite seines Anhängers. Obwohl er wusste, dass er allein war, schlug sein Herz unter seiner Brust, als würde es den Takt des alten Dieselmotors noch eine Zeit lang fortsetzen oder sogar übertreffen wollen.

Reinhard löste die breiten Spanngurte, mit denen die Strohballen gehalten wurden. Erneut sah er sich um, bevor er begann, die unteren Ballen zu fassen, um sie herauszuziehen. Er musste deutlich Kraft aufwenden, obwohl er beim Stapeln darauf geachtet hatte, dass er die unteren Ballen entfernen konnte.

Er reichte Bremer die Hand und half ihm aus dem Hohlraum zu klettern. Als Bremer stand, sah er sich hektisch nach allen Seiten um und klopfte sich die Strohhalme von seiner Kleidung.

»Die Kontrollstelle befindet sich direkt hinter der Biegung dort hinten. Pass also auf. Ich werde in einer Viertelstunde zurück sein. Wenn alles gut geht.«

Reinhard Schmidt sah Bremer nach, wie dieser sich seitlich ins Gestrüpp schlug und die Dunkelheit ihn verschluckte. Es raschelte noch einige Sekunden lang. Dann wurde es wieder still.

*

Meanson wusste, dass die Deutschen, die dort auf ihn zukamen, in wenigen Augenblicken auf seiner Höhe waren. Er musste weg. Raus aus diesem Busch. Doch der nächste Grüngürtel hinter ihm war mindestens 15 Meter entfernt. Es half nichts. Blieb er, würden die Soldaten ihn finden. Meanson holte tief Luft, rannte geduckt los und sprang in eine Brombeerhecke vor sich. Er spürte, wie sich die Dornen tief in seine Kleidung gruben und ihn wie Verbündete des Feindes daran hindern wollten, sich in Sicherheit zu bringen. Mehrfach musste er seine Ärmel ruckartig befreien, bevor es ihm gelang, hinter diesen beinahe undurchdringlichen Pflanzenwall zu gelangen. Sofort fuhr Meanson herum und warf sich auf den Boden. Seinen Karabiner im Anschlag richtete er sein Augenmerk wieder auf den Feind. Versuchte, eine Lücke in der Wand aus den Blättern und stacheligen Zweigen zu erhaschen, um das Herannahen seiner Verfolger beobachten zu können. Meanson hatte keinen Plan. Er würde instinktiv handeln. Einige von ihnen über den Haufen schießen und versuchen, in der kurzen Zeit des Chaos zu entkommen.

Ted Meanson blickte weiter über den Lauf seiner Waffe und sah in Richtung des Feindes.

Nichts. Meanson hörte weder hektische Rufe noch bemerkte er, dass die Wachen auf ihn zustürmten. Seine Lunge forderte von ihm zu atmen. Signalisierte, dass sein Körper dringend Sauerstoff benötigte. Doch Meanson schien nicht in der Lage dazu. Dann atmete er aus. Nur einen kurzen Moment, um sofort einzuatmen. Das hektische Heben und Senken seines Brustkorbes würde eine Zielerfassung nicht zulassen. Verdammt! Er konnte es sich nicht leisten, zu atmen!

Aber der Drang wurde zu übermächtig. Meanson hatte Mühe, einen normalen Atemrhythmus zu finden. Hektisch tastete seine linke Hand zur Koppel, vergewisserte sich, dass die Handgranate noch daran hing, während seine Augen den Bereich links und rechts des hell erleuchteten Strauches wenige Meter vor ihm abtasteten.

Erneut verschwand jedes Gefühl für Zeit. Jetzt, wo er seine Atmung halbwegs unter Kontrolle hatte, gelang es seinem Gehör, sich auf das Geschehen vor ihm zu konzentrieren. Er hörte Stimmen. Langsam, ganz langsam schob er seinen Körper nach hinten und kniete sich hin. Seine linke Hand ließ die Handgranate los. Er würde sie nicht einsetzen müssen. Anschließend griff er unter den Lauf der halbautomatischen Waffe, die nach wie vor in Richtung des Feindes ausgerichtet war und über die starr der Blick des Elitesoldaten ruhte. Eine Zeit lang verharrte Meanson so. Dann nahm er die Waffe runter und bewegte sich langsam in Richtung des Abhangs. In die Richtung, wo er die alte Gerberei vermutete.

*

Baker grübelte. Warum fuhr der Oberbefehlshaber West in ein anscheinend unbebautes Waldgebiet? Es musste einen Grund dafür geben. Und Baker fiel nur ein triftiger Grund ein. Adolf Hitler! Es musste ein geheimes Gebäude geben. Ein geheimes Treffen. Das war das Einzige, was Sinn ergab. Baker überlegte, was er tun sollte. Doch bevor er eine Antwort darauf fand, hörte er erneut Motorengeräusche. Lkws. Eindeutig mehrere Lkws. Und einen Wimpernschlag später sah er, wie die dazugehörenden Scheinwerfer die Dunkelheit zerschnitten. Es waren zwei Fahrzeuge und Baker bemerkte an dem starken Schwanken des Abblendlichtes, dass die Wagen langsam fuhren, weil sie offensichtlich schwer beladen waren. Baker legte sich auf den Bauch und beobachtete die Fahrzeuge, die in seine Richtung kamen. Wahrscheinlich Mannschaftswagen, dachte er. Und es bestärkte ihn in seiner Vermutung, dass irgendetwas in diesem Waldgebiet rechts von ihm vonstatten ging. Der hintere der beiden Lkws schloss zu dem vorderen auf und war nur noch eine Fahrzeuglänge entfernt. Die Bäume standen relativ eng und die Fahrzeuge mussten aus diesem Grund langsam fahren. Als der erste Wagen beinahe direkt vor ihm war, konnte Baker den Fahrer und den Beifahrer sehen. Beide trugen Uniformen und der Beifahrer schien eine Langwaffe zwischen den Beinen aufgestellt zu haben. Der Wagen fuhr an Baker vorbei. Er stutzte. Etwas stimmte nicht. Es waren keine Mannschaftswagen der Wehrmacht, sondern Lieferwagen. Deutlich sah Baker einen großen Fisch, der als Werbefigur auf die äußere Seite der Ladewand des Lkw aufgemalt war. ›Spezialitäten‹, las er. Darunter einen Namen und eine Anschrift. Baker musste kein Deutsch können, um zu wissen, dass dies ein reines Lieferfahrzeug war, zumindest den Anschein erwecken sollte. Aber warum fuhr es ebenfalls in das Waldgebiet? Und warum wurde der Wagen von Soldaten gelenkt? Befand sich tief in diesem Wald ein Gebäude, welches die britischen Aufklärer übersehen hatten?

Baker fielen keine Antworten ein. Doch er brauchte keine Antworten, um zu wissen, dass hier irgendetwas nicht stimmte. Er spürte, dass dies alles mit dem Grund ihrer Operation zu tun hatte. Der zweite Lkw fuhr vorbei. Und auch er trug exakt die gleiche Beschriftung. Baker blickte sich kurz in alle Richtungen um. Dann lief er los.

*

Meanson schritt den Hügel hinab. Mittlerweile hatte die Dunkelheit den Wald beinahe völlig in eine undurchdringliche Schwärze getaucht. Baker musste zumindest in

Erwägung ziehen, dass man ihn, Meanson, gestellt oder handlungsunfähig gemacht hatte. Demnach wäre der Feind gewarnt. Die Operation unter diesen Umständen allein durchzuziehen, war nahezu unmöglich. Meanson vermutete, dass Baker das einzig Nachvollziehbare tun würde. Er würde sich zur Gerberei durchschlagen, den Commander informieren und beratschlagen, wie weiter vorzugehen war. Alles andere ergab wenig Sinn.

Meanson drehte sich mehrfach um. Lauschte nach verräterischen Geräuschen. Blickte nach den dünnen Strahlen von Suchscheinwerfern. Dann vernahm er ein Geräusch. Es war eindeutig das eines Motors. Und es kam von unterhalb, aus der Richtung, in der er eine Straße vermutete. Das Motorengeräusch schien ihm bekannt, doch er wollte nicht darauf kommen, um welche Art von Fahrzeug es sich handelte. Aber das Fahrzeug wies ihm die Richtung. Eine Straße konnte nicht mehr allzu weit sein. Meanson beschleunigte seine Schritte, sah die Straße vor sich und in 200 Metern Entfernung einen Traktor, der einen großen Anhänger mit Strohballen hinter sich herzog und an ihm vorbeifuhr. Meanson suchte nach einem Anhaltspunkt, der ihm verriet, ob er sich links oder rechts halten musste, um zu der alten Gerberei zu gelangen. Aber die Lichtverhältnisse waren zu schlecht. Trotz der klaren Nacht lag die Straße in einem feuchten Dunst, herübergetragen durch den nahegelegenen Fluss.

Meanson wurde aus seiner Konzentration gerissen. Etwa 30 Meter von ihm entfernt auf der rechten Seite stand das Gespann. Meanson beobachtete, wie ein Mann vom Traktor stieg und um den Anhänger zur sichtabgewandten Seite ging. Auf einmal machte Meanson einen zweiten Mann aus, von dem er sicher war, ihn zuvor nicht auf dem Anhänger gesehen zu haben. Wo kam er auf einmal her? Die beiden dunklen Gestalten wechselten einige Worte, bevor sich die zweite in das Buschwerk schlug. Meanson hatte kurz das Gefühl, als habe er diesen schon einmal gesehen. Obwohl die Lichtverhältnisse keine Details verrieten, war ihm die Silhouette, der Gang dieses Mannes ein Stück weit vertraut. Der Fahrer tauchte wieder an der Straßenseite auf, blieb dort stehen und blickte sich in alle Richtungen um. In einer Art, die für Meanson eine deutliche Sprache sprach: Der Mann stand Schmiere.

*

Baker rannte dem Lieferwagen hinterher. Er sprang auf und es gelang ihm, Halt am Heck des Fahrzeuges zu finden. Langsam kletterte er nach oben, legte sich auf das Dach und blickte über die Fahrerkabine auf den Weg vor ihm. Die Fahrzeuge bewegten sich auf einen abgesperrten Bereich zu. Eine Gruppe von Wachsoldaten öffnete eiligst ein schwer bewachtes Holztor, welches aus zwei Flügeln bestand. Das Gelände hinter dem Tor war stockfinster und führte weiter in den Wald hinein. Die Fahrzeuge schalteten ihre Scheinwerfer aus und fuhren nun fast Schrittgeschwindigkeit, während sich die Fahrer lediglich an fluoreszierenden Markierungen links und rechts des Weges orientierten. Nach wenigen Minuten hielten die Wagen erneut an einem Tor. Auch dieses wurde durch Wachsoldaten geöffnet. Hinter dem Tor konnte Baker eine Felswand erkennen. Das Gelände dahinter ragte steil auf. Die Felswand öffnete sich beinahe lautlos und verbarg die Kolonne im Inneren. Während die Lkws im Eingangsbereich hielten, fuhren die Limousinen bis zu dem Ende der Halle, wo ein starkes Licht ansprang. Baker presste sich fester gegen das Dach.

*

Von Rundstedt und die übrigen angereisten Gäste stiegen aus ihren Limousinen. Erwin Müller ging auf seine Gäste zu und streckte ihnen zur Begrüßung die Hand entgegen. Der Eingangsbereich wirkte wie ein alter Bergwerksstollen, nur dass er erheblich breiter und höher war. An den dunklen, silberfarbenen Wänden verliefen Kabel entlang, welche die großen Hängelampen an der runden Decke mit Strom versorgten. Monoton drang das dumpfe Dröhnen einiger Generatoren zu den Männern. Von Rundstedt sah einen langen, beleuchteten Tunnel, der weiter in den Hügel führte und in dem mittig Gleisstränge lagen. Der Tunnel war nicht sonderlich breit und schien weiter nach unten, tiefer in das Felsmassiv zu führen.

»Wo genau befinden wir uns hier?«, fragte von Rundstedt, während er sich umblickte und den Kragen seines Mantels aufstellte, da er einen unangenehmen Luftzug im Nacken verspürte.

»Ein unterirdischer Komplex, der für unsere wissenschaftlichen Arbeiten angelegt wurde. Streng geheim. Wir verfügen hier über einige Labore, einen Technikraum und einige Mehrzweckräume, die wir für Lagebesprechungen und andere Dingen nutzen. Die Lore wird uns hinbringen. Wenn Sie so freundlich wären, mir zu folgen?«, sagte Müller, drehte sich um und schritt auf die Lore zu, die mehr einer Kutsche auf Eisenrädern als einem typischen Bergwerkswagen glich.

*

Eine Zeit lang passierte nichts. Der Mann stand am Heck des Anhängers und blickte die Straße entlang. Meanson war sich nun sicher, dass sich die Gerberei linksseitig befinden musste. Doch lief er Gefahr, sich durch ein unachtsam verursachtes Geräusch zu verraten. Dass die zwei Männer dort unten auf der Straße etwas im Schilde führten, war mehr als offensichtlich. Aber das hieß noch lange nicht, dass sie ihn nicht verraten würden. Nein. Meanson würde abwarten und hoffen, dass der zweite Mann bald wieder auftauchte und beide sich gemeinsam entfernten.

Der Mann am Heck des Anhängers fuhr plötzlich herum und wandte sich dem Dickicht zu. Meanson hatte nichts gehört, aber der Mann sah nun hektisch in alle Richtungen, verschwand hinter seinem Anhänger und tauchte nach wenigen Sekunden wieder auf. Am Heck begann er, die breiten Sicherungsgurte zu lösen, welche die Ballen festhielten. Anschließend zog er einige der großen Strohballen vom Anhänger. Wegen ihres großen Gewichts geriet der Mann in deutliche Rückenlage. Dann blickte er nochmals links und rechts die Straße hinauf, drehte sich anschließend zum Dickicht und winkte. Diesmal vernahm Meanson deutlich das Rascheln von Laub und Zweigen. Für einen Moment erkannte Meanson drei Männer. Den Mann, der zuvor im Gebüsch verschwunden war. Und darüber hinaus zwei weitere, die sofort in den Hohlraum zwischen den Strohballen kletterten. Meanson war kurzzeitig irritiert, hatte jedoch keinen Zweifel mehr, als er den letzten der drei Männer in Uniform sah. Er war sich sicher, dass es sich um Commander Paddy Mayne handelte. Meanson erhob sich, schulterte seine Waffe und wollte gerade loslaufen, als er von rechts ein weiteres Geräusch vernahm. Ein Fahrzeug näherte sich. Und dieses Fahrzeug war kein Traktor.

Reinhard Schmidt winkte die Männer zu sich.

Bremer tauchte als Erster auf. »Alles in Ordnung?«

»Rein mit euch!«, befahl Schmidt. Bremer kletterte in den Hohlraum. Das Lattengestell im Inneren ähnelte einem Käfig. Ein zweiter Mann erschien. Reinhard Schmidt erwartete einen Soldaten, aber der Mann trug zivile Kleidung, die ihm offensichtlich zu klein war. Unmittelbar hinter ihm tauchte der dritte Mann auf. Er trug eine deutsche Soldatenuniform. Schmidt hob den schweren Ballen an und fügte ihn in das Loch, um den Hohlraum zu verschließen. Er hatte den Strohballen noch nicht vollständig eingeschoben, als er etwas hörte. Unmittelbar darauf erleuchteten zwei Scheinwerfer sein Fahrzeug. Schmidt drückte den Ballen in seine Position und drehte sich in dem Moment um, als der Wagen der Polizeipatrouille vor ihm hielt.

Meanson hörte, wie der Wagen beschleunigt und auf den Traktor zuhielt. Wenige Meter vor dem Mann bremste der Fahrer stark ab und der Wagen kam zum Stehen.

Unmittelbar darauf sprangen drei Männer mit gezogener Waffe aus dem Fahrzeug, die sie auf den Fahrer des Fuhrwerks richteten.

Die Befehle, die Meanson hörte, waren unmissverständlich. Der Mann hob die Arme und drehte sich um. Der erste Soldate trat heran und tastete den Mann grob von oben nach unten ab, packte ihn rüde am Kragen und drückte ihn gegen die seitliche Ladewand des Anhängers. Wieder hörte Meanson, wie einer der Soldaten den Mann ansprach und dabei auf den Anhänger zeigte. Meanson hatte genug gesehen. Er zog sein Kampfmesser aus der Scheide seitlich seines Unterschenkels und robbte Richtung Straße.

»Zwei Fragen! Was machen Sie hier und was befindet sich auf dem Anhänger?«

Reinhard Schmidt fühlte, wie ihm die Beine zu versagen drohten. Er wollte antworten, doch es war ihm, als wäre seine Kehle zugeschnürt. Schmidt schluckte. In der Hoffnung, den Fremdkörper in seinem Hals damit beseitigen zu können. Aber sein Hals war trocken. Fühlte sich beinahe sandig an.

Schmidt wurde herumgerissen. Die Polizisten standen seitlich, sodass er von den Scheinwerfern des Wagens geblendet wurde. Instinktiv wollte er seine Hände schützend vor die Augen halten, doch sie gehorchten ihm nicht.

»Rede schon! Oder soll ich dir Beine machen!«, schrie der Polizist rechts von ihm.

»Ich … der Traktor«, stammelte Schmidt. »Der Traktor hat eine Panne.«

»Und darum hantierst du hier am Heck deines Anhängers rum? Sag mal, willst du uns verarschen, Freundchen? Ich frage zum letzten Mal: Was ist auf dem Anhänger?«

Schmidt sah den Mann an, konnte aber nicht antworten. Seine Stimme versagte. Der Beamte vor ihm grinste, während er an ihm hinabschaute.

»Da hat aber einer einiges zu verbergen, Männer. Hat sich in die Hosen gepisst, der Held.«

Der Mann ließ den Blick von Schmidt zum Anhänger schweifen und richtete daraufhin seinen Karabiner auf den Wagen.

Schmidt betrachtete die Szene wie in Trance. Unfähig, etwas zu sagen. Unfähig, etwas zu denken. Er hatte den übermächtigen Wunsch, seine Augen zu schließen. Aber wie über den Rest des Körpers, schien er auch über sie keine Kontrolle zu haben. Schmidt erkannte im Augenwinkel, dass der Polizist Blickkontakt suchte. Unmittelbar darauf widmete sich dieser erneut den Strohballen, hob sein Gewehr und zielte darauf. Reinhard Schmidt fühlte nichts mehr. Er hörte nichts. Es war ihm, als beobachtete er die Szene wie ein Außenstehender. Eine fremde Macht schien ihn zu zwingen, auf diesen Polizisten zu blicken, diese Szene zu beobachten. Und diese Macht verhöhnte ihn, in dem ihm jegliches Zeitgefühl genommen wurde. Es war, als würde sich jemand daran ergötzen, ihn und diese Szene in einer nicht enden wollenden Momentaufnahme gefangen zu halten.

Reinhard wartete. Er wartete darauf, dass dieses brutale Geräusch der Karabinersalve ihn aus dieser Momentaufnahme riss. Doch es blieb aus. Schmidts Blick wechselte vorsichtig von dem Gesicht des Mannes zum Gewehrlauf und wieder zurück. War das Gesicht nicht ein wenig anders als zuvor? Der Mund wirkte immer noch breit grinsend. Aber die Augen. Die Augen sahen anders aus. Überrascht? Wieder sah Schmidt auf den Lauf des Gewehres, der unverändert auf den Anhänger zeigte. Danach auf das Gesicht des Polizisten. Dieses Mal war das Grinsen verschwunden. Plötzlich beschleunigte sich die Zeit. Schien es Schmidt eben noch, als könne er sich die Situation unendlich lang ansehen, jedes einzelne Detail ohne Zeitdruck betrachten, so war es ihm, als rase alles in atemberaubender Geschwindigkeit an ihm vorbei.

Der Lauf des Gewehres senkte sich zu Boden, während der Mann urplötzlich in den Knien einknickte. Dumpf vernahm Schmidt das Geräusch des Kopfes, der gegen die seitlichen Bohlen der Anhängerwand schlug. Schmidt sah, dass etwas aus dem Rücken des Mannes ragte. Doch er war zu überfordert, um zu analysieren, was vor sich ging.

Unmittelbar darauf bewegte sich etwas in nahezu unglaublicher Geschwindigkeit an ihm vorbei. Schmidt riss den Kopf herum und blickte nach links. Der Polizist hatte seinen Karabiner fallen gelassen und griff an seinen Hals, aus dem der Schaft eines Messers ragte. Das Einzige, was er zu hören bekam, war das Röcheln des Mannes und die gurgelnden Laute seiner Kehle. Der Mann taumelte direkt in das Licht der Scheinwerfer, wo er zusammenbrach und mit heftig pumpendem Oberkörper auf den Knien und den Ellenbogen landete, während seine Hände weiterhin seinen Hals umfassten.

Der dritte Polizist stand auf der anderen Seite. Aufmerksam geworden durch die Geräusche des zusammenbrechenden Kameraden, erschien er am Heck des Anhängers. Im selben Moment vernahm Schmidt von rechts ein Geräusch. Jemand rannte. Direkt auf ihn zu. Schmidt sah den Mann, der förmlich an ihm vorbeischoss, sich mit einem Fuß auf den Rücken des vor ihm knienden Mannes abstieß und mit ausgestrecktem Bein dem dritten Polizisten entgegensprang. Der Mann versuchte, seine Waffe zu heben, aber der Fuß des Angreifers traf mit voller Wucht auf dessen Brustkorb. Schmidt sah, wie der Polizist seine Arme reflexartig nach hinten riss, um seinen Sturz abzufangen. In dem Augenblick, als der Polizist mit dem Rücken auf die Fahrbahn aufschlug, war der fremde Soldat bereits über ihm. Der Kolben seines Gewehres zerschmetterte den Schädel des Polizisten, dessen Körper augenblicklich erschlaffte. Im gleichen Moment flog der Strohballen, der den Hohlraum verschloss, auf die Straße.

»Meanson, du Höllenhund! Das war verdammt knapp!«, rief Jones, der auf Meanson zuschritt und ihn an seine Brust zog.

»Gott! Jones! Was ist das für ein erbärmlicher Gestank?«

»Mein bestes Parfüm! Marke ›Distance‹. Nur für dich!«

Mayne kletterte aus dem Stroh. Meanson fiel auf, dass er schlecht aussah.

»Meanson! Jones! Seht zu, dass ihr die Leichen verschwinden lasst! Und den Wagen! Und schüttet Erde über das Blut! Beeilt euch!«

Wenige Minuten später wies nichts mehr auf das Geschehene hin.

*

Pfarrer Josef Weißkamp ging schnellen Schrittes über den Leinwebermarkt in Richtung Hardenbergufer. Als Mitglied der Bekennenden Kirche hatte er es nicht leicht in diesen Zeiten und der alte Mann litt unter der Tatsache, seine Gottesdienste nicht mehr in der Kirche zu Essen-Werden abhalten zu können. Das Presbyterium wurde mittlerweile ausschließlich von den Deutschen Christen beherrscht und beinahe wöchentlich musste Weißkamp erfahren, dass ein Gemeindemitglied von der Gestapo verhaftet und verhört wurde. Er konnte von Glück sagen, dass es sich bei den Deutschen Christen in Essen um eher gemäßigte Anhänger handelte, die ihn nach der Vertreibung aus der Kirche nicht weiter beachteten, insbesondere vor dem Hintergrund, dass die Anzahl der Gemeindemitglieder durch Einschüchterung stetig abnahm. Trotzdem waren es harte Zeiten für Weißkamp. Und mehr als einmal hatte man ihm Fragen gestellt. Unangenehme Fragen. Dass man ihn beobachtete, daran hatte er keinen Zweifel. Weißkamp bog auf die Straße Neukircher Mühle ab, folgte dem Straßenverlauf und gelangte letztendlich auf die Straße Hardenbergufer, die parallel zur Ruhr verlief. Während er den Fußweg entlangschritt, drehte sich Weißkamp regelmäßig um. Wechselte das Tempo seiner Schritte, soweit sein Rheuma dies zuließ. Das Gefühl des Verfolgt-Werdens war allgegenwärtig. Doch er konnte niemanden ausmachen. Er war froh, als er das Hardenbergufer erreichte. Die Straße war in weiten Teilen mäßig und in einigen Teilen aufgrund der zunehmenden Fliegerangriffe der Alliierten gar nicht ausgeleuchtet. Kröll hatte ihn aufgesucht und um Hilfe gebeten. Weißkamp wusste, dass Kröll im

Widerstand aktiv war. Und daraus ergab sich der Schluss, dass Krölls Anliegen in diesem Bereich zu suchen war. Weißkamp blieb erneut stehen und spähte auf den dunklen Weg hinter sich. Nichts. Dann sah er auf seine Uhr. Kröll hatte ihm übermitteln lassen, dass er ihn dringend sprechen musste. In einer alten Gaststätte am Hardenbergufer. Weißkamp setzte seinen Fußmarsch fort. Er hoffte, dass Kröll ihn nicht weiter in die Sache reinziehen wollte, als er ohnehin schon drinsteckte.

*

Noch immer lag Baker so flach wie möglich auf dem Dach des Lkw. Die Türen der Fahrzeuge wurden geöffnet und die Insassen entfernten sich. Weiter hinten hörte Baker die Stimmen mehrerer Personen, die sich an den Wänden dieser seltsamen Halle brachen. Das Geräusch, welches folgte, erinnerte ihn an einen fahrenden Zug. Gleichzeitig hörte Baker, wie das große Eingangstor geöffnet und unmittelbar danach wieder geschlossen wurde. Langsam richtete er seinen Oberkörper auf und spähte in die Halle. Sie war erstaunlich groß und Baker vermochte nicht einzuschätzen, ob sie natürlichen Ursprungs war oder von Menschenhand angelegt. Am Ende der Halle erkannte er ein Gleis mittig in der Halle, welches in den Tunnel führte. Davor befand sich ein großer Metallblock. Zu Bakers Verwunderung war die Halle verlassen. Er konnte Wachen weder sehen noch hören. Auch von den Insassen der Lkws war nichts zu vernehmen. Einzig das Brummen von Generatoren, die den notwendigen Strom für das erzeugten, was auch immer sich hier drinnen befand, durchbrach die Stille. Clark Baker kletterte vom Dach des Lkw, um sich sofort unter das Fahrzeug zu legen. Die Halle verfügte offensichtlich nur über einen Zugang. Das Tor, durch das sie gekommen waren. Aber irgendwo vermutete Baker einen Luftschacht. Er spürte sogar auf dem Boden den Luftzug. Er ging zum Heck des Lkw, dessen Türen zum Laderaum verschlossen waren. Jetzt, wo er die Fahrzeuge von Nahem betrachten konnte, fiel ihm auf, dass die Seitenwände der Lkws mit einer Stoffplane bespannt waren. Eine Stoffplane, die mit einem Werbeschriftzug für Fischspezialitäten beschriftet war. Baker ritzte die Plane mit seinem Messer ein Stück an. Darunter war die typisch dunkelgraue Farbe eines Wehrmachtsfahrzeuges zu erkennen.

Baker schritt auf das Gleis zu. Zwischen den Schienen erblickte er ein Stahlseil, das zu dem großen Motorblock am Ende des Gleises führte. Jetzt, wo Baker näher herantrat, stellte er fest, dass der Tunnel abschüssig war. Rechts des Tunnels standen mehrere Holzkisten, die übereinander gestapelt waren. Jede dieser Kisten maß schätzungsweise einen Meter im Kubik. Sie waren unbeschriftet. Baker unternahm den Versuch, eine der Kisten etwas anzuheben. Sie rührte sich nicht einen Millimeter. Der Deckel war fest vernagelt. Clark Baker überprüfte die weiteren Kisten. Auch sie waren sehr schwer, verschlossen und ihr Inhalt nicht ausgewiesen. Als Baker sich beiläufig dem Deckel der vorletzten Kiste widmete, in der Erwartung, auch ihn verschlossen vorzufinden, stellte er überrascht fest, dass dieser nachgab. Das Holz war dick und Baker wunderte sich über das Gewicht des Deckels. Er benutzte beide Arme, um ihn so weit anzuheben, dass er hineinblicken konnte. Dann hörte er ein lautes Geräusch. Das Eingangstor wurde aufgeschoben und die Schritte mehrerer Männer waren zu vernehmen.

*

Professor Erich Müller erhob sich, ordnete kurz den dünnen Stapel Papier vor sich und trat dann zur Wand gegenüber dem Konferenztisch, an dem die Gäste Platz genommen hatten.

Erich Müller war enttäuscht. Seine Gäste waren durchaus ausgewählt. Immerhin war der Oberbefehlshaber West anwesend. Er war, wie man ihm zuvor mitgeteilt hatte, von Hitler mit allen Entscheidungsbefugnissen ausgestattet. Darüber hinaus Erhard Milch, Generalflugzeugmeister und zuständig für die Erprobung allen Materials, welches die Deutsche Luftwaffe betraf. Daneben eine mehrköpfige Delegation des Reichsluftfahrtministeriums, unter denen sich Persönlichkeiten wie Albert Lessmann, Günter Baumann und Heinz-Georg Kohlsmann befanden. Allesamt hohe Offiziere, die mit Milch angereist waren.

Bis zuletzt aber hatte er gehofft, dass Adolf Hitler persönlich zu dieser Demonstration erscheinen würde. ›Der Führer verfolgt die Entwicklung des Projektes mit außerordentlichem Interesse‹, hatte ihm die Vertretung des Reichsluftfahrtministeriums mitgeteilt. Ein Kompliment, welches seine Enttäuschung nur geringfügig nahm.

Links, neben Müller, saß Dr. Rainer Mundt, ehemaliger Assistent von Robert Koch während dessen Zeit im Preußischen Institut für Infektionskrankheiten in Berlin.

»Uns allen dürfte klar sein, dass die ständig verstärkte Offensive der Alliierten gegen die Industrie unseres Vaterlandes mit orthodoxen Mitteln allein nicht mehr effektiv genug bekämpft werden kann«, begann Albert Lessmann, der sich erhoben hatte. »Hinweise auf ein erhöhtes Angriffsvolumen mehren sich. Es gibt somit im Grunde genommen nur zwei realistisch zu betrachtende Möglichkeiten. Die eine besteht in dem möglichst frühen und effizienten Abfangen und Zerstören der angreifenden Bomberverbände. Oder man trifft den Feind mitten ins Herz. Macht ihn von vornherein handlungsunfähig. Sie werden mit mir einer Meinung sein, wenn ich behaupte, dass letztgenannte Variante sicher den effektiveren Weg darstellt. Auf Wunsch des Führers haben sich das Reichsluftfahrtministerium, unser geschätzter Professor Müller und seine Ingenieure dieses Themas angenommen. Herr Professor. Wenn Sie so freundlich wären. Schildern Sie uns doch bitte die Ergebnisse Ihrer Entwicklung«, bat Lessmann und setzte sich wieder.

Müller erhob sich und blickte jeden seiner Gäste kurz an. »Bisher scheiterten sämtliche Versuche eines gezielten, punktgenauen Angriffes gegen den Feind an der mangelnden Reichweite und insbesondere an der Genauigkeit der Waffen. Das ist nicht sonderlich verwunderlich. Eine minimale Abweichung an der Justierungsanlage für die Zielkoordinaten führt über eine größere Distanz zu einer Abweichung von mehreren Kilometern. Bei dem bisher einzig tatsächlich brauchbaren Modell handelt es sich um das Aggregat 4, eine Waffe, die Ihnen eher unter der Bezeichnung V2 bekannt ist. Wie Sie wissen, eine technische Errungenschaft, die auf die Verdienste des Kollegen Wernher von

Braun in Pennemünde beruht. Unser vorgegebenes Ziel war es, Großbritannien zu erreichen. Aber nicht nur das. Wir sollten eine Rakete schaffen, die in der Lage ist, eine so große Menge an Vernichtungskraft in sich zu tragen, dass wenige Treffer ausreichen, um eine ganze Stadt wie London handlungsunfähig zu machen. Und hier kommen wir zur zweiten, großen Hürde. Unsere herkömmlich verwendeten Raketen tragen derzeit Gefechtsköpfe in einer Größenordnung von bis zu maximal einer Tonne. Die Wirkung unserer konventionellen Sprengstoffe ist hinsichtlich ihrer zerstörerischen Kraft somit begrenzt und sicher nicht geeignet, unser gesetztes Ziel zu erreichen. Eine flächendeckende Bombardierung ist darüber hinaus nicht finanzierbar. Somit muss man sich neben den technischen Problemen ebenfalls mit der Thematik neuer Kampfstoffe beschäftigen. Bevor ich aber auf die Entwicklung unserer neuen Waffe zu sprechen komme, möchte ich Dr. Rainer Mundt bitten, das Wort zu ergreifen. Geschätzter Kollege ...«

Mundt erhob sich und blickte ebenfalls kurz in die Runde, als gelte es, sich deren Aufmerksamkeit zu sichern. »Sehr geehrte Herren«, begann Mundt und räusperte sich. »Wenn Sie Ihren Blick auf die gläserne Karaffe auf der Mitte des Tisches werfen, so werden Sie darin eine klare Flüssigkeit erkennen. Wenn Sie so freundlich wären, diese Karaffe anzuheben, deren Inhalt zu begutachten und mir mitzuteilen, was für eine Vermutung Sie hinsichtlich der Substanz haben.«

Die Karaffe wurde hochgenommen. Die Männer betrachteten den Inhalt und rochen daran.

Von Rundstedt roch als letzter an der Karaffe, bevor er sie wieder auf den Tisch stellte. »Wasser. Ich verstehe zwar nicht, was dieses … Experiment uns sagen möchte. Aber ich würde vermuten, dass sich in der Karaffe Wasser befindet«, führte der Generalfeldmarschall an.

Rainer Mundt nickte. Er trat ein Stück um den Tisch herum, nahm die Karaffe an sich und ging wieder zu seinem Platz. »Richtig. Es handelt sich um ganz normales Trinkwasser, wie wir es täglich zu uns nehmen. In dieser Karaffe ist Trinkwasser.« Mundt nahm sich ein Glas und schenkte etwas von dem Wasser der Karaffe hinein. »Wenn wir an diesem Wasser riechen, stellen wir fest, dass es unauffällig ist. Frisch. Und wenn wir das Glas hochnehmen und das Wasser betrachten, stellen wir fest, dass es vollkommen klar ist.« Rainer Mundt hob das Glas an und trank einen Schluck ab. »Meine Herren, nachdem ich einen Schluck getrunken habe, kann ich Ihnen versichern, dass es sich auch dem Geschmack nach um Wasser handelt. Frisches, klares Wasser von höchster Güte und Reinheit.« Mundt griff nach seinem Aktenkoffer und öffnete ihn. Er entnahm einige durchsichtige Petrischalen, die er vor sich auf den Tisch stellte. Die Dosen, ähnlich groß wie flache Schuhputzdosen, beinhalteten eine gelbliche Substanz, die mit einem weißen Pilzgeflecht überzogen waren.

»Betrachten Sie nun bitte diese Dosen«, sagte Mundt und hielt jeweils eine in seinen Händen gut sichtbar hoch. »Bei dieser gelblichen Substanz, die Sie im Inneren der Dose erkennen, handelt es sich um einen Nährboden. Die weiße Struktur besteht aus Schimmelpilzen und Bakterien.«

Mundt suchte erneut den Blickkontakt der Gäste. Von Rundstedt zog fragend eine Augenbraue hoch, während er Milch ansah.

»Ich habe diesen Nährboden mit einigen Tropfen eines identischen Wassers benetzt und diese Kultur, wie wir Wissenschaftler sie nennen, einige Tage in einem Inkubator aufbewahrt. Das Ergebnis sehen Sie in dieser Dose.«

Mundt legte die Petrischalen auf den Tisch zurück. »Das Wasser, welches sich in dieser Karaffe befindet, ist ausgezeichnet. Aber es ist voller Leben. Ein Leben, welches sich in einem unsichtbaren Bereich abspielt. Unser Körper hat eigene Abwehrmechanismen gegen eine Vielzahl solcher Erreger, wenn wir gesund sind. Es gibt aber eine Vielzahl von Erregern, die krankmachend, mitunter sogar tödlich sind.«

Erhard Milch setzte sich aufrecht hin. »Sie reden doch hier nicht von einem biologischen Kampfstoff?«

Müller ergriff das Wort. »Die von Braun entwickelte Rakete des Typs Aggregat 4, oder auch V2, ist eine sogenannte Fernlenkrakete. Also ein ballistisches Fernlenkgeschoss, deren Richtung zunächst durch eine Steuerapparatur bestimmt wird und bei der eine Richtungskorrektur mittels einer Fernlenkung unterstützt werden kann. Allerdings ist die Reichweite von dem Antrieb abhängig. Bei der von uns geforderten Reichweite kann dies nur über einen Eigenantrieb erfolgen. Also durch das Verbrennen eines flüssigen Treibstoffes. Von Braun ist es bei Experimenten gelungen, ein Treibstoffgemisch herzustellen, welches genügend Schubkraft besitzt, um eine Rakete dieser Größe über eine solche Distanz zu tragen. Es bleibt aber dabei, dass die Zielgenauigkeit recht dürftig und die transportierte Sprengkraft relativ gering ist, um dem Feind massiv zu schaden. Es ist einer Rakete gleich, ob sie Sprengstoff oder etwas anderes transportiert. Doch würde bei der Verwendung von Explosivkörpern die enorme Hitze jegliche Form von Erregern vernichten. Gleiches Problem besteht bekanntermaßen auch bei den bisher verwendeten Sprengstoffen, deren Zündtemperatur deutlich über 200 Grad Celsius liegen muss. Um also einen großflächigen Einsatz zu gewährleisten, muss der Transport des Sprengkopfes als auch die Detonation ohne Hitze- oder Druckentwicklung erfolgen.«

Müller sah von Rundstedt an. »Man stelle sich vor, man bestücke einen Raketensprengkopf mit einem biologischen Kampfstoff, der mitten in die Reihen des Feindes einschlägt. Eine Waffe, die darüber hinaus mehrere Quadratkilometer abdecken würde. Eine solche Waffe eingesetzt, würde den Feind nicht nur massiv schwächen. Sie wäre geeignet, den Gegner zur sofortigen Kapitulation zu zwingen.«

»Was einen Verstoß gegen das Genfer Protokoll darstellen würde. Ich könnte mir vorstellen, dass auch unsere Verbündeten sich wenig begeistert von dem Einsatz einer solchen Waffe zeigen würden«, führte Milch an, der zumindest äußerlich unbeeindruckt wirkte.

Von Rundstedt sah Milch an und ergriff das Wort. »Wir haben uns natürlich im Vorfeld mit dieser Thematik beschäftigt. Der Führer ist, wie im Übrigen auch meine Person, fest davon überzeugt, dass jedes Mittel, um den Feind zurückzuschlagen, geeignet und verhältnismäßig ist. Wir befinden uns im Krieg und nicht in einer sportlichen Auseinandersetzung. Wenn diese Waffe Schaden von unserem Vaterland abhält, dann ist ihr Einsatz zweifelsfrei verhältnismäßig. Darüber hinaus ist die Wirksamkeit nicht so von Bedeutung, wie man vielleicht glauben mag. Die psychologische Wirkung ist die eigentliche Waffe. Nicht zu wissen, ob man erkrankt ist oder nicht. Immer mit der Furcht lebend, einem weiteren Angriff ausgesetzt zu sein, den man weder hört noch sieht.«

»Drei Dinge, die mich interessieren. Von welcher Art Waffe reden wir? Wie lange braucht es, bis die Krankheit ausbricht? Und setzen wir uns nicht der Gefahr aus, dass diese Krankheit über den Seeweg zu uns hinüberschwappt?«, fragte Milch.

Mundt nickte, bevor er antwortete. »Bei dem Erreger, von dem wir hier sprechen, handelt es sich um die Lungenpest. Die Kulturen sind in ausreichender Menge vorhanden und können binnen weniger Stunden nach Bestellung angeliefert werden. Darüber hinaus haben wir uns natürlich mit den gleichen Fragen auseinandergesetzt. Die Inkubationszeit beträgt zwischen einem und drei Tagen, bei einer Sterblichkeitsrate von 90 Prozent. Der Erreger selbst ist an der Luft nicht allzu lange lebensfähig. Daher verwenden wir Aerosole. Aber auch an sie gebunden, werden die Erreger nach spätestens 24 Stunden fast vollständig abgestorben sein. Die britische Regierung wird die befallenen Städte unter Quarantäne stellen. Der übliche Übertragungsweg von Mensch zu Mensch ist bei der Lungenpest relativ leicht. Er erfolgt durch Tröpfcheninfektion, ähnlich einer Ansteckung bei einer Grippe. Nur dass bei der Lungenpest weitere Übertragungen wie Schmierinfektionen ausbleiben, da die Erreger, wie schon angeführt, an der Luft schnell absterben und auch der Kontakt zwischen den Menschen erheblich enger sein muss. Aber all dies ist Ihnen ja sicher bekannt, geschätzter Kollege. Wir gehen davon aus, dass bei konsequenter Seewegüberwachung die Pest nicht bis zum Festland kommt. Außerdem ist es keine ausgestorbene Krankheit. Sie ist nach wie vor endemisch, ohne dass sie ganze Kontinente heimsucht.«

»Die Frage, die sich mir jedoch stellt – und das ist der Grund, warum mich der Führer bat, an dieser Sitzung teilzunehmen, die Frage, die sich mir vorrangig aufdrängt, ist: Wird das Ganze auch in der Praxis gelingen? Soweit ich weiß, konnten bisher keine praktischen Test vorgenommen werden.«

Müller sah den Oberbefehlshaber West an. Dann nickte er. »Daran gibt es für mich keinen Zweifel. Es ist zwar schon sehr spät, aber erlauben Sie mir bitte, Ihnen das Projekt persönlich vorzustellen.«

*

Weißkamp sah in kurzer Entfernung sein Ziel. Es handelte sich um ein frei stehendes, altes Fachwerkhaus. Aber der Nebel, der sich immer mehr über das Hardenbergufer legte, gab dieses Gebäude erst sehr spät frei. Weißkamp war schon einige Male hier vorbeigelaufen, erinnerte sich aber nicht daran, die Wirtschaft jemals betreten zu haben. Ein Schild über der Tür verriet ihm, dass es sich um das Gasthaus ›Zum Leinpfad‹ handelte. Ein Relikt aus alten Tagen, an denen die Kohlenschiffe noch von Pferden oder Tagelöhnern an dicken Leinen einen ausgetretenen, später teilweise gepflasterten Weg die Ruhr entlanggezogen wurden. Die Fensterläden waren geschlossen. Die Kalktünche blätterte großflächig ab und selbst die Balken des Hauses schienen marode und von Schädlingen befallen.

Das Lokal war alles andere als einladend. Vor allem zu dieser Jahreszeit.

Weißkamp ging auf die Eingangstür zu, nahm die drei davor gesetzten Stufen, ergriff den Türknauf und zog daran. Die Tür war verschlossen. Er trat einige Meter vor das Haus und blickte die Fassade hinauf. Aber auch in der ersten Etage und dem darüberliegenden Dachgeschoss war kein Lichtstrahl zu erkennen. Weißkamp zeigte sich kurz irritiert. Hatte er sich in der Uhrzeit vertan? Er schüttelte den Kopf. Das war nicht möglich, hatte er doch die Uhrzeit als äußerst brisant, ja sogar lebensgefährlich empfunden. Solch ein wichtiges Detail hätte er nicht vergessen. Aber vielleicht hatte sich Kröll auch nur verspätet. Man wurde ja beinahe an jeder Ecke von einer Polizeistreife kontrolliert.

»Herr Pfarrer! Hier entlang!«

Weißkamp sah in die Richtung, aus der er die Stimme vermutete, entdeckte jedoch nichts. Doch er war sich sicher, dass die Stimme von rechts kam. Nochmals sah er sich in alle Richtungen um. Der Nebel der nur wenige Meter entfernten Ruhr hatte die Sichtweite auf unter 50 Meter beschränkt. Weißkamp ging zur rechten Seite des Gebäudes und sah, dass sich dahinter so etwas wie ein Hinterhof erstreckte.

»Hier!«

Wieder diese Stimme. Eindeutig. Und sie war nur wenige Meter von ihm weg. Weißkamp spürte einen Anflug von Unbehagen. Vielleicht auch so etwas wie Angst, aber er näherte sich dem Dunkel vor sich, wie von einem unsichtbaren Band gezogen.

»Ist man Ihnen gefolgt?«, fragte Karl-Heinz Scholz, der unmittelbar vor ihm aus dem Buschwerk trat.

»Ich glaube nicht. Aber ich kann es nicht mit Sicherheit sagen.«

»Warten wir einen Moment«, sagte Scholz und trat zur Gebäudeecke, um in alle Richtungen zu spähen.

Sie warteten einige Minuten und starrten auf die Nebelwand vor ihnen. »Wir haben Sie beschatten lassen. Seit Sie Ihre Wohnung verlassen haben. Wäre man Ihnen gefolgt, dann wüsste ich es. Aber man kann nie sicher genug sein. Kommen Sie.«

Scholz schritt voran. Weißkamp sah, dass sich aus dem Dunkeln ein weiteres Gebäude herausschälte. Eine alte Scheune aus dunkelroten Backsteinziegeln. Ein altes Lagerhaus. Nicht besonders groß. Viele der ufernahen Gebäude wurden aufgrund der ständigen Hochwasser ohne Keller gebaut, deshalb standen neben den Gebäuden immer ein paar Schuppen.

Weißkamp sah, dass sich vor der rechtsseitig gelegenen Eingangstür ein junger Mann aufhielt, den er nicht kannte.

Scholz blickte ihn flüchtig an. »Seid wachsam!«, sagte er kurz, bevor er die Tür öffnete.

Weißkamp betrat den Raum. Das, was er sah, verschlug ihm die Sprache. »Was, um alles in der Welt …?«

»Setzen Sie sich bitte, Herr Pfarrer«, sagte Lohmann, der auf Weißkamp zuging und ihm einen Stuhl hinstellte.

Weißkamp ignorierte die Aufforderung. Der Pfarrer konnte seinen Blick nicht von den Soldaten in den deutschen Uniformen abwenden. Als er es schließlich vermochte, sah er in die Runde und erkannte Werner Winkler und Bremer. Darüber hinaus der Gehilfe von Scholz, dessen Namen ihm nicht einfallen wollte. Und den Kohlenhändler Ernst Lohmann.

Weißkamps Erstaunen verwandelte sich beinahe schlagartig in Zorn und der Kirchenmann kehrte zu seinem Selbstbewusstsein zurück, das ihn auszeichnete. »Wären die Herren bitte so freundlich und erklären mir augenblicklich, was hier los ist?«

Ernst Lohmann räusperte sich und trat einen Schritt vor. »Wir benötigen Ihre Hilfe, Herr Pfarrer.«

Weißkamp sagte nichts.

»Komm zum Punkt, Ernst!«, unterbrach ihn Winkler. »Wir haben uns hier alle mehr oder weniger freiwillig eingefunden, weil einige glauben, ich hätte Verrat geübt!«

»Verrat?« Weißkamp lachte kurz auf. »Wie, um alles in der Welt, kommt Ihr darauf, dass Winkler euch verraten hätte? Lächerlich!«

»Wir haben die Gestapo aus seinem Haus kommen sehen«, gab Lohmann an. »Und das in einer Art und Weise, die nur schwer glauben lässt, dass dies ein unerwünschter Besuch war.«

»Jetzt weiß ich, woher der Wind weht. Verstehe«, sagte Weißkamp.

»Na, dann können Sie uns vielleicht aufklären?«, sagte Scholz mit einer Prise Sarkasmus, die Weißkamp nicht entging und die er mit einem Blick erwiderte, den Scholz nicht standhalten konnte.

»Dann versuchen wir mal, die Herren hier ins rechte Licht zu setzen. Die Gestapo war bei Werner, weil sie auf Bremer aufmerksam wurde und eine Verbindung erkannte, oder zumindest vermutet. Sie wollten Informationen. Werner sagte ihnen nichts. Daraufhin hat man ihn erpresst. Sie wollen Klaus. Morgen früh soll er zur Ostfront. Werner hat ihn zu mir gebracht. Ich habe den Jungen versteckt.«

»Wo ist der Junge jetzt?«, fragte Bremer.

»Er befindet sich in Sicherheit.«

»Wer sagt, dass Sie nicht auch gemeinsame Sache mit Winkler treiben?«, führte Scholz an.

»Was glaubst du Schlauberger eigentlich, mit wem du hier redest?«

»Wo ist Hermann?« Bremer stellte sich beschwichtigend zwischen die beiden Männer, die sich mehr als nur unverhohlen in die Augen sahen.

»Er ist bei dem Jungen.«

»Schluss damit!« Die Stimme von Jones schlug wie ein Donner ein. »Das führt hier zu nichts!« Die Männer blickten den großen Elitesoldaten an. »Mein Name ist Jones. Edward Jones. Wie Sie meinem Namen vielleicht entnehmen können, bin ich britischer Staatsbürger.«

Weißkamp setzte sich und starrte den Mann in der deutschen Uniform mit offenem Mund an.

»Ich habe mir erlaubt, das Wort zu ergreifen, da meine Kameraden weder Deutsch sprechen noch verstehen. Dies hier ist mein Kommandoführer, Commander Paddy Mayne. Zu meiner Rechten sitzt Ted Meanson. Wir waren ursprünglich zu fünft. Ein Kamerad starb, ein weiterer ist verschollen. Erlauben Sie mir vorweg die Bemerkung, dass es unerheblich ist, ob die hier Anwesenden sich gegenseitig hintergangen oder angelogen haben. Klären Sie das unter sich. Und jetzt lassen Sie diese Albernheiten und hören mir zu! Hinsetzen!« Jones blickte in die Runde und nach einem kurzen Zögern folgten die Anwesenden seinen Worten. »Ich denke, wir können das Kind beim Namen nennen. Sie alle sind mehr oder weniger Angehörige des deutschen Widerstandes.

Das ist der Grund, warum unser Geheimdienst an Bremer herangetreten ist.«

Weißkamp kramte ein Stofftaschentuch aus seinem Mantel und wischte sich die Stirn ab.

»Sie werden berechtigterweise jede Menge Fragen haben. Doch möchte ich Sie bitten, mir zunächst zuzuhören. Einige der hier anwesenden Personen wurden von Harald Bremer als loyal benannt, von unserem Geheimdienst überprüft und in Teilbereichen in die Sache eingeweiht. Ich sage bewusst in Teilbereichen, weil niemand hier den genauen Grund für die Mission kennt. Ich denke nicht, dass dies einer weiteren Erklärung bedarf.«

»Dann vermute ich mal stark, dass Ihr Vorhaben gründlich in die Hose gegangen ist. Sonst wären Sie nicht hier. Habe ich recht?«

Jones sah Weißkamp an. Dann nickte er. »Wir hatten auf dem Weg zu unserem Ziel Feindkontakt. Commander Mayne ist schwer verletzt und, wie ich bereits anführte, ein Kamerad ist getötet worden.«

»Und was haben Sie jetzt vor?«, fragte Weißkamp.

»Wir müssen dringend zur Villa Hügel. So schnell wie möglich!«

»Zur Villa Hügel? Was wollen Sie dort?«

»Das kann ich Ihnen nicht sagen. Aber es ist äußerst wichtig. Das Leben unzähliger Menschen steht auf dem Spiel.«

»Sie wissen, dass uns die Gestapo im Auge hat? Einige von uns werden gesucht. Es ist nur eine Frage der Zeit, bis man auf den Rest von uns aufmerksam wird. Wenn es nicht schon mittlerweile so weit ist. Wir werden Sie also schlecht dorthin bringen können.«

Bevor Jones etwas erwidern konnte, erhob sich Commander Paddy Mayne. Er trat an das kleine Fenster des Raumes und blickte nach draußen auf die unzähligen Kerzenlichter, die sich schemenhaft durch die bodennahen Nebelschwaden abhoben und die untrüglich darauf hinwiesen, dass es sich bei dem Ort um einen Friedhof handelte.

»Jones! Was erzählen die Männer?«

Jones trat näher an Mayne heran und übersetzte die wesentlichen Punkte des Gesprächs. Mayne drehte sich zu den Deutschen und trat einen Schritt auf sie zu, wobei er versuchte, jeden einzeln anzusehen.

»Als wir diesen Einsatz annahmen ...«, sagte Mayne, wobei er noch immer die Männer ansah, »... ist keiner von uns davon ausgegangen, seine Heimat je wiederzusehen. Niemand von uns ging ernsthaft davon aus, das hier zu überleben. Warum tut man so etwas also? Ein Einsatz, der nie stattgefunden hat. Ob er nun erfolgreich sein wird, oder – und danach sieht es derzeit aus – scheitert. Warum also tut man so etwas?« Mayne stand jetzt Scholz gegenüber. »Warum?«

Scholz wich etwas zurück. Dann trat Mayne zu Lohmann, während Jones Maynes Worte übersetzte. »Warum nimmt man freiwillig einen Einsatz an, der einen aller Wahrscheinlichkeit nach direkt in die Hölle bringt? Ich will es Ihnen sagen. Weil wir hier ...«, Mayne zeigte auf seine Kameraden, »weil wir der festen Überzeugung sind, dass das Leben Tausender und Abertausender Menschen wichtiger ist als die eigene Existenz. Und ich rede hier nicht von meinem Volk. Evolutionsgeschichtlich betrachtet ist das, was wir uns gegenseitig antun, Brudermord. Ich rede von den Menschen in Großbritannien und in Deutschland. Ich rede von Hunderttausenden Menschen in ganz Europa. Weil wir bereit sind, unser Leben für eine Chance zu opfern, die unseren Kindern vielleicht so etwas wie eine Zukunft bieten kann. Unseren Kindern. Und auch Ihren Kindern! Und sei die Chance auch noch so gering. Darum sind wir hier!«

Mayne wandte seinen Blick von den Deutschen, richtete ihn auf den Boden und lief ruhig hin und her. Als er stehen blieb, betrachtete er wieder die Anwesenden vor sich. »Aber wir werden es nicht ohne Ihre Hilfe schaffen.«

»Vergessen Sie es!«, fuhr Winkler dazwischen, nachdem Jones Übersetzung endete. »Hitler kommt nicht. Er ist in Berlin. Definitiv. Die Nachricht kommt von Ihren Leuten!«

Mayne sah Winkler an. Doch es schien, als würde ihn diese Nachricht nicht im Geringsten beeindrucken.

Weißkamp guckte seine Männer an. Dann erhob er sich. »Ich weiß nicht, was Sie vorhaben. Aber offensichtlich hat es mit Adolf Hitler zu tun. Man braucht nicht unbedingt der Hellste zu sein, um eins und eins zusammenzuzählen. Aber unabhängig davon, dass Ihre Mission wohl mit der unerwarteten Tatsache konfrontiert wird, dass Hitler nicht kommt, stellt sich die Frage, wie wir Ihnen helfen sollen. Wir sind schwach. Zu wenige. Und den meisten von uns sitzt die Gestapo im Nacken. Wir können nichts tun.«

Mayne sah auf seine Uhr. Es war 22.30 Uhr. »Es gibt da eine Möglichkeit«, sagte Mayne und drehte sich wieder zu den anderen. »Sturmbannführer Schlegel hat nach all den Vorkommnissen in den letzten Stunden allen Grund dazu, anzunehmen, dass der Feind in unmittelbarer Nähe ist. Es gibt nur eine Möglichkeit, ihn in relativ kurzer Zeit zur Ruhe kommen zu lassen. Wir sollten sein Verlangen, diesen Feind zu stellen, befriedigen.«

»Wollen Sie sich etwa opfern?«, fragte Pfarrer Weißkamp.

Mayne schmunzelte. »Nicht ich. Aber es gibt da in der Tat ein paar Leute, die uns behilflich sein könnten. Kommen Sie«, sagte Mayne, winkte die Anwesenden heran und fegte einige Becher vom Tisch. Dann breitete er die Karte vor sich aus. »Wie Jones bereits anführte, gilt einer unserer Männer seit unserem ersten Versuch, zur Villa zu gelangen, als vermisst. Er hat einen Sender mit. Ich habe in regelmäßigen Abständen eine Peilung vorgenommen. Und dieser Sender ist vor Kurzem aktiviert worden. Und wenn Adolf Hitler nicht in der Villa Hügel ist, dann kann dies nur eins bedeuten: dass er eine Entdeckung von ungeheurer Wichtigkeit gemacht hat. Er würde diesen Sender niemals einschalten, um seinen Arsch zu retten. Darüber hinaus alles tun, damit er dem Feind nicht in die Hände fällt.«

Mayne strich die Karte glatt. »Hier oben ist die Villa Hügel«, sagte der Commander, während er mit dem Finger auf die Stelle in der Karte tippte. »Und hier, westlich der Villa, kommt das Signal her. Hier unten ...«, Mayne zeigte auf einen Punkt der Karte und verweilte dort mit dem Finger, »... ist die ausgebombte Fabrik. Schlegel wird uns weiterhin in dem Bereich zwischen Ruhr und Villa Hügel vermuten. Insbesondere nach dem letzten Vorfall. Wenn die Deutschen die drei Polizisten noch nicht gefunden haben sollten, so gelten sie als vermisst. Und nach Adam Riese lässt das nur einen Schluss zu: Wir werden also das alte Fabrikgelände zum Ausgangspunkt unserer Ablenkung machen.« Mayne blickte die Deutschen der Reihe nach an, bis Jones mit seiner Übersetzung geendet hatte.

»Schön und gut«, sagte Winkler. »Aber wie wollen Sie Schlegels Schergen vom Hügel wegbekommen?«

»Wir werden an der alten Fabrikruine ein Spektakel veranstalten, welches alle Truppen im Umkreis von 100 Meilen anzieht. Anschließend verlagern wir unsere kleine Auseinandersetzung weiter in südliche Richtung. Wir werden ihnen dabei den ein oder anderen Köder anbieten, nach dem sie gierig schnappen werden. Sobald wir sie im Schlepptau haben, werden meine Männer zur Villa vordringen.«

»Das sind gut und gern eineinhalb Kilometer quer durch ein Gebiet, welches vor Polizei nur so wimmeln wird. Halten Sie das wirklich für eine gute Idee?«, fragte Scholz.

»Nein. Der pure Wahnsinn. Haben Sie eine bessere Idee?«

Winkler schob die Männer etwas beiseite und blickte Commander Paddy Mayne an. »Es gibt da einen Weg.« Winkler sah, wie ihn alle Anwesenden anstarrten. Er atmete hörbar aus.

»Sprechen Sie!«, befahl Mayne.

»Es gibt da einen alten Bergschacht. Klaus und ich haben ihn zufällig gefunden. Er wurde durch einen Bombentreffer freigelegt. Es ist ein sogenannter Erbstollen. Kohle wurde an diesen Stellen schon im 17. Jahrhundert gefördert. Allerdings drang man nur bis auf 100, maximal 200 Meter in den Berg. Wegen des Bergdrucks. Erbstollen wurden gegraben, um das anfallende Grundwasser abzuleiten. Der Stollen ›erbte‹ das Wasser. Mit der Erfindung der Dampfmaschinen konnten Pumpen eingesetzt werden und die Erbstollen verschwanden mit der Zeit.«

Winkler griff in die Innentasche seines Mantels und zog einen kleinen Umschlag hervor. »Ich habe die Karte vor wenigen Tagen erhalten. Von einem Bekannten meines Vaters. Einem alten Mann, den ich in einem Gasthof wieder traf. Er hat mal im Bereich der Villa gearbeitet. Am Heizungssystem. Die haben damit immer wieder Probleme. Wir schwelgten in Erinnerungen. Von den Zeiten des Bergbaus. Er ist zu alt und seine Staublunge wird ihn sicher bald zurück unter die Erde bringen. Aber auf eine andere, endgültige Art und Weise. Wir sprachen über die alten Zechen. Über den Zollverein, wo ich ebenfalls eine Zeit lang arbeitete. Und über die anderen, die nicht mehr unter uns sind. Melancholisches Zeug, wenn Sie so wollen. Und natürlich darüber, dass Gerüchte im Umlauf sind, der Führer persönlich würde die Villa Hügel besuchen. Der alte Mann erzählte mir, dass der gesamte Hügel von Stollen durchzogen ist. Dass Krupp vor dem Bau aufgrund dieser Schachtanlagen sogar ein Bodengutachten erstellen ließ und das Gelände zunächst im Rahmen der Bauarbeiten gesichert werden musste. Ich glaubte ihm nicht, doch er bestand auf seine Aussage und prahlte damit, dass er sogar noch eine Karte von der Umgebung der Villa hat, in der die Stollen teilweise eingezeichnet sind. Ich habe sie mir geben lassen und sie heimlich abgezeichnet. Der alte Mann hat dem keine Bedeutung geschenkt. Bergleute sammeln viel über ihren Beruf. Nichts Ungewöhnliches. Bei genauerer Betrachtung stellte ich fest, dass einer dieser Stollen direkt zum Fundament der Villa führt.«

»Und dieser Stollen existiert noch?«, fragte Mayne.

Winkler nickte. »Die meisten sind sicher gesperrt, eingestürzt oder mit Schutt aufgefüllt. Diesen hier gibt es noch. Klaus war drin. Das, was er vorfand, deckt sich mit dem, was der alte Mann sagte. Der Stollen endet an einem alten Fundament. Es ist porös und teilweise sind die Wände zur Gänze eingebrochen. Wahrscheinlich aufgrund der Bergbewegungen. An einer Stelle sind die alten, toten Heizungsrohre sichtbar. Die Villa Hügel verfügt über eine der ersten Warmwasserheizungen überhaupt. Jedoch funktionierte die erste Heizung nicht so, wie der alte Krupp es sich vorstellte, deshalb wurde sie schon bald stillgelegt.«

»Ich bin kein Bergmann, aber ich vermute, dass dies bedeutet, dass dieser Teil direkt unter der Erdoberfläche liegen muss«, sagte Jones.

Winkler zuckte mit den Schultern. »Möglich. Aber ich würde nicht nach oben graben.«

»Nicht?«

»Nein. Durch das Fundament. Klaus berichtete, dass sich ein langer Riss durch das Fundament zieht und man dahinter einen Hohlraum erkennen kann. Was genau hinter dem Fundament liegt, weiß ich natürlich nicht.«

Mayne blickte Jones und Meanson an. »Es ist zumindest eine Chance«. Mayne dachte kurz nach. Dann nickte er Meanson zu.

»Und wie ist Ihr Plan?«, fragte Weißkamp.

Mayne lächelte. Das erste Mal, seit die Männer diesen seltsamen Soldaten sahen, lächelte er. »Ich sagte doch, dass es da ein paar Leute gibt, die uns helfen. Herr Pfarrer. Sagen Sie … Wann haben Sie die letzten Beerdigungen durchgeführt?«

*

SS-Obersturmführer Kurt Harras breitete die schwarz-weiße Karte vor sich auf der Motorhaube seines leichten Einheits-Pkw von Stoewer Typ 40 aus. Nochmals fuhr er unter der künstlichen Beleuchtung seines Scharführers mit dem Zeigefinger seiner rechten Hand die vorgegebenen Grenzen ab, die es zu durchkämmen galt.

Harras war verärgert, als er hörte, dass er diesem Schlegel von der Gestapo dieses Zubrot an Arbeit zu verdanken hatte. Obersturmführer Harras kannte die genauen Gründe nicht. Was er aber wusste, war, dass Schleßmann selbst Schlegel mit sämtlichen Befugnissen ausgestattet hatte, die Schlegel für dienlich hielt. Und Schlegels Anweisungen abzulehnen, kam einer direkten Befehlsverweigerung Schleßmanns gleich. Und da Schlegel somit einige Nummern zu groß war, hatte Harras keine andere Möglichkeit, als sich zu fügen. Dass Schlegel aber gerade in dem Moment an ihn herantreten musste, als es dunkel wurde, verärgerte Harras ungemein. Es gab Zwischenfälle in unmittelbarer Nähe der Villa Hügel, wobei es derzeit als nicht gesichert galt, ob es sich um eine kleine Gruppe alliierter Fallschirmjäger handelte, die vor Kurzem von der Flakabwehr vom Himmel geholt worden war, oder ob es sich um eine neue gewalttätige Formierung des verräterischen Widerstandes handelte, oder ob zwischen beiden Parteien gemeinsame Sache gemacht wurde.

Harras wollte beides nicht so recht glauben. Der Widerstand mit seinen äußerst beschränkt zur Verfügung stehenden Mitteln würde den Teufel tun, das am besten bewachte Gebäude im gesamten Ruhrgebiet anzugehen. Wer das glaubte, war ein Narr. Und Fallschirmjäger? Die Flakabteilungen wurden gerade eben zur Flakgruppe Essen zusammengefasst und beinhalteten nun auch die Stellungen Oberhausen, Mülheim, Gelsenkirchen, Bottrop und Wuppertal. Dazu die 4. Flak-Division mit Sitz in Duisburg für das westliche Ruhrgebiet und den Niederrhein, sowie die 7. Flak-Division in Köln für das Rheinland, das linksrheinische Gebiet und Bergische Land.

Hier unbemerkt mit mehreren Flugzeugen durchzukommen, die eine ausreichend große Truppe an Fallschirmjägern absetzen konnte, war nahezu unmöglich. Natürlich hatte Harras Kenntnis von einer abgeschossenen britischen Transportmaschine. Aber Essen wurde ständig von Luftangriffen bedroht. Und selbst wenn, so wollten ihm keine nachvollziehbaren Gründe einfallen, warum eine Handvoll Fallschirmjäger den irrwitzigen Plan ins Auge fassen sollte, die Villa Hügel genau zu dem Zeitpunkt anzugehen, wenn der Oberbefehlshaber West zu Gast war. Harras war mit seinem Reservebataillon zur Unterstützung Schlegels eingesetzt. Nicht direkt, da die Ordnungspolizei nicht der Gestapo unterstellt war. Aber der Befehl kam von Polizeipräsidenten Max Henze. Und über ihn munkelte man, dass er seine Order direkt aus Düsseldorf bekam. Vom Polizeiführer West persönlich. Zu allem Überfluss hatte man seine drei Bataillonszüge personell stark reduziert, da das 64. und 67. Bataillon in Polen einige Verluste hinnehmen musste. Somit blieben ihm lediglich zwölf Gruppen, deren Stärke alles andere als komplett war. Statt der Sollbemannung von jeweils zehn Männern zuzüglich der Gruppenführer, verfügte jede Gruppe derzeit über höchstens acht Mann. Das reichte gerade, um das Gelände im Bereich der Villa Hügel abzusichern. Aber gleichzeitig musste er noch die Kontrollposten links und rechts der Freiherr-vom-Stein-Straße gewährleisten.

»Ich scheiße auf diesen Schlegel!«, murrte Harras, während er sich wieder auf die Karte konzentrierte.

»Fluchen ist das Gebet des Teufels«, sagte Gustav Beckmann, Zugführer des ersten Zuges und langjähriger Kamerad Harras', während er aus dem Halbdunkel lässig auf seinen Vorgesetzten zuschritt.

Harras blickte ihn verächtlich an. »Sei es drum. Wenn's hilft. Unsere Seelen hat er eh schon!«

»Ist dunkel, wie in einem Bärenarsch!«, sagte Beckmann und zeigte in Richtung des aufsteigenden Waldgebietes, über deren Wipfel nach wie vor die Beleuchtung der riesigen Scheinwerfer der Villa Hügel wie eine goldene Haube lag.

Harras nickte.

»Gibt es etwas Neues?«

»Nein. Die drei Männer sind wie vom Erdboden verschluckt. Auch ihr Fahrzeug ist bisher noch nicht aufgetaucht.«

»Haben die Ermittlungen in Sachen Dürer was ergeben?«

»Ich weiß, worauf du anspielst!«, sagte Harras, während er süffisant lächelnd in Beckmanns Richtung zeigte. »Aber ein Fallschirmjäger würde nicht auf Deutsch fluchen. Darüber hinaus war er dann doch nicht so gut. Wir haben eine Blutspur gefunden, die von den getöteten Hunden wegführt. Offensichtlich haben sie ihn erwischt. Sonst gibt es keine Hinweise oder Spuren, die auf weitere Personen deuten. Es ist auch kein Schuss gefallen.«

Beckmann gab sich geschlagen und winkte ab. »Schon gut. Wie willst du vorgehen?«

Harras strich die Karte abermals glatt und beschrieb mit seinem Finger einen Kreis. »Es gab unstrittig einen Feindkontakt an der Ruhr. Wer auch immer dieser Feind war. Es gibt Berichte, die von Soldaten in deutschen Uniformen zeugen. Andere sind sich nicht sicher, ob es überhaupt Soldaten waren. Jedenfalls gab es einen Schusswechsel in etwa dieser Höhe …« Harras zeigte auf einen Bereich des alten Leinpfades, der unmittelbar entlang der Ruhr verlief. »Dann fand man einige tote Soldaten circa einen Kilometer weiter oben. Danach verliert sich die Spur. Und zuletzt der vermisste Wagen unserer Polizeistreife an der Freiherr-vom-Stein-Straße. Zieht man eine Linie von dem vermeintlich letzten Standort an der Ruhr und dem Fundort von Dürer, so stellt man fest, dass bei einer Fortsetzung der Linienführung diese direkt zur Villa Hügel weist. Geringfügig daneben ist die Stelle, an der man die Hunde tötete.«

Beckmann blickte auf die Karte. »Wenn ich dich richtig verstehe, dann müssen wir vom Ufer aus der imaginären Linie plus minus einige hundert Meter links und rechts folgen.«

»Schlaues Kerlchen. Hier! Die Freiherr-vom-Stein-Straße. Wenn sie wirklich zur Villa rüber sind, dann mussten sie hier entlang. Links und rechts trifft man nach wenigen hundert Metern auf unsere Kontrollposten. Das einzige Gebäude in der Mitte ist diese alte Fabrik.«

»Eine Gerberei. Zerbombt, soviel ich weiß.«

Harras nickte. »Richtig. Sobald es hell wird, fangen wir mit der Suche an. Bei diesen Lichtverhältnissen bringt das nichts. Dieter kommt den Hügel runter. Er befindet sich mit seinem Zug bereits auf dem Gelände der Villa. Du begibst dich mit deinen Männern zur rechten Seite der Straße, ungefähr 500 Meter vor der Gerberei, und machst sie dort dicht. Ich werde Siebert mit dem dritten Zug in der anderen Richtung positionieren. Wir treffen uns in der Mitte. Also an der Fabrik und nehmen sie in die Zange. Wen auch immer. Die Männer sollen sich fertig machen. Wir rücken in 30 Minuten ab.«

*

Paddy Mayne befestigte die Schnur an dem Ring der letzten Handgranate, welche er in die Fuge einer der verbliebenen Außenmauerfragmente der alten Gerberei festgeklemmt hatte. Danach überprüfte er die Spannung der nur wenige Zentimeter über dem Boden verlaufenden Schnur und ging nochmals die Strecke durch, die es zu bewältigen galt. Prägte sich die Standorte der übrigen Granaten und der drei Gefechtsstellungen ein, die er über das gesamte Gelände verteilt hatte. Mayne schätzte, dass das gesamte Fabrikgelände ungefähr 150 Meter lang und vielleicht 50 Meter breit war. Das Hauptgebäude lag mittig am Ende des Geländes. Es hatte einen Volltreffer erhalten, sodass nur noch die beiden Längsmauern und ein Teil der hinteren Mauer standen. Das Dach war komplett eingestürzt. Der Zugang zu dem Kanaltunnel lag direkt vor diesem Gebäude auf einer ehemaligen Zufahrtsstraße, die zu einer Ausfahrt unmittelbar an der Freiherr-vom-Stein-Straße führte. Das gesamte Gelände war von hohen Birken und schmalen Weiden umgeben und in den unteren Vegetationsschichten überwog eine dichte Wand aus Brombeerbüschen und Brennnesseln, die eine Annäherung von den Flanken gerade bei diesen Lichtverhältnissen erschwerte. Selbst wenn die Deutschen jeden Busch in diesem Gebiet kannten, so bedurfte es trotz alledem einer Lichtquelle, um sich anzunähern. Sie würden sich somit zu einem dankbaren Ziel machen. Nein. Mayne war sich sicher. Die Verfolgung würde zunächst über die Zufahrt vonstatten gehen. Aber er wusste auch, dass dies in Anbetracht seiner Erschöpfung die längsten 150 Meter seines Lebens werden würden. Nochmals holte er tief Luft, als könnte er die so dringend benötigte Kraft aus ihr schöpfen. Dann ging der Commander in Richtung Freiherr-vom-Stein-Straße.

Circa 400 Meter von der alten Gerberei entfernt lagen Ted Meanson, Edward Jones und Klaus Winkler im Unterholz und beobachteten die Lkws und Pferdegespanne und die Soldaten des Polizeibataillons, die gelangweilt vor den Mannschaftskabinen ihrer Fahrzeuge standen, rauchten und sich dabei unterhielten. Jones war über diesen gerade mal 15-jährigen Knaben verwundert. Er war schmächtig und hatte erkennbar von allem zu wenig abbekommen. Die Tatsache, dass er körperlich unterdurchschnittlich entwickelt war, hatte ihn zu einem Außenseiter werden lassen. Für einen schmächtigen Halbwaisen war in der Hitlerjugend kein Platz. Die Häme und die Beschimpfungen, daran hatte er sich längst gewöhnt. Aber ein Außenseiter zu sein, schmerzte beinahe körperlich. Ein Schmerz, der ihm half, das Nazitum mindestens genauso hassen zu lernen, wie sein Vater es tat. Doch er besaß einen scharfen Verstand. Der alte Winkler hatte sich zunächst dagegen ausgesprochen, seinen Sohn als Begleiter der fremden Soldaten mitgehen zu lassen. Allerdings wusste er, dass es die einzige Chance war. Darüber hinaus war es Klaus, der den alten Stollen damals gefunden hatte. Er kannte diesen Wald, und wenn es jemandem gelang, sich in der völligen Dunkelheit der Nacht darin zurechtzufinden, dann ihm. Zunächst vermutete Jones, dass er sich einer Fantasie hingab, als der Junge einwilligte, sie zu begleiten. Eine Fantasie, in der seine körperliche Schwäche nicht existent und in der Gefahr nichts Lebensbedrohliches war. Doch nicht ein einziges Mal meinte Jones in den Augen des Jungen so etwas wie Angst erkannt zu haben. Und auch jetzt, im Angesicht des Feindes, der sich nur wenige Meter vor ihnen in einer nicht zu überblickenden Überzahl befand, schien Jones auf einen jungen Mann zu blicken, der in seinem noch kindlichen Körper gefangen war.

Bremer hatte ihnen gesagt, wie sie sich im Kanal zu verhalten hatten und welchem Symbol sie folgen sollten, um an diesen Ausgang zu gelangen. Und er hatte ihnen gesagt, dass der Ausgang nahe an der Straße liegen würde, aber so nahe hätten sie ihn nicht vermutet. Doch Jones wusste um die Reaktion der Männer vor ihnen. Im geschlossenen Zug, fernab der Front, befanden sich in der Regel die jungen, die unerfahrenen Soldaten. Einfach zu überlisten und in jeder Hinsicht berechenbar in ihrem Verhalten. Blind und ohne nachzudenken, würden sie jedem Köder hinterherhetzen wie eine Meute Windhunde dem falschen Hasen.

Jones sah auf seine Uhr. Es war soweit. Gleich würde sich zeigen, ob ihr Plan aufging.

Commander Paddy Mayne bewegte sich in Richtung der Ausfahrt. Nach dem Erreichen des Zaunes folgten noch ungefähr 20 Meter unbefestigten Weges, bevor man die Freiherr-vom-Stein-Straße erreichte. Mayne ging neben dem Weg und schlich, so geräuschlos wie möglich, durch das Unterholz. Unmittelbar an der Straße kniete er sich hinter einen Baum. Er blickte auf seine Uhr. Es war so weit. Mayne lief, weiterhin in gebückter Haltung, in Richtung Straßenmitte.

Linksseitig beschrieb die Straße eine Kurve, sodass er weder den Kontrollposten noch die Soldaten dahinter sehen konnte. Aber auf der rechten Seite erkannte er die Lichter einiger Lampen, die den Soldaten bei ihrer ermüdenden Warterei genügend Helligkeit spendeten, um Karten zu spielen oder den letzten Sold beim Würfeln zu verlieren. So war es immer. Wohl überall auf der Welt.

Ein letztes Mal sah Mayne zurück auf den unbefestigten Weg, den er in wenigen Sekunden entlanglaufen würde. Nochmals schätzte er die Entfernung und die Zeit ein, die er benötigen würde, damit seine Verfolger ihn nicht aus den Augen verlören, sie aber gleichzeitig noch weit genug weg wären, um den Rest des Weges zurückzulegen. »Scheiß drauf«, murmelte der Commander. Dann hob er seinen Karabiner und zielte in Richtung der Lichter, wenige hundert Meter vor ihm.

Die Karabinerschüsse, welche die Männer vernahmen, zerrissen die Stille der hereinbrechenden Nacht auf geradezu brutale Weise. Und obwohl Ted Meanson sekündlich mit dem Beginn des Ablenkungsmanövers gerechnet hatte, war ihm, als hätte sein Herzschlag eine unerwartete Initialzündung von brachialer Gewalt erfahren. Innerhalb eines Sekundenbruchteils verwandelte der enorme Adrenalinausstoß ihn in genau den Elitesoldaten, zu dem man ihn ausgebildet hatte. Der er war. Reflexartig drückte seine linke Hand den jungen Winkler fest auf den Boden. Der Zeigefinger seiner Schusshand krümmte sich um den Abzugshebel seines Gewehres, dessen Lauf sich automatisch sein Ziel suchte. Bereit, den wenige Millimeter weiten Weg zurückzulegen, um den Schlagbolzen seines Gewehres auf das Zündplättchen seiner Munition aufschlagen zu lassen und einen Schuss in Richtung des Feindes vor ihnen abzufeuern.

Meanson sah, wie die Soldaten vor ihm hektisch aufsprangen und Deckung suchten. Noch nicht in der Lage, die Situation zu analysieren. Rufe. Meanson hörte hektische Rufe. Er verstand kein Deutsch. Aber er hörte am Klang der Stimmen, dass es Fragen waren. Und Antworten. Antworten, die nicht befriedigten. Dann sah der Commander einzelne Soldaten auftauchen, die sich geduckt und mit vorgehaltener Waffe aus ihrer Deckung wagten. Nur noch wenige Augenblicke und sie würden auf ihre Fahrzeuge springen und losrasen.

Weitere zweimal hintereinander zog Mayne den Abzug durch. Verspürte jedes Mal die enorme Kraft des Rückschlages, der die Waffe mit unglaublicher Kraft nach oben zog. Dann sprang Mayne nach rechts und lehnte sich mit dem Rücken an einen der alten Bäume. Unmittelbar darauf bellten die ersten Karabinerschüsse in seine Richtung. Ziellos abgegebene Schüsse, aber in ihrer Vielzahl nicht minder gefährlich. Dann kehrte Ruhe ein. Das Einzige, was Mayne hörte, waren einige Befehle. Er war sich sicher, dass einer der Vorgesetzten befahl, das Feuer einzustellen. In solchen Situationen, in denen unerfahrene Soldaten mit einem plötzlichen Feindkontakt konfrontiert wurden, ging die größte Gefahr durch das impulsive, ängstlich bis draufgängerische Verhalten der Männer aus. Es galt, sie zurückzupfeifen, um gezielt vorgehen zu können. Dann hörte Mayne den Start schwerer Motoren. Der Commander trat erneut auf die Straße und feuerte ein weiteres Mal auf die Deutschen. In der Gewissheit, dieses Mal ihre komplette Aufmerksamkeit zu besitzen und um ihnen mit seinem Mündungsfeuer die richtige Richtung zu weisen. Sofort antworteten die Deutschen. Mayne war gerade eben erneut hinter dem Baum in Deckung gegangen, als er mehrere Gewehre losfeuern hörte, deren Projektile einen Lidschlag später links und rechts von ihm einschlugen und sich zu unberechenbaren Querschlägern verwandelten. Unmittelbar darauf hörte er, wie ein schweres Fahrzeug beschleunigte und auf ihn zuraste.

Mayne sprintete geradeaus. Versuchte dabei den Baum weiter in seinem Rücken zu halten. Die Scheinwerfer des Fahrzeuges leuchteten die Straße bis zu ihm aus. Die nächsten Karabinerschüsse erfolgten gerade in dem Moment, als Mayne nach links auf die Zufahrt zur Gerberei abbog. Die Schritte des Commanders waren schwer. Es schien ihm, als lastete ein enormes Gewicht auf seinen Schultern. Schon die wenigen Meter, die er zurückgelegt hatte, riefen Schwindel in ihm hervor. Hinter sich hörte Mayne an dem veränderten Geräusch der Reifen, wie der Wagen die Zufahrt nahm und erneut stark beschleunigte. Der Commander hatte keine Zeit, sich umzusehen. Abzuschätzen, ob sein Vorsprung ausreichen würde. Mayne erblickte wenige Meter vor sich linksseitig des unbefestigten Weges einen dicken Ast. Die erste Markierung. Der Commander beschleunigte seinen Lauf nochmals und sprang dann ab. Viel höher und weiter als erforderlich. Sofort lief der Commander nach links und warf sich wenige Meter weiter hinter die mannshohe Mauer eines Gebäudefragments. Noch bevor Mayne auf dem Boden aufschlug, nahm er die Hände über den Kopf. Die Detonation war gewaltig. Die Druckwelle spürte er selbst hinter der Mauer. Einige Ziegel lösten sich und schlugen direkt neben ihm auf dem Boden auf. Der Commander erhob sich und rannte weiter, um hinter einem Schutthaufen erneut Deckung zu suchen. Blitzschnell drehte er sich und blickte zur Detonationsstelle. Obwohl ihm die Sicht auf das Fahrzeug versperrt war, sah Mayne die Flammen, die mehrere Meter hoch in den Himmel ragten. Reinhard, der sich am Ende der Gerberei befand, gab keinen Schuss ab. Mayne vermutete, dass keiner der Insassen die Detonation überlebt hatte. Der Wagen hatte die Schnur zerrissen und dabei die wenige Meter weiter befindliche Granate ausgelöst. Der Commander war zufrieden. Der erste Teil des Planes war aufgegangen. Nun begann das Katz-und-Maus-Spiel. Und Mayne würde in diesem Spiel sicher nicht den Part der Maus übernehmen.

*

Der leichte Einheitswagen hielt mit quietschenden Reifen an der Spitze der Straßensperre und noch ehe der Wagen richtig stand, sprang Kurt Harras heraus und lief die letzten Meter auf den Führer des ersten Zuges, Gustav Beckmann, zu.

»Was, zur Hölle, ist da los?«, schrie Harras, während er einige der Soldaten beiseiteschob, die noch immer wie gebannt in Richtung der Detonation blickten.

Beckmann fuhr herum, als habe man ihn aus einer Trance gerissen. »Feindkontakt! In Höhe der Gerberei. Man hat auf uns geschossen!«

»Wer hat auf euch geschossen? Verdammt. Mach gefälligst dein Maul auf, oder wartest du auf eine schriftliche Einladung?«

Beckmann fing sich wieder. »Wir haben hier Posten bezogen. Vor ein paar Minuten hat jemand von der Straße aus das Feuer auf uns eröffnet. Ein Karabiner. Mehrere Schüsse. Keine Verletzten!«

»Wer hat das Feuer auf euch eröffnet?«

Beckmann sah seinen Vorgesetzten an. »Ich weiß es nicht, Kurt. Ein Mann. Er ist auf das Gelände der Gerberei gerannt. Ich habe …«

»Offensichtlich nichts Besseres zu tun gehabt, als blind ein paar unserer Jungs ins Unglück zu schicken!«, unterbrach ihn Harras.

»Ich dachte …«

»Du dachtest. Du dachtest! Mensch! Kapierst du nicht, dass du schön in eine Falle galoppiert bist? Warum sollte jemand einfach so ungezielt das Feuer auf euch eröffnen und dann schön erkennbar eine Einfahrt entlanglaufen! Er hat dir ’nen Köder hingeworfen und du bist darauf reingefallen. Wie viel Männer waren in dem Wagen?« Harras sah, dass Beckmann geschockt wirkte.

»Sechs. Es waren sechs.«

»Verdammt noch mal, Gustav!«, schrie Harras und warf seinen Helm wutentbrannt auf den Boden.

*

Mayne lag noch immer hinter dem Schutthaufen und beobachtete den Bereich der Zufahrt, der durch den brennenden Wagen hell ausgeleuchtet war. Das Knistern der Flammen überdeckte beinahe alle Nebengeräusche und der Commander hatte Schwierigkeiten, das Geschehen weiter hinten am Kontrollposten einzuschätzen. Aber er hörte keine Motorengeräusche mehr. Etwas, womit er gerechnet hatte. Die Deutschen wussten nun, dass sie blindlings in eine Falle gerannt waren. Es stand außer Frage, dass sie sich dem Gelände nähern würden. Aber nochmals würden sie sich nicht derart plump überrumpeln lassen. Mayne robbte vorsichtig über den Schutthaufen. Den Blick weiter auf das brennende Fahrzeug gerichtet. Der Wagen lag auf der Seite. Die Granate hatte den Wagen linksseitig erfasst und umgerissen. Offensichtlich genau an der Stelle, an der sich der Tank befand. Die Scheiben des Wagens waren durch den Ruß schwarz. Er konnte nicht erkennen, ob sich jemand in der Führerkabine befand. Die Ladefläche war mit einem Aufbau versehen. Er sah ein MG, dessen Lauf über das Dach der Führerkabine gerichtet war. Mayne verharrte zunächst. Er musste davon ausgehen, dass sich noch Munition in dem Wagen befand, die jederzeit hochgehen konnte. Noch einige Augenblicke beobachtete Mayne die Szene. Dann robbte er langsam rückwärts. Er hatte genug gesehen. Egal, wie viele Männer sich auf der Ladefläche befunden haben mochten, von ihnen ging keine Gefahr mehr aus. Jetzt begann das Warten. Die Deutschen würden vermutlich einen Aufklärungstrupp losschicken. Anschließend die Lage analysieren, eine Strategie entwickeln und sich anschließend dem Gelände nähern. Die Frage war, ob man ihn lebend wollte oder nicht.

Reinhard Schmidt spähte über die eingestürzte Mauer zur Zufahrt. Die Detonation der Granate war nicht nur zu hören, selbst auf diese Entfernung schlugen die Druckwellen wie Faustschläge in seine Eingeweide. Schmidt fühlte die dünne Leine in seiner linken Hand. Und obwohl es mehr ein Faden war, schien er unglaublich schwer. Reinhard hätte seinen Arm auf der Mauer ablegen können. Doch er befürchtete, dass er dann die Kontrolle über die Schnur verlieren würde. Er hatte Mayne nicht gesehen. Die Distanz war zu groß und es war einfach zu dunkel. Er hatte lediglich Karabinersalven vernommen. Zunächst nahe des Geländes. Dann etwas weiter weg. Schmidt schloss daraus, dass Mayne das Feuer auf die Polizeieinheit eröffnet hatte. Nach der Explosion war es zunächst still. Kurz darauf hörte er, wie mehrere Motoren starteten. Jedoch anders, als er es sich vorstellte, schienen sich die Fahrzeuge von ihm wegzubewegen. Schmidts Augen glitten unruhig über das Gelände. Sie suchten Mayne. Die Tatsache, dass nicht weiter geschossen wurde, verunsicherte ihn. Hatten sie ihn erwischt? Oder hatten sie sich zurückgezogen, weil sie nicht wussten, wie viele Gegner sich auf dem Gelände befanden? Schmidt versuchte, diese Gedanken abzuschütteln. Er hatte eine klare Anweisung erhalten. Wenn er den Feind auf sich zukommen sah, bevor sich Mayne bemerkbar gemacht hatte, dann würde er die Leine spannen, ein Ablenkungsfeuer links von ihm eröffnen und versuchen, den Kanal zu erreichen. Wieder fühlte er die Leine. Sie wog nach wie vor schwer in seiner feuchten Hand.

Mayne hörte, wie sich die Deutschen zurückzogen. Sie würden das Gelände mit Sicherheit weiträumig umstellen. Und er wusste auch, dass die Deutschen nach der Explosion und dem Verlust des Fahrzeugs nicht erneut blindlings angreifen würden. War der verantwortliche Offizier ein Hitzkopf, würde es nicht allzu lange dauern, bis er mit einem Vorstoß rechnen konnte. War er jedoch besonnen, würde er vielleicht versuchen, Truppen zusammenzuziehen, um bei Tagesanbruch einen Vorstoß zu wagen. Diese Zeit hatten Maynes Männer allerdings nicht. Und er selbst ebenfalls nicht. Er spürte den Schmerz in seiner Seite. Die Wunde war mit Sicherheit wieder aufgerissen.

»Verdammt! Ich gehöre ins Bett«, fluchte Mayne vor sich hin. Der Commander erhob sich, wobei er sich auf sein Gewehr stützte. Er wusste, dass er diese Strapazen nicht lange durchhalten würde. Er musste handeln. Und zwar sofort. Mayne drang durch das Unterholz in Richtung Straße. Die letzten Meter robbte er, wohl darauf bedacht, die Vegetation nicht in verräterische Bewegungen zu versetzen. Er blickte nach links. Wartete. Wenn sie kamen, dann würden sie sich bewegen müssen. Und das ging nur über die Straße. Minuten verstrichen. Minuten, in denen er weder etwas sah noch etwas hörte. Und dann bemerkte Mayne sie. Flüchtige Bewegungen. Sich kaum von dem dunklen Hintergrund abhebend. Sie kamen. Links und rechts der Straße. Verharrten nach wenigen Metern in hockender Position. Sich klein machend. Ein schlechtes Ziel bietend. Mayne blickte nach links. In Richtung der anderen Kontrollstelle. Doch er erkannte keine Bewegung. Er rechnete auch mit einer Annäherung von der anderen Seite. Erwartete sie regelrecht. Aber nichts tat sich. Ein weiteres Mal blickte Mayne nach rechts. Die Deutschen waren bis auf ungefähr 150 Meter herangekommen. Dann blieben sie auf Position. Der Commander fragte sich, wieso sie sich so verhielten. Sie waren definitiv zu weit weg, um sich einen Überblick zu verschaffen. Das konnte nur eins bedeuten. Sie bezogen Position.

»Los«, flüsterte Jones. Meanson nahm die Hand von Klaus' Rücken, erfasste ihn am Kragen und zog ihn derart schnell hoch, dass Klaus Winkler für einen kurzen Moment das Gefühl hatte, keinen Kontakt mehr mit dem Boden zu haben.

Während sich Meanson mit dem Jungen durch das Buschwerk schlug, sicherte Jones mit seinem Karabiner nach hinten ab.

Es war eine äußerst riskante Angelegenheit. Der Bataillonszug war vielleicht 50 Meter weit weg, als sie die Straße überquerten. Ein einziger, flüchtiger Blick zurück und sie wären aufgefallen. Doch die Zeit war knapp. Immer wieder vernahmen sie Gewehrsalven aus Richtung der alten Gerberei. Jones zweifelte nicht daran, dass es Mayne gelang, die Deutschen möglichst lange abzulenken, aber er war verletzt. Noch mal sah Jones zu allen Seiten. Dann durchdrang auch er das Buschwerk.

Obwohl der Wald stockdunkel war, lief Klaus Winkler erstaunlich zielstrebig. Er blieb weder stehen, um sich zu orientieren, noch korrigierte er seinen Kurs. Mit einem Mal stoppte Meanson, sodass Jones ihm beinahe in die Hacken gelaufen wäre. »Was ist …«

Dann erkannte auch Jones die Lichter, die sich den Hügel hinunterbewegten.

»Irgendwie hatten wir das alles schon einmal«, sagte er mit einer Prise Sarkasmus.

Die ersten Meter des Zuganges verliefen senkrecht. Der gemauerte Schacht war mit Sprossen versehen, die den typischen Geruch rostigen Eisens verströmten, der sich mit dem des Erdreichs vermischte. Der Schacht führte nur wenige Meter in die Tiefe und endete in einem Hohlraum, dessen gemauerte Wände großflächig von dicken Wurzeln der Bäume über ihnen durchbrochen waren. Meanson erblickte im Schein der Taschenlampen in Bodenhöhe eine Öffnung. Als Jones sich bückte und hineinleuchtete, sah Meanson eine schmale, rechteckige Röhre, die mit alten Brettern verschalt war und die in einem steilen Winkel nach unten führte.

»Das ist der eigentliche Zugang«, sagte Klaus. »Wir müssen einige Meter robben. Dann stoßen wir auf den eigentlichen Stollen.«

Jones schob sich als Erster in die Röhre. Klaus folgte. Als Meanson in den Zugang blickte und nach unten schaute, erkannte er Jones' Taschenlampe unruhig hin und her springen.

Er atmete tief ein und versuchte seine Platzangst zu verdrängen. Dann legte auch er sich auf den Rücken und schob sich langsam in die schmale Röhre.

Schon nach wenigen Metern wurde es ruhig. Eine Ruhe, die allmählich in eine grabähnliche Stille überzugehen schien. Einige Male blieb Meanson ruhig liegen. Er atmete hastig ein. Hyperventilierte fast, um seiner Angst Einhalt zu gebieten, die immer mehr von ihm Besitz ergreifen wollte. Mehrere Male robbte er ein Stück vorwärts, um ganz sicher zu gehen, dass er jederzeit wieder in Richtung Ausgang gelangen konnte. Nach wenigen Metern spürte Meanson, wie er seine Beine beugen konnte. Augenblicke später stand er wieder. Sie waren tatsächlich in dem alten Stollen. Meanson sah sich um. Seine Beklemmung legte sich allmählich, wenngleich ihn die Enge des Stollens weiterhin beeindruckte. Die Luft war stickig und feucht und legte sich wie ein Film über seine Lungen. Die Taschenlampen der beiden Soldaten warfen ein gelbes Licht, welches sich in dicken Strahlen einen Weg durch die staubhaltige Luft suchte. Der Boden war nass. Überall befanden sich Pfützen fauligen Grubenwassers, deren Oberfläche, bedeckt durch eine dicke Staubschicht aus Kohle, wie flüssiges Blei schimmerte. Wasser tropfte ohne Unterlass von den Stößen und der Firste. Die Türstöcke waren verwittert und hatten dem enormen Gewicht, der auf ihnen lastenden, Tausenden von Tonnen Gestein nichts entgegenzusetzen, wenn der Hügel seinen Druck auch nur geringfügig erhöhen würde.

»Hier entlang«, sagte Klaus. »Es ist nicht weit.«

Der Stollen war nicht sehr hoch und die Männer zogen die Köpfe ein, während sie den stetig ansteigenden Schacht entlangliefen.

Sie sprachen so gut wie nicht. Zu stickig war die Luft. Und so war das fast taktmäßige Aufsetzen ihrer Stiefel das Einzige, was in dem alten Stollen zu hören war.

Für einen Moment war der alte Stollen erfüllt von einem Grollen. Obwohl die Steinlawine vor ihnen nur wenig Geröll transportierte, verstärkte sich das Geräusch durch die Tunnelwände, sodass die Männer instinktiv die Köpfe einzogen und die alten Holzstützen beobachteten, von denen sich Kohlen- und Gesteinsstaub löste. Der Lärm erstarb und der Staubnebel legte sich langsam. Ihre Augen schmerzten, da der feine Gesteinsstaub in den Schleimhäuten rieb.

Dann blieb Klaus stehen. »Da vorn«, sagte er und zeigte in die Richtung, wo Jones und Meanson ein altes Fundament aus rot gebrannten Ziegeln erkannten.

Commander Paddy Mayne beobachte weiterhin die Straße links und rechts. Die Soldaten blieben in Position. Mayne hatte keine Ahnung, ob es Meanson und Jones gelungen war, die Straße zu überqueren und unbemerkt zum Stollen vorzudringen. Er musste den Feind zu einer Handlung bewegen. Näher zur Gerberei locken. Allmählich kam er zu der Überzeugung, dass er mit der Verminung des Einganges etwas zu dick aufgetragen hatte. Der Lkw, der in die Luft geflogen war, hatte den Feind nicht angezogen, wie er es erhofft hatte. Vielmehr schienen die Deutschen eine abwartende Haltung eingenommen zu haben. Obwohl sich der Feind links und rechts der Straße positioniert hatte, rückte er nicht vor. Mayne war sich beinahe sicher, dass sie bis zum Morgengrauen warten würden. Doch so viel Zeit blieb nicht. Bevor Mayne einen Entschluss fasste, vernahm er von Weitem ein vertrautes, dumpfes Geräusch, welches sich aus der Entfernung beinahe wie ein Sektkorken anhörte. Einen Moment lang konnte Mayne das Geräusch nicht einordnen. Dann aber wusste er, was es war. Mayne warf sich auf den Boden und legte instinktiv die Arme schützend über den Kopf. Genau in dem Moment, als die Mörsergranate auf dem Gelände der Gerberei einschlug.

Jones betrachte das alte Fundament vor sich. Das Loch, vielmehr ein breiter Spalt, schien durch die Erdbewegung entstanden zu sein. Er war zu schmal, um hindurchzugelangen, aber breit genug, um zu erkennen, dass sich dahinter ein Raum befand. Jones nahm das Gewehr von seiner Schulter und schlug mit dem Schulterstück gegen die Ziegel. »Sie geben nach. Hilf mir, Meanson.«

Gemeinsam hieben die beiden Männer auf die Ziegelwand vor ihnen ein. Der Stollen war eng und sie konnten kaum ausholen. Trotzdem gelang es ihnen schon nach kurzer Zeit, den Spalt zu vergrößern. »Die Fugen sind nass. Ich vermute, das Wasser hat das Fundament brüchig gemacht«, sagte Jones.

»Das reicht. Ich versuche es.« Meanson stellte sein Gewehr beiseite. Jones reichte ihm seine Lampe »Einen halben Meter. Tiefer ist es nicht.« Meanson schob seinen Oberkörper durch die Öffnung und kroch in den Hohlraum. Die Luft roch modrig, doch im Vergleich zum Stollen wirkte sie wie nach einem reinigenden Gewitter. »Sir, wären Sie so freundlich und schieben Ihren Arsch beiseite?«

Meanson drehte sich um. Jones reichte ihm die Rucksäcke und die Waffen und folgte anschließend durch die Öffnung.

»Der Junge?«

»Wartet im Stollen. Ich habe ihm klare Anweisungen erteilt.«

»Hoffen wir, dass er sich daran hält.«

»Wird er. Ich habe ihm gesagt, wir sichern das Loch mit 'ner Granate«, sagte Jones und zwinkerte Meanson zu.

»Die Halle ist groß. Schätze, gut und gern 40 Fuß hoch«, bemerkte Meanson. In der Mitte des Raumes standen zwei gusseiserne Zylinder, die annähernd acht Meter hoch waren. Der untere Teil der Zylinder stand auf eisernen Tellern, die mittels einer Vielzahl schwerer Sechskantschrauben im Bodenfundament verankert waren. »Das müssen die Kammern für die Kolben sein.« Meanson fuhr mit der flachen Hand über den Hohlkörper. Deutlich spürte er, dass die ehemals glatte Oberfläche raue Unebenheiten aufwies.

»Was ist das dort?«, fragte Jones und zeigte auf einen Gegenstand unmittelbar hinter den Zylindern.

»Das ist eine der Pleuelstangen. Mordsdinger. Aber für Krupp sicher keine allzu große Herausforderung. Ich vermute, dass der alte Winkler mit seiner Aussage recht hat. Das könnte ein Teil der alten Heizungsanlage sein. Hier wurde das Wasser mit diesen Pumpen zum Hauptgebäude befördert.«

»Also werden wir nicht allzu weit vom Gebäude entfernt sein.«

Meanson nickte. »Anzunehmen. Wir müssen also vorsichtig sein.«

An der gegenüberliegenden Seite der Halle führten einige Metallstufen zu einem Podest. Meanson leuchtete die Hallenwände ab. »Die Fenster sind zugemauert. Daher ist es hier drin so dunkel.«

Jones schritt zum Podest. Der Handlauf war mit einer grünen Farbe gestrichen worden, die großflächig abblätterte und tiefen Rost aufwies. Vorsichtig setzte der SAS-Mann einen Fuß auf die Metalltreppe, die sogleich in Schwingung geriet und diese Vibrationen in einen metallenen Klang umwandelte, der sich an den Hallenwänden brach und verstärkte. Jones stützte sich beim nächsten Schritt stark auf dem Handlauf ab, um die Schwingungen der Treppe geringer zu halten.

Die Stahltür des Gebäudes war verschlossen. Jones richtete den Leuchtstrahl auf die Zarge. Die Türscharniere, drei an der Zahl, waren verrostet. Diese Tür hatte schon seit langer Zeit niemand mehr geöffnet. Jones kehrte um.

»Ein einfacher Bartschlüssel. Die Scharniere an der Zarge sind verrostet. Die Tür öffnet nach außen.«

»Der einzige Weg«, erwiderte Meanson.

»Bekommst du die Tür auf?«

»Notfalls spreng ich sie«, zwinkerte Meanson Jones zu.

Der dritte Dietrich passte. Meanson spürte, wie der Schließmechanismus nachgab und der Schlüssel sich drehen ließ. Erstaunlich leichtgängig, wie er fand, nach all den Jahren, in denen niemand mehr diese Tür aufgeschlossen hatte. Jones löschte die Lampen. Meansons ganzer Körper verkrampfte sich, als er langsam die Klinke nach unten drückte. Vorsichtig stemmte er sich gegen das Türblatt, aber die Tür bewegte sich nicht. Er hörte unmittelbar neben sich, ein vertrautes, metallenes Geräusch. Jones hatte seinen Karabiner entsichert. Wieder lehnte sich Meanson mit seinem Oberkörper gegen die Tür, um den Druck zu erhöhen. Nichts. Sie bewegte sich nicht einen Millimeter. Meanson war unsicher. Er wusste nicht, was oder wer sich hinter dahinter befand. Kurz holte er Luft und hielt diese unbewusst an, als er sich leicht gegen das Türblatt warf. »Sie bewegt sich!«, flüsterte er in Jones' Richtung.

Einen Moment hielt Meanson inne und lauschte, wobei er sein Ohr an die Tür drückte. Dann kniete er sich hin und blickte durch das Schloss. Er konnte nichts erkennen. Es war dunkel. Nochmals drückte er die Klinke nach unten. Dann warf er sich erneut gegen die Tür. Sie gab wieder etwas nach. Meanson verharrte in der Bewegung. Die Tür hatte sich nur wenige Zentimeter geöffnet und war über den Boden geschabt. Aber das Einzige, was die Männer wahrnahmen, war der Atem des anderen.

Meanson kniete sich hin. Er wusste, dass Ungeübte automatisch in Richtung des Oberkörpers schossen, wenn sie überraschend von einer Schusswaffe Gebrauch machen mussten. Noch aber war die Nacht ihr Verbündeter. Denn auch die potenziellen Feinde sahen nichts ohne künstliche Lichtquelle. Meanson schob die Tür weiter auf. Lauschte. Versuchte, die Umgebung akustisch abzutasten. Dann drückte er vorsichtig seinen Kopf durch den Spalt, der gerade so hindurchpasste.

Das Gebäude, in dem sie sich befanden, stand mitten im Wald. Linksseitig sah Meanson nichts. Einige Bäume in unmittelbarer Umgebung. Dahinter wurde jegliche Kontur durch die Nacht verschlungen. Rechts erblickte Meanson ein Gebäude. Die Villa Hügel. Die Mauern, das Ausmaß dieses Gebäudes, waren nicht abzuschätzen, aber einige wenige Zimmer in dem Krupp'schen Familiensitz diffus beleuchtet.

»Links ist Wald. Rechts ein Gebäude. Einzelne Zimmer sind beleuchtet. Schätze, es ist ungefähr 150 Meter entfernt. Ich werde zunächst den unmittelbaren Bereich checken, bevor wir uns rantasten. Gib mir das Peilgerät«, sagte Meanson zu Jones, dessen Konturen er mehr erahnen als sehen konnte.

Dann verschwand Meanson in der Dunkelheit.

Mayne hob den Kopf und versuchte, in Richtung des Einschlages zu blicken. Er nahm an, dass die Granate ungefähr 40 Meter neben ihm hochging. Mayne vermutete anhand der Detonation, dass es sich um einen kleinen, transportablen Mörser gehandelt hatte. Wahrscheinlich um einen Granatwerfer 36 oder einem ähnlichen Modell, welches lediglich leichte Sprenggranaten mit Aufschlagzünder verschoss und dessen Reichweite nur wenige hundert Meter betrug. Trotzdem war die Explosionsstärke mit der einer Handgranate vergleichbar und innerhalb eines Radius von bis zu 30 Metern tödlich. Wieder hörte Mayne das entfernte Geräusch des abschießenden Mörsers. Die zweite Detonation erfolgte weiter links. Mayne wusste um die Zielungenauigkeit dieser Waffen. Der Schütze schien sich zur Mitte der Gerberei vorzuarbeiten. Mayne hatte keine andere Wahl, als zunächst abzuwarten. Er war nahe bei der Straße und somit relativ sicher. Sich weiter auf das Gelände der Gerberei zu flüchten, war unter diesem

Beschuss zu gefährlich. Er hoffte, dass Reinhard Deckung gesucht hatte. Wieder und wieder schlugen die Granaten ein, die seinem Gehör keine Pause gönnten und stets einen monotonen, hohen Laut erzeugten. Mayne hatte das Gefühl, als ob der Schütze die gesamte Fläche des Geländes systematisch unter Beschuss nahm. Etwas, was unter den gegebenen Lichtverhältnissen eine hervorragende Taktik darstellte.

Schlagartig kehrte Ruhe ein. Der Beschuss hörte auf. Mayne erhob sich und spähte durch das Gebüsch auf die Straße. Er sah sie kommen. Aber anders als zuvor rannten die Soldaten dieses Mal. Commander Mayne drehte sich um und lief in Richtung Gerberei.

Jones und Baker kämpften sich, jede Deckung ausnutzend, durch das Unterholz. Beinahe die gesamte Stadt schien im Dunkeln zu liegen und die Männer hörten aus der Entfernung vereinzelnd Flakabwehrgeschütze und weit entferntes Grollen aufschlagender Bomben. Die Alliierten flogen auch in dieser Nacht vereinzelte Luftangriffe auf das Ruhrgebiet. Einige wenige Lichter unter ihnen zeigten den Männern, dass sie sich deutlich über dem Baldeneysee befanden. Und das Gelände stieg in westliche Richtung noch immer an. Zunächst beabsichtigten sie, sich parallel zu dem Waldweg zu bewegen, den Meanson beschrieben hatte. Doch schon bald waren sie gezwungen, den Hügel weiter hinunterzusteigen, da Meanson bei seinen Erkundungsvorstößen vermehrt auf Wachtrupps gestoßen war. Sie schreckten nicht vor einem Feindkontakt zurück. Doch wussten sie, dass man sie unter keinen Umständen entdecken durfte, wenn sie herausfinden wollten, worauf Baker sie aufmerksam machte. Das Signal, welches von Bakers Sender ausging, verstärkte sich mit jedem Meter, den die Männer vordrangen. Sie vermuteten, dass die Peilung sie in die Richtung führen würde, welche der Waldweg beschrieb. Aber entgegen ihrer Vermutung wollte das Signal sie offensichtlich zu den tiefer liegenden Regionen führen. Während Jones erneut die Peilung aufnahm, arbeitete sich Meanson den Hügel in Richtung Waldweg hinauf, um sich einen Überblick über das Areal und den Feind zu verschaffen. Kurz darauf kehrte er zurück.

Jones sah, dass Meanson besorgt wirkte.

»Peilung in unveränderter Richtung?«, fragte Meanson.

Jones nickte. »Etwas irritiert mich. Der Waldweg führt zu einem Kontrollposten. Stark bewacht. Ich meine gesehen zu haben, dass das Gelände links und rechts des Postens eingezäunt ist. Was mich aber am meisten wundert, ist die Tatsache, dass der Weg nach rechts führt. Weg von unserer Position und vor allen Dingen weg von der Richtung, in der wir Baker vermuten. Der Weg da oben ist recht gut auszumachen. Er ist mit Leuchtmitteln markiert. Aber die führen definitiv in die andere Richtung.«

»Das kann viele Gründe haben, Ted. Baker kann den Sender auf der Flucht verloren haben. Er kann dort tot unter einem Baum liegen und hat es noch geschafft, den Sender zu aktivieren. Um uns die Möglichkeit zu geben, ihn zu finden, bevor es die Deutschen tun. Es gibt viele Gründe, aber egal, in welche Richtung wir mutmaßen, es bleibt alles Spekulation. Wir suchen den Sender. Wenn wir ihn haben, wissen wir mehr.«

Meanson nickte. Er erhob sich. Schwerfällig, wie Jones fand. Und auch er war erschöpft. Viel Zeit blieb ihnen nicht mehr. Er hoffte, dass ihre letzten Kräfte nicht vorher aufgebraucht waren.

Die Einschläge hatten aufgehört und Reinhard Schmidt hob den Kopf, um über die Mauer zu spähen. Erst jetzt bemerkte er, dass er seine Kiefer derart stark zusammengepresst hatte, dass seine Zähne schmerzten und seine Kaumuskeln einem Krampf nahe waren. Reinhard starrte in die Dunkelheit. Der Lkw im Bereich der Einfahrt schien noch immer zu brennen. Der beißende Rauch drang bis zu ihm herüber. Die Flammen erhellten die Umgebung jedoch nicht mehr, was auch daran lag, dass der Staub der Explosion sich wie ein Mantel über das Gelände legte. Reinhard sah eine Gestalt. Sie rannte direkt auf ihn zu. Aber die Trümmerteile auf dem Hauptweg nahmen ihm für einen Moment die Sicht. Kurz darauf hörte er, wie aus mehreren Karabinern gefeuert wurde. Und einen Sekundenbruchteil später lief ein Mann schwerfällig um den Schutthaufen. Reinhard Schmidt zögerte, bevor er an der Leine zog, die er noch immer viel zu fest in seiner Hand hielt.

Mayne schob Äste aus dem Weg und rannte nach links den Hauptweg der Gerberei entlang. In ungefähr 80 Metern Entfernung erkannte er schemenhaft die hohen Außenmauern des Hauptgebäudes, die sich dem Nachthimmel entgegenstreckten. Der Mörserbeschuss hatte das Gelände derart verändert, dass Mayne es beinahe nicht wiedererkannte. Die Außenmauer eines Nebengebäudes war getroffen worden und auf den Weg gestürzt, sodass ein mannshoher Schutthaufen den Weg versperrte. Mayne beschleunigte nochmals, um über die Gebäudefragmente zu laufen, als er in seinem Rücken das Bellen mehrerer Karabiner hörte. Instinktiv schlug er einen Haken nach rechts. Der Commander spürte förmlich das Einschlagen der Projektile wenige Zentimeter neben sich. Nochmals mobilisierte sein Körper die letzten Reserven. Mayne rannte um das Hindernis herum. Kaum hatte er es im Rücken, begann ein Karabiner von rechts, mehrere Schüsse in Richtung Straße abzugeben. Deutlich sah er das Mündungsfeuer der Waffen. Reinhard hatte an der Leine gezogen.

Mayne war am Ende. Es war, als lege jemand einen Hebel um. Augenblicklich geriet er ins Straucheln. Dunkle Flecken vor seinen Augen nahmen ihm die Sicht. Seine Beine versagten. Es gelang dem Commander noch, seine Arme nach vorn zu reißen, bevor er auf dem Boden aufschlug. Er spürte an dem beinahe panisch wirkenden Heben und Senken seines Brustkorbes, dass er atmete. Bemerkte, wie die kalte Außenluft durch seine trockene Kehle strömte. Aber er bekam keinen Sauerstoff. Die Flecken wuchsen zusammen und es wurde leise um ihn herum. Es war, als schienen sich diese Flecken nicht nur auf seine Augen zu legen. Sie drangen in seinen Kopf. Übernahmen die Kontrolle. Wollten sein Bewusstsein.

Mayne bemerkte den Speichel, der aus seinem Mund lief. Hörte entfernt das Geräusch eines abfeuernden Gewehres. Aber all dies interessierte ihn nicht mehr. Ein Gefühl der Ruhe, der Gleichgültigkeit übermannte ihn. Und dann verlor er das Bewusstsein.

*

Obersturmführer Harras blickte mit seinem Feldstecher in Richtung Gerberei. Der Feind schien sich nach dem Mörserbeschuss zurückgezogen zu haben. Zumindest konnten seine Männer ohne weiteres Gegenfeuer bis zur Gerberei vordringen. Deutlich war ein kurzer Schusswechsel auf dem Gelände zu hören, der aber binnen weniger Augenblicke erstarb. Es herrschte Ruhe. Eine Ruhe, die nur von einzelnen Rufen seiner Männer auf dem Gelände der Gerberei unterbrochen wurde. Die Minuten vergingen. Obwohl Harras wusste, dass man ihm augenblicklich Meldung machen würde, konnte er seine Neugier kaum unter Kontrolle halten.

Harras sah, wie ein Mann auf die Straße trat und ein Handsignal in beide Richtungen gab. Das ersehnte Zeichen. Das Gelände war sicher. Unmittelbar darauf starteten die Motoren der Wagen und die beiden Bataillonszüge fuhren zur Gerberei.

Er stand auf dem Beifahrersitz des offenen Wagens. Als sie auf den Zufahrtsweg der Gerberei abbogen, sah Harras den brennenden Mannschaftswagen, dessen Männer durch das törichte Verhalten ihres Vorgesetzten ums Leben gekommen waren. Harras würde sich später damit auseinandersetzen. Auseinandersetzen müssen. Der Wagen stoppte. Zeitgleich hielten weitere Fahrzeuge daneben. Der Obersturmführer erkannte, dass weitere Soldaten das Gelände mit ihren Scheinwerfern weitläufig ausleuchteten. Manfred Siebert schritt auf ihn zu und salutierte kurz.

»Das Gelände ist sicher«, sagte er unaufgefordert. »Keine weiteren Verluste.«

Harras nickte. »Und auf der Gegenseite?«

»Wir haben zwei Tote gefunden. Einen, von hier aus

betrachtet, in einem Nebengebäude auf ungefähr drei Uhr. Er wurde offensichtlich von einer Granate getroffen. Hat sich zumindest gut in der Gegend verteilt. Und es gibt noch einen zweiten Toten am Ende des Geländes. Es ist zuvor zu einem Schusswechsel gekommen, infolgedessen unsere Männer aus ihm einen Schweizer Käse gemacht haben. Wir haben das Gelände durchsucht. Keine weiteren Feststellungen!«

»Soldaten?«

Siebert schüttelte den Kopf. »Zivilisten. Eindeutig.«

Harras war zufrieden. »Stellen Sie die Leichen, oder zumindest das, was übrig ist, sicher. Und sperren Sie das Gebiet bis auf Weiteres.«

Siebert salutierte, drehte sich um und lief zurück zum Gelände.

Harras wandte sich an seinen Zugtruppführer. »Stellen Sie mir eine Verbindung zu Schlegel her. Sofort!«

*

Meanson drückte sich tief in den feuchten Waldboden. Seine Nase nahm den Geruch des verrottenden Laubes der Vorjahre wahr. Als der Wachtrupp vorbei war, robbte er langsam vorwärts. Es war kein üblicher Stacheldrahtzaun. Es handelte sich um eine Wand aus gerolltem Draht. Meanson schätzte, dass diese Rolle vor ihm gut und gern zwei Meter hoch und mindestens einen Meter breit war. Jeder Versuch, diesen Wall aus Stacheldraht zu überwinden, war unweigerlich zum Scheitern verurteilt. Und der Versuch, ihn durchzuschneiden, würde sie zu lange binden. Meanson und Jones bewegten sich dicht an dem Draht entlang. Das Gelände war uneben und der Zaun führte zu einem Abhang, besser gesagt in eine kleine Schlucht. Nicht sonderlich tief, aber hoch genug, sodass es einiger Klettererfahrung bedurfte, um sie zu überwinden. Meanson suchte nach der richtigen Stelle. Und er fand sie. Der Stacheldraht lag oben auf dem Felsen. Die Männer stellten fest, dass der Draht dabei an einigen Stellen nicht wie im freien Gelände ebenerdig auflag. Meanson befreite sich von seiner Ausrüstung und kletterte einige Meter die Felswand hinunter. Er musste äußerst behutsam vorgehen, da der Stein aus Schiefer bestand. Er war brüchig und mehr als einmal brachen einzelne Sedimentstücke unter seinen Füßen. Es kam hinzu, dass die Wand von Farn und Moos bewachsen war, die nicht nur die Sicht auf eine sichere Trittstelle nahmen. Sie machten die Wand glatt und rutschig. Nachdem Meanson einige Meter hinuntergeklettert war, bewegte er sich seitlich, um sich wenige Meter weiter an den Aufstieg zu machen. Als er sich der Bruchkante näherte, sah er, dass sich der Felsen noch einige Meter weiter ins Gelände erstreckte. Anders als in dem Waldgebiet zuvor, konnten auf diesem Boden offensichtlich keine Pfosten eingeschlagen werden. Die Drahtspule lag hier mehr oder weniger unbefestigt auf dem Boden und passte sich den Unebenheiten nur unzureichend an. Meanson gelang es, an einer Stelle seinen Körper unter den Draht zu schieben. Anschließend lief er zu Jones, der ihm die Ausrüstung hinüberwarf. Meanson wies Jones kurz ein, der daraufhin folgte, während Meanson die Umgebung sicherte.

»Es muss hier irgendwo in der Nähe sein«, sagte Jones. »In einem Radius von vielleicht 50 bis 100 Metern.«

»Hier ist nichts. Sieh dich um. Hier ist nichts außer Wald.«

Jones blickte unbeeindruckt auf sein Peilgerät. »Hier entlang!«, sagte er und schritt gebückt voran. Die Länge des Zauns war nicht abzusehen. Immer wieder reflektierte das Metall die Strahlen des Mondlichtes. Jones rückte den Kopfhörer zurecht und lauschte weiter auf das Signal. Der hohe Piepton beschleunigte sich, wie der Herzschlag eines Sprinters. Die Männer waren am Ziel. Jones blieb stehen. »Hier. Das Signal kommt direkt von dieser Stelle.«

Die beiden sahen sich um. Sie standen an einer kleinen Lichtung und blickten über das Ruhrtal. In der Ferne glänzte die Wasseroberfläche des Baldeneysees und der Mond schien zum Greifen nah. Die Bäume waren an dieser Stelle großflächig gerodet und durch das Licht des Erdtrabanten stellten Jones und Meanson fest, dass die Schnittstellen der Baumstümpfe noch hell waren.

»Du links, ich rechts«, sagte Meanson und machte sich auf die Suche.

Jones schritt den Hügel abwärts und konzentrierte sich auf das Geräusch des Peilsenders, der darauf beharrte, Bakers Signal geortet zu haben. Seine Sinne waren derart auf das Geräusch fokussiert, dass er die Klippe vor sich übersah. Unmittelbar davor hatte er einige kniehohe Büsche durchschritten, die ihm die Sicht auf den Abgrund nahmen. Jones versuchte, den Sturz abzuwenden, verlagerte sein Gewicht nach hinten, machte ein Hohlkreuz und ruderte mit den Armen. Plötzlich gab der Untergrund unter seinem rechten Fuß nach. Jones drehte sich leicht nach links und stürzte. Während er fiel, griff er reflexartig zur Wand. Spürte das schroffe Gestein und die feinen Wurzeln der Pflanzen, die durch seine Hand rutschten und die sich nicht fassen lassen wollten. Dann fand seine Hand Halt. Jones pendelte stark. Er fühlte, wie der Stein, an dem er sich festhielt und der spitz vom Abhang wegragte, rutschig war. Jones versuchte, ruhig zu bleiben, blickte nach unten und sah, dass er sich ungefähr 15 Meter über dem Boden befand.

»Jones! Verflucht! Bist du in Ordnung?«

Dieser hing noch immer an nur einer Hand, blickte nach oben, konnte Meanson aber nicht ausmachen.

»Ja. Ich brauche ein Seil. Schnell!«

Jones brachte seinen Körper zur Ruhe. Er drehte sich langsam der Wand zu und erkannte dickeres Wurzelwerk über sich. Kurz konzentrierte er sich, bündelte seine ganze Kraft, während seine Hand noch immer verkrampft den Stein umschloss. Jones holte Schwung, katapultierte seinen Körper einige Zentimeter nach oben und ergriff mit der freien Hand das Wurzelwerk, während seine Füße automatisch nach einem Halt im Fels suchten. Noch bevor er sich weitere Gedanken machen konnte, spürte er das Seil, welches Meanson herabgelassen hatte. Jones griff zu. Wieder begann er zu pendeln, drehte sich und stieß nun mit dem Rücken gegen die Wand. Doch der Aufprall war wider Erwarten harmlos. Kein harter Fels, keine spitzen Steine, die gegen seinen Körper schlugen. Jones drehte sich der Wand zu und platzierte seine Füße am Fels. Er zog sich hoch. Seine Füße suchten dabei Halt und jedes Mal, wenn seine Kampfstiefel gegen das Gestein traten, hörte er diesen merkwürdigen Laut. Jones kletterte ungefähr zwei Meter das Seil hoch, bis er unter seinen Füßen wieder festes Gestein hatte. Er ließ sich etwas hinunter und trat gegen die Wand. Hohl. Dahinter schien definitiv ein Hohlraum zu sein.

Jones konzentrierte sich wieder auf das Seil, an dem Meanson zog, bis er seinem Kameraden die Hand reichen und ihn auf festen Boden ziehen konnte. Jones nickte Meanson zu. Er wusste, dass dies als Dank ausreichen würde.

»Hier ist nichts«, sagte Meanson.

»Warte.« Jones setzte den Kopfhörer auf, hielt den Peilsender vor seine Brust und lief einige Meter den Hügel hinauf. Das Signal war klar und deutlich. Aber je weiter sich Jones von Meanson entfernte, desto größer wurden die Abstände des Pieptons. Jones ging zurück. Die Abstände zwischen den einzelnen Tönen wurden kürzer, um unmittelbar vor dem Abgrund in einen Dauerton überzugehen.

»Ich muss noch mal da runter«, sagte Jones, während er sich das Seil umband.

»Und warum?«

»Ich hab da so eine Vermutung. Wenn ich mich nicht irre, ist der Sender unter uns.« Meanson blickte irritiert. Er öffnete den Mund, um etwas zu erwidern, winkte jedoch ab und hob das Ende des Seils auf.

*

Bremer schob die Platte beiseite und fasste Commander Mayne am Arm. Scholz eilte zu Hilfe und gemeinsam gelang es den Männern, Mayne aus dem Kanalschacht zu ziehen. Reinhard Schmidt folgte. Augenblicklich sackte er zu Boden und rang nach Luft.

»Was ist mit ihm? Ist er tot?«

Schmidt drehte sich auf die Seite und sah in das besorgte Gesicht Bremers. Er brauchte mehrere Anläufe, bis seine Atmung ein Sprechen zuließ. »Ich weiß es nicht! Er ist zusammengebrochen. Ich habe ihn in den Kanal gezogen.«

»Hat man euch verfolgt?«, fragte Bremer.

Schmidt schüttelte den Kopf.

Bremer und Scholz hoben Mayne an und schleiften ihn zum Boot. Während Schmidt mit dem letzten bisschen Kraft, die ihm geblieben war, das Boot von der Kiesbank abstieß und anschließend erschöpft hineinfiel, begab sich Bremer an die Ruder. Mayne war noch immer nicht bei Bewusstsein, als sich das Boot langsam in Bewegung gesetzt hatte. Unmittelbar nachdem sie aus dem Tunnel geglitten waren, wurden sie von der Strömung der Ruhr erfasst. Sofort tauchte Bremer die Ruder ins Wasser und das Boot schob sich beinahe unmerklich flussaufwärts.

»Er atmet. Aber schwach«, sagte Scholz, der Mayne die Hand auf den Brustkorb gelegt hatte. »Wie weit noch?«

»Wir müssen erst an der Brehminsel vorbei«, sagte Bremer. »Schätze, so 200 Meter vielleicht.«

»Dann solltest du dich beeilen!«, sagte Scholz und zog seine blutverschmierte Hand unter Maynes Rücken hervor. »Ich befürchte, er hat nicht allzu viel Zeit!«

*

Meanson legte sich das Seil hinter den Nacken auf die Schultern, vergewisserte sich, dass er einen festen Stand hatte, und ließ Jones langsam hinab. Meanson ging davon aus, dass Jones das Gelände unterhalb des Abhanges überprüfen wollte. Umso erstaunter war er, dass Jones bereits nach wenigen Metern offenbar aufhörte, sich weiter abzuseilen. Meanson fluchte innerlich. Das Seil war dünn und der Druckschmerz in seinem Nacken war nur eine begrenzte Zeit auszuhalten. Er würde Jones' 90 Kilogramm noch in den nächsten Tagen im Nacken spüren. Und das sehr deutlich.

Meanson vernahm ein dumpfes Klopfen. Gleichzeitig geriet das Seil in leichte Schwingungen, die Jones' Gewicht über das Seil in seinem Nacken zu potenzieren schien. Jones ruckte zweimal am Seil und Meanson begann nach hinten zu schreiten, um Jones' Aufstieg zu erleichtern.

»Verdammt! Hast du da unten Kettenkarussell gespielt, oder was?«, sagte Meanson verärgert, während er sich schmerzhaft die Schultern rieb.

Jones ignorierte Meansons Klage und hielt ihm eine dünne Schieferplatte entgegen.

»Ach. Der Herr sammelt Fossilien, während …?«

»Quatsch nicht. Sag mir lieber, was du davon hältst.«

Meanson nahm die Steinplatte und verzog irritiert das Gesicht. »Verflucht leicht für einen Stein.«

»Dreh ihn um.«

Meanson wendete den Gegenstand. Die Rückseite war weiß.

»Das ist Gips. Die Oberseite ist mit Farbe dem Fels dort unten angeglichen. Ich habe die Wand abgetastet. Sie scheint über mehrere Quadratmeter künstlich dargestellt worden zu sein. Was auch immer sich darunter verbirgt, es muss wichtig sein. Denn Bakers Signal scheint genau aus der Öffnung zu kommen.«

»Stellt sich die Frage, wie Baker da reingekommen ist«, sagte Meanson, während er sich nachdenklich das Kinn rieb.

»Es gibt nur einen Weg, das herauszufinden«, sagte Jones, legte seinen Rucksack ab und band das Ende des Seiles an einen Baum. Meanson sah Jones an und nickte ihm zu. Meanson drehte sich um, legte sich auf den Bauch und begann, das aufsteigende Gelände vor sich über die Zieleinrichtung seines Gewehres abzutasten.

Immer wieder schlug Jones mit der Schulterstütze seines Gewehres gegen den künstlichen Felsen. Obwohl seine Schläge nicht laut waren, war er äußerst angespannt. Geräusche, die tagsüber beinahe nicht wahrnehmbar waren, konnte man in der Nacht oft meilenweit hören. Das und die Tatsache, sich in einem abgesperrten und stark patrouillierten Bereich des Feindes zu befinden, zerrte an seinen Nerven. Immer wieder legte er zwischen seinen Schlägen eine Pause ein, damit ihm keine vermeintliche Warnung Meansons entging. Nach kurzer Zeit stieß Jones auf ein Drahtgittergeflecht, welches er mit dem Sägeblatt seines Kampfmessers durchtrennte. Die Konstruktion verlor dadurch an Stabilität und Jones gelang es unter erheblichem Kraftaufwand, die durchtrennten Teile so weit zur Seite zu biegen, dass er seinen Oberkörper hindurchschieben konnte. Hinter der Gipskonstruktion befand sich ein Hohlraum. Jones wollte sich noch etwas weiter hineinlehnen, um besser sehen zu können, als er einen heftigen Ruck an seinem Seil wahrnahm. Meanson! Jones erwiderte den Zug und gab Meanson so zu verstehen, dass er dessen Warnung verstanden hatte. Jones blickte nach unten. Es waren noch schätzungsweise zehn Meter zum Boden. Doch er würde es bis dahin nicht schaffen, da das Seil zu kurz war. Stimmen. Jones vernahm Stimmen. Er überlegte einen Moment und kletterte in den Spalt vor ihm.

Meanson lugte durch den Busch. Die Taschenlampen der Patrouille bewegten sich im Zickzackkurs von links nach rechts. Aber es war unverkennbar, dass sie in ihre Richtung kamen. Meanson robbte zu dem Baum, an dem Jones sein Seil befestigt hatte. Er presste sich fest gegen den Waldboden und verfolgte die Patrouille über die Zieleinrichtung seines Gewehres. Immer wieder überprüfte er das Seil. Prüfte, ob es weiterhin gespannt war. Die Wachsoldaten kamen näher. Meanson konnte schon einige Details des Waldes im Schein ihrer Lampen erkennen. Es blieb nicht mehr allzu viel Zeit. Endlich spürte er, dass Jones' Seil locker auf dem Boden lag. Er durchtrennte das Seil, warf es den Abhang hinunter und robbte so schnell es die Situation zuließ zu einem größeren Busch, den er in dem Augenblick erreichte, als die Wachsoldaten an dem Felsvorsprung eintrafen. Meanson legte das Gewehr beiseite. Es war nutzlos. Ein einziger Schuss und ihr Leben wäre keinen Pfifferling mehr wert. Der Elitesoldat zog sein Kampfmesser und näherte sich lautlos den drei Soldaten, die dort an dem Felsvorsprung standen und mit ihren Lampen hinunterleuchteten.

Jones drehte sich mehrfach und schon bald wusste er nicht mehr, wo oben und unten war. Der Untergrund war rutschig und seine Hände, die verzweifelt nach einem Halt suchten, rutschten an der glatten Fläche ab.

Es war, als befände er sich in einem Eiskanal. Einige Male drehte sich Jones um die eigene Achse und blickte auf den Zugang zurück, durch den er den Mond erkennen konnte, der sich rasant entfernte und schließlich zu einem winzigen Punkt verkleinerte. Jones versuchte seine Lage zu stabilisieren und mit den Füßen voran zu rutschen. Irgendwann, hoffte er, würde die Röhre ein Ende haben und er wollte unter keinen Umständen mit dem Kopf aufschlagen.

Jones breitete die Arme weit aus und versuchte so, die Geschwindigkeit zu reduzieren. Es war ein Albtraum. Er sah ins Nichts. Befand sich in einem riesigen, nicht enden wollenden Tunnel. Dann prallte er auf.

Meanson lehnte sich mit dem Rücken an einen alten Baum, sein Messer in der Hand, und beobachtete die drei Soldaten, die sich vielleicht fünf Meter entfernt über den Abgrund beugten, hinuntersahen und mit ihren Lampen den Bereich unter sich ausleuchteten. Sie unterhielten sich und Meanson bemerkte am Tonfall, dass sie weder aufgeregt noch sichtlich interessiert zu sein schienen. Der Elitesoldat ging langsam in die Knie und spielte die Situation, die in wenigen Sekunden eintreten würde, durch. Dass er die Männer unschädlich machen musste, daran bestand für ihn kein Zweifel. Die Frage war nur, schaffte er dies, ohne dass einer der Männer einen Schuss abgeben konnte?

Langsam, den Stamm weiter im Rücken, drehte sich Meanson um den Baum. Sein Körper spannte sich und er war bereit. Bereit für den Kampf. Noch immer schauten die Männer den Felsen hinunter. Bis sie zurücktraten und die Strahlen ihrer Lampen wieder auf den Weg ausrichteten. Meanson sah den Männern nach. Als sie außer Sicht waren, rannte er unverzüglich zum Abgrund, warf sich auf den Bauch und blickte nach unten.

Jones hatte keine genauen Vorstellungen davon gehabt, was sich hinter diesem Fels befand. Aber dass der Hohlraum derart steil nach unten führte, hatte ihn überrascht. Er nahm seine Taschenlampe, schaltete sie ein und leuchtete nach oben. Der Lichtschein verlor sich in eine unbekannte Schwärze. Jones zog seinen Lederhandschuh aus und legte seine Hand an die Röhre. Langsam strich er an der Innenwand entlang, wobei er die Bewegungen seiner Hand mit der Taschenlampe begleitete. Metall. Glattes, bearbeitetes Metall. Jones leuchtete hoch. Das Rohr maß über zwei Meter im Durchmesser. Und mit einem Mal ahnte Jones, worin er sich befand. Dann durchfuhr ihn ein Adrenalinausstoß. Er hörte Stimmen. Und sie bewegten sich auf ihn zu.

*

»Was, um alles in der Welt, ist denn das?«, fragte von Rundstedt, während er auf das mehr als zwei Meter breite Rohr vor sich starrte, welches sich durch den Felsen schob und dessen Ende nicht annähernd zu erahnen war.

»Das, meine Herren, ist der Grund unserer Anwesenheit«, sagte Müller und versuchte, sich seinen Stolz nicht zu deutlich anmerken zu lassen.

»Wie lang ist denn dieses … Monstrum?«, fragte Milch, der nicht weniger ungläubig staunte wie der Rest der Anwesenden.

»Das Seelenrohr ist 125 Meter lang, bei einem Durchmesser von 2,35 Metern.«

»Wirkt, zugegebenermaßen, auf dem Papier nicht annähernd so beeindruckend«, sagte von Rundstedt. »Und Sie sind sicher, dass sie funktioniert?«

»Das größte Problem, welches es zu lösen galt, war die Reichweite. Wir haben ein bereits erprobtes Verfahren verbessert. Eine Treibladung allein wäre nicht ausreichend, um das Geschoss auf die notwendige Mündungsgeschwindigkeit von annähernd 8.000 Metern pro Sekunde zu beschleunigen. Wir haben an das Geschützrohr in genau berechneten Abständen Pulverkammern angeflanscht. Unmittelbar nachdem das Geschoss an einer solchen Kammer vorbeikommt, erfolgt eine weitere Zündung, welche das Geschoss erneut mit der notwendigen Schubkraft versorgt, sodass es bis zum Austritt aus dem Geschützrohr keinen Geschwindigkeitsverlust erleidet. Im Gegenteil. Die Geschwindigkeit nimmt bei jeder Schubzündung signifikant zu. Gleichzeitig haben wir mit dieser Beschleunigungstechnik keinen Rückschlag, der bei einem solchen Geschützrohr nicht zu kontrollieren wäre. Nach dem Verlassen des Geschützrohres trifft die Rakete in weniger als einer Minute, bei einer Steigungshöhe von etwa zehn Kilometern, in die Stratosphäre ein. Aufgrund der immensen Geschwindigkeit ist sie für das feindliche Radar völlig unsichtbar. Die dünneren Luftschichten bedeuten gleichzeitig einen geringeren Reibungswiderstand. Sie folgt der genau berechneten ballistischen Kurve und zündet zu einer festgelegten Zeit ihr Treibstoffgemisch. Wir verwenden hierfür eine Treibstoffkombination von 78-prozentigem Ethanol und Sauerstoff. Nach einer Brenndauer von etwa 45 Sekunden erhalten wir genug Schub, um die Rakete über die gesamte Distanz in weniger als fünf Minuten zu befördern.«

»In nur fünf Minuten? Wie wollen Sie dieses Ungetüm denn steuern?«, fragte Rundstedt, während er sich mit den Händen auf dem Rücken verschränkt in einer Art umsah, als gelte es, die Arbeit eines Handwerkers zu beurteilen.

»Nun, das ließe sich zum einen durch den Neigungswinkel des Geschützrohres beeinflussen. Etwas, was sich zugegebenermaßen bei dem Rohr diesen Ausmaßes nicht bewerkstelligen lässt. Das Rohr hat ein solches Gewicht, dass es nicht beweglich, geschweige denn transportabel ist. Unsere Rakete ist mit mehreren Zeituhren versehen, die alle eine unterschiedliche Aufgabe erfüllen. Darüber hinaus haben wir einen Empfänger verbaut, der nach einem festgelegten Schema einen Befehl von unseren Peilstationen erhält, die er an die Steuerruder ausgibt, durch welche die Flugbahn der Rakete verändert wird. Zur Zielführung wurde an Bord ein einfacher MW-Sender FuG 23 mit Schleppantenne verbaut, Frequenzbereich 340 bis 500 Kilohertz. Dieser wird während des Fluges von unseren Peilstationen verfolgt. Um Störmaßnahmen entgegenzuwirken, werden die Fernlenkimpulse mehrfach nacheinander ausgesandt. An Bord der Rakete wird die Impulsfernlenkanlage ›Mosel‹ eingesetzt. So erhoffen wir uns eine Treffgenauigkeit von plus minus einem Kilometer auf 600 Kilometer Kampfentfernung. Dies wäre bei einem herkömmlichen Gefechtskopf sicher eine große Abweichung. Bei unserem Projekt aber können wir fast behaupten, damit eine Punktlandung hinzubekommen.«

Von Rundstedt wirkte beeindruckt. Sichtlich beeindruckt.

»Wie bereits angeführt«, fuhr Mundt fort, »ist das größte Problem die Hitzeentwicklung. Zum einen während des Flugs, zum anderen bei der Detonation. Wir haben ein Kühlsystem entwickelt, mit dem wir in der Lage sind, die Temperatur im Transportbehälter während des Fluges dauerhaft so niedrig zu halten, dass die Qualität unserer Waffe nicht leidet.«

»Und bei der Detonation?«, fragte Milch.

»Es findet keine Detonation statt. Eine Detonation kommt aufgrund der Hitze- und Druckentwicklung nicht infrage. Der eigentliche Gefechtskopf ist eine Sprühvorrichtung. Der wirkungsvollste und wahrscheinlichste Infektionsweg für einen Angriff mit biologischen Waffen erfolgt über Aerosole. Also flüssige Stoffe, an denen sich die Erreger binden. Während sich die Rakete über dem Zielgebiet befindet, öffnet sich die Sprühvorrichtung und verteilt das Aerosol über dem Feind. Ein normaler Gefechtskopf mit üblichen Sprengmitteln hat den Nachteil, dass die Wirkung nahezu nutzlos ist, wenn der Einschlag nicht punktgenau erfolgt. Der Sprengsatz also nicht in ein Zielgebäude einschlägt, sondern in einen zwei Kilometer entfernten Acker. Und hier liegt der Vorteil dieser Waffe. Das Verteilen des Kampfstoffes erfolgt über mehrere Kilometer. Wind und Flüsse tragen zu einer weiteren Verbreitung bei, sodass es völlig unerheblich ist, ob das Ziel exakt getroffen wird. Weil es im Grunde genommen keinen Einschlagsort gibt.«

»Sie behaupten damit, dass der Feind nicht weiß, dass er gerade unter Beschuss liegt?«

»Exakt. Wir treffen ihn völlig unerwartet. Und die Auswirkungen kommen erst ein bis zwei Tage später zum Tragen. Die Briten werden niemals erfahren, wem sie diesen Angriff zuschreiben können. Sie werden uns vielleicht verdächtigen, aber beweisen können sie es nicht. Und, ich greife hier Ihre Frage vorweg, es werden sich auch keine auswertbaren Gefechtskopftrümmer auffinden lassen. Nachdem das Behältnis entleert ist, wird eine kleine, aber ausreichende Explosion den Gefechtskopf in einige nicht identifizierbare Metalltrümmer zerreißen.«

»Und wann ist dieses Monster einsatzbereit?«, fragte von Rundstedt.

»In ungefähr 48 Stunden. Vorausgesetzt, meine Herren, Sie segnen das Projekt beim Führer ab.«

Von Rundstedt nickte. »Ich schlage vor, wir begeben uns nochmals in den Tagungsraum, um weitere Details zu besprechen.«

*

Jones hatte in seinem Leben viel erlebt. Und er verfügte über eine überdurchschnittlich starke und darüber hinaus trainierte Psyche, die dafür sorgte, dass ihn so schnell nichts aus der Bahn brachte. Aber das, was er soeben gehört hatte, führte dazu, dass sich eine Gänsehaut über seinen gesamten Körper zog. Er befand sich im Geschützrohr der wohl größten Waffe, die jemals von Menschenhand geschaffen wurde. Eine Waffe, gebaut, um einen biologischen Kampfstoff über Hunderte Kilometer weit zu befördern und nahezu unbemerkt über den Feind auszuschütten. Es gab viele Gerüchte über Hitlers vermeintliche Wunderwaffen, deren Einsätze unmittelbar bevorstehen sollten. Gerüchte, die durch die Nazis selbst gestreut wurden, um den Feind zu verwirren. Die Existenz einer Waffe solchen Ausmaßes aber hätte er noch vor wenigen Minuten für unmöglich gehalten. Jetzt wusste er, worauf Baker sie aufmerksam machen wollte. Nochmals konzentrierte er sich, aber er hörte nichts mehr. Die Personen hatten den Raum verlassen. Jones musste aus dem Geschützrohr. Er leuchtete unter sich und sah eine Tasche, die er kannte. Eine Tasche, identisch mit der auf seinem Rücken. Jones bückte sich, öffnete sie und blickte auf Bakers Sender. Er legte ihn beiseite und betrachtete den Verschlussdeckel, der zur Ladekammer führte, aber er bewegte sich nicht einen Millimeter. Jones versuchte, das Rohr hinaufzuklettern, rutschte aber immer wieder ab. Er nahm sich zusammen, um nicht panisch zu reagieren, denn er musste sich seine rationale Denkweise erhalten, wenn er eine Möglichkeit finden wollte, hier rauszukommen.

Jones entkleidete sich vollständig. Die Kälte durchdrang ihn augenblicklich und sofort fing er an zu zittern. Er legte sich auf den Rücken, zog die Beine an und schob sich die Röhre hoch. Es funktionierte, jetzt, wo er keine glatten Stofffasern mehr zwischen sich und dem blanken Metall hatte. Der Kälteschmerz raubte ihm beinahe den Atem. Er musste seine Kleidung unbedingt mitnehmen, sonst würde er erfrieren, wenn es ihm tatsächlich gelang, aus seinem Gefängnis zu entkommen. Jones löste einen Schnürsenkel aus einem seiner Stiefel und band seine Sachen zusammen. Plötzlich vernahm er ein lautes, metallenes Geräusch, das sich innerhalb Sekundenbruchteilen in ein Dröhnen verwandelte, welches sich auf das Rohr übertrug, in dem er sich befand. Verzweifelt suchte er nach seiner Waffe, als ihn augenblicklich ein heller Lichtstrahl traf, der ihn blendete. Schützend legte der SAS-Mann eine Hand vor seine Augen, während er die andere hob.

»Stör ich dich gerade? Soll ich in ein paar Minuten noch mal wiederkommen?«

Baker. Jones war derart verblüfft, dass er für einen Moment vergaß, dass er nackt war.

Baker richtete seine Taschenlampe auf Jones' Körper, blickte an ihm herunter und grinste. »Scheint kalt zu sein.« Dann reichte er Jones eine Hand und half seinem Kameraden aus dem Kanonenrohr. Die Notbeleuchtung tauchte den Raum in ein diffuses Grünlicht, aber es reichte, um Details zu erkennen.

»Wie, zum Teufel, bist du hier reingekommen?«, fragte Jones, während er sich anzog.

»Eine lange Geschichte. Was für kalte Abende. Ich hatte ernsthafte Bedenken, dass das Sendersignal hier rauskommt. Hör zu, Jones. Die haben was vor.«

Jones nickte. »Ich habe ihr Gespräch mitgehört.«

»Dort!« Baker zeigte auf das riesige Rohr, welches steil nach oben ragte und in der Felsendecke über ihnen zu verschwinden schien.

Jones sah auf die Stelle, auf die Baker zeigte. Auf dem Rohr sah er eine Zeichnung. Er trat näher heran. Es war eine Karikatur. Eine riesige Forelle, die sich nach einem

Sprung in der Luft befand und nach einer Fliege schnappte. Der Kopf der Fliege zeigte unzweifelhaft den britischen Premierminister.

»Es ging die ganze Zeit nie um Hitler«, murmelte Jones.

»Was sagst du?«

»Forelle in Buttersoße. Hitler war nie gemeint. Er ist in Berlin.«

»In Berlin? Du meinst, mit der Forelle ist das Teil hier gemeint?«

Jones nickte.

»Ich fürchte, wir werden diese Kanone mit unseren Handgranaten nicht in die Luft jagen können.«

»Das zum einen«, antwortete Jones. »Es würde darüber hinaus auch nicht viel Sinn machen. Wir müssen die Sprengköpfe finden. Und das stell ich mir in diesem Berg hier nicht einfach vor.«

»Ich denke, ich weiß wo sie sind.«

Jones sah Baker überrascht an.

»Wir müssen zum Haupteingang. Dort stehen zwei Lkws.«

»Okay. Wir sollten zusehen, dass wir hier so schnell wie möglich rauskommen. Vorschlag?«

»Die Tür ist zu. Aber über uns befinden sich Belüftungsrohre. Wir sollten es darüber versuchen.«

Jones blickte zur Decke und betrachtete die dicken Metallrohre, die durch die Wand des Raumes führten. »Ich habe so langsam die Schnauze voll. Seit wir in diesem verfluchten Land sind, scheine ich mich wie ein Grubenpony nur noch unter der Erde oder in irgendwelchen Röhren zu bewegen«, sagte Jones, knöpfte seine Jacke zu und atmete tief aus. »Mit den Kisten dort sollten wir da oben rankommen. Versuchen wir es!«

Baker war ungefähr drei Meter von der Wand entfernt in die Röhre gestiegen. Die Lüftungsgitter, welche die Männer herausnahmen, befanden sich an der Unterseite des Rohres und waren mit Halteclips eingerastet. Die Löcher waren ausreichend groß, sodass Baker durch sie in die Röhre steigen konnte.

Baker zog sich mit den Armen vorwärts. Die Röhre war jedoch zu eng, um auch die Beine zu Hilfe zu nehmen. Der Luftzug innerhalb der Röhre war immens stark und schon nach wenigen Augenblicken begannen seine Augen zu tränen. Er musste sich äußerst vorsichtig bewegen, da ihm die Wände des Metallrohres recht dünn erschienen, sie jedes Geräusch ungefiltert weitergaben und er bei jeder Vorwärtsbewegung die Schwingungen verspürte, die er verursachte. Baker hoffte, dass die Rohre seinem Gewicht standhielten. Er war deutlich kleiner und leichter als Jones und hatte arge Bedenken, dass die Befestigungsschrauben, die in dem Fels verankert waren, auch Jones' Gewicht tragen würden.

In wenigen Metern Entfernung sah Baker, wie Licht durch ein weiteres Gitter in das Metallrohr drang. Anders als in dem Geschützraum, war dieses Licht hell und weiß. Langsam zog Baker sich vorwärts, bis er in den darunter befindlichen Raum schauen konnte. Viel sah er nicht. Vor allem nicht die Zugangstür zum Geschossraum, was er sich erhofft hatte. Baker hantierte an den Halteclips. Er musste die Röhre verlassen, um sich einen Überblick zu verschaffen. Sie weiterzurobben, war sinnlos. Wenn das Geschützrohr tatsächlich über 100 Meter lang war, dann musste er davon ausgehen, dass sie sich tief im Bergmassiv befanden, deren Tunnelanzahl nicht absehbar waren. Dazu waren sie in der Lüftungsröhre nahezu wehrlos, sollte man auf sie aufmerksam werden. Baker hörte Schritte. Absätze hallten auf Steinboden wider. Langsam schob er sich etwas zurück und blickte nach unten. Ein Wachsoldat erschien. Darauf ein zweiter. Beide verschwanden kurz aus seinem Sichtfeld, um genau unter dem Lüftungsgitter wieder aufzutauchen. Jeder von ihnen hatte einen Karabiner geschultert. Eine Wachstreife. Eindeutig. Die Soldaten setzten sich in Bewegung. Baker zählte ihre Schritte mit, bis sie nicht mehr zu hören waren. Er wusste, dass jeder Schritt etwas weniger als einen Meter betrug. Da er 88 Schritte gezählt hatte, konnte er die Soldaten ungefähr 80 Meter weit hören. Einen weiteren Moment hielt er inne und lauschte. Baker robbte wieder vor, löste das Seil, welches er sich umgebunden hatte und dessen anderes Ende Jones hielt. Anschließend löste er die Halteclips.

Baker rollte sich ab und presste sich an die Wand des Raumes. Es war weniger ein Raum im eigentlichen Sinne. Eher eine Halle, die so aussah, als war sie natürlichen Ursprungs. Die Halle war ausreichend ausgeleuchtet und mit einer Belüftungseinrichtung versehen. Kein Wunder, dachte Baker. Mit Tunneln und Stollen kannte man sich im Ruhrgebiet bestens aus. Auf der linken Seite sah Baker ein doppelflügeliges Tor. Es war annähernd fünf Meter breit und mindestens drei Meter hoch. Jeder Flügel hatte Rollen, die wiederum in einer Führungsschiene liefen, um die beiden Torhälften auseinanderzuschieben. Rechtsseitig, in wenigen Metern Entfernung, sah Baker zwei Gänge. Er konnte nicht sagen, in welche Richtung die Wache gegangen war. Baker trat an das Tor. Es war mit einem Schloss gesichert, was, in Anbetracht dessen, was sich dahinter befand, zu erwarten war. Es blieb keine Zeit. Wenn man sie hier entdecken würde, säßen sie in der Falle. Baker trat unter das Abluftrohr und zog an dem Seil, welches aus der Öffnung hing.

Jones verspürte den Ruck insgesamt zweimal. Hastig kletterte er auf die Kisten und schob seinen Oberkörper in das Rohr. In wenigen Metern Entfernung sah er das helle Licht des Raumes, in dem sich Baker befand. Zentimeter für Zentimeter bewegte er sich darauf zu. Plötzlich steckte er fest. Jones wand sich, versuchte, rückwärts zu robben. Vergeblich. Und dann hörte Jones Schritte.

Baker vernahm das Auftreten der Stiefel. Jenes Geräusch, welches die Wachsoldaten zuvor verursachten. Er hatte nicht mit einer so schnellen Rückkehr gerechnet

»Jones! Beweg deinen Arsch hierher! Schnell!«

»Ich stecke fest!«

Baker war entsetzt. Das Lüftungsgitter lag auf dem Boden. Gut und gern zweieinhalb Meter unter dem Lüftungsrohr. Das Rohr zu weit weg, um es zu erreichen. Hastig sah Baker sich um. Er befand sich in einer Sackgasse. Und nichts, was ihm Deckung bot. Ihm blieb nur eine Chance. Baker warf das Gitter in eine Ecke des Raumes und rannte los. Er musste vor den Wachen an den Tunnelzugängen sein. Doch er hatte sich verschätzt. Die beiden Soldaten, die soeben aus einem der Tunnel schritten, waren für den Bruchteil einer Sekunde irritiert. Dann hoben sie zeitgleich ihren Karabiner und richteten ihn auf den unbekannten Mann vor ihnen. Baker hob die Arme.

Die Soldaten schrien ihn an. Baker wusste nicht, was sie sagten, streckte jedoch seine Arme weiter nach oben. Gleichzeitig ging er ein paar Schritte weg von dem Lüftungsrohr über ihm. Doch kaum hatte er sich bewegt, schrien ihn die Soldaten erneut an. Und diesmal musste Baker kein Deutsch verstehen, um zu wissen, dass er stehen bleiben sollte.

»Wer bist du denn?«, fragte einer der beiden Männer. Abschätzend sah er an Baker herab. Die Tatsache, einen Fremden in einer derart verschmutzten deutschen Uniform in einer absolut geheim gehaltenen, unterirdischen Anlage anzutreffen, schien auf den Soldaten irreal zu wirken.

Die beiden Männer kamen auf Baker zu und nahmen sofort die L-Stellung ein. Ein Soldat vor ihm, einer seitlich. So gewährleisteten sie, dass immer ein Mann außerhalb seines Sichtbereiches stand. Darüber hinaus vermieden sie es, zu nahe an ihn heranzutreten. Baker war handlungsunfähig. Wieder stellte ihm der Soldat eine Frage. Baker wusste, dass sie ihm in dieser Situation keine Chance zur Flucht oder zu einem Angriff bieten würden. Der Soldat vor ihm fixierte ihn mit seinen Augen. Seine Nase war auffallend krumm und seine Ohren wirkten deformiert.

»Ich glaube, unser Freund hier ist entweder taub oder versteht nicht ein Wort von dem, was ich sage.«

Wie aus dem Nichts begann der andere Soldat plötzlich zu röcheln. Beinahe zeitgleich hob sich sein Körper und er stand nur noch auf den Zehenspitzen. Dabei versuchte er vergeblich, die Schlinge um seinen Hals zu fassen. Baker begriff die Situation einen Sekundenbruchteil eher als der Soldat vor ihm. In dem Moment, wo sein Gegenüber den Karabiner anhob, um ihn in Richtung des Lüftungsrohres zu halten, traf ihn Bakers Tritt am Ellenbogen. Der Soldat ließ seine Waffe los, die gegen die Felswand prallte und scheppernd auf dem Boden landete.

Sofort war Baker bei ihm. Sein Schlag gegen den Kopf des Mannes kam ansatzlos. Er war sich um die vernichtende Wirkung bewusst. Viele Männer hatte er bereits so niedergestreckt. Baker war schnell und die meisten seiner Feinde sahen seinen Schlag nicht einmal kommen. Doch sein heutiger Gegner tauchte unter Bakers Hand weg. So flink, wie er es zuvor in keinem Kampf erlebt hatte, wich der Mann seitlich aus. Mit einem gezielten Fußtritt in die Rückseite des rechten Kniegelenks brachte er Baker zum Einknicken.

Dieser verlor augenblicklich das Gleichgewicht und fiel in eine bedrohliche Rückenlage. Sogleich war sein Widersacher hinter ihm und packte seinen Hals. Baker spürte die Umklammerung, die ihm den Atem raubte. Nie hätte er seinem Gegenüber derartige Kräfte zugetraut. Er wusste, dass ihm nur noch wenige Augenblicke zur Verfügung standen, bevor ihm der Sauerstoffmangel das Bewusstsein rauben würde. Er griff nach hinten und versuchte seinen Gegner bei den Beinen zu fassen. Doch auch dieser schien ein erfahrener Kämpfer zu sein. Sofort wich er zurück. So hielt er Bakers instabile Rückenlage aufrecht, ohne aber den Druck seines Würgegriffes lockern zu müssen. Baker langte ein, zwei Mal ins Leere. Er ließ sich nach vorn sacken, stemmte sich jedoch plötzlich mit beiden Beinen vom Boden ab, um sich etwas aufzurichten. Sein Kontrahent reagierte sofort darauf und wich nach hinten aus. Baker ließ sich plötzlich auf den Hosenboden fallen. Sein Körpergewicht zog seinen Gegner nach vorn. Diesen Moment nutzte der SAS-Mann. Er packte den Deutschen an der Kleidung in Höhe dessen Schultern und zog ihn zu sich heran. Sein Fuß schnellte nach hinten und traf den Kopf seines Feindes, der daraufhin sofort den Griff um Bakers Hals löste. Der Elitesoldat wirbelte herum. Gierig sog er die Luft ein. Doch der feindliche Soldat gönnte ihm keine Pause. Der Faustschlag traf Bakers Leber mit unvorstellbarer Härte. Der SAS-Mann fiel augenblicklich in sich zusammen und landete auf dem Rücken. Vor seinen Augen schossen grelle Blitze und sein Gesichtsfeld schien auf einen kleinen, nichtigen Bereich geschrumpft zu sein. Der Deutsche griff nicht blind an. Er wusste, wie man kämpfte. Er bewegte sich um den auf dem Boden liegenden Baker herum. Lauernd. Abwartend. Seine Bewegungen glichen der einer Katze. Immer wieder tänzelte er aus Bakers Blickfeld.

Er hätte in dieser Situation alle Zeit der Welt gehabt, seine Waffe aufzuheben und Baker den Rest zu geben. Doch er ignorierte sein Gewehr. Baker rollte sich benommen auf die Seite. Er wollte, musste aufstehen. Er stützte sich auf seine Handflächen und auf die Knie. Im gleichen Moment traf ihn ein Stiefel seitlich am Körper.

Baker fiel mit dem Gesicht auf den Boden. Er schmeckte den so typischen, metallischen Geschmack seines Blutes, zu dem sich das Knirschen des sandigen Drecks mischte.

Seine Hände krallten sich in den Boden. Wieder versuchte er sich aufzurichten. Er wusste, dass dies der Moment war, wo er seinem Gegner schutzlos ausgeliefert war. Und wieder griff dieser an. Baker war in seinen Augen erledigt. Er nahm erneut Anlauf. Diesmal aber nicht so schnell und bestimmt. Zu siegessicher war er. Er wusste, dass der nächste Tritt den Kampf entscheiden, ja sogar beenden würde.

Als der Soldat seinen Fuß nach vorn stieß, riss Baker die rechte Hand hoch. Der feine Dreck schlug seinem Gegner ins Gesicht.

Dieser bemerkte Bakers Finte zwar, konnte aber trotzdem nicht verhindern, dass einige der Sandkörner den Weg in seine Augen fanden. Er ging einige Schritte zurück, um aus dem unmittelbaren Einflussbereich des Mannes vor sich zu gelangen. Baker erhob sich. Schwer atmend. Er hielt sich mit der linken Hand die Stelle, wo er getroffen wurde. Die gebrochenen Rippen machten ein Atmen nahezu unmöglich. Die rechte Hand griff nach hinten. Sie suchte Halt. Baker taumelte einige Schritte rückwärts. Seine Hand ertastete den Felsen, den er hinter sich vermutete – erhoffte.

Sein Gegenüber rieb sich die Augen, kam aber wieder langsam auf Baker zu. Auch dieser atmete schwer. Er war darauf bedacht, die Wand weiter in seinem Rücken zu halten. Baker sah, dass sein Widersacher wütend war. Er wusste, dass sein Kontrahent ein weiteres Mal nicht mehr leichtsinnig sein würde.

Baker überlegte und versuchte, den nächsten Angriff vorauszusehen. Wertete gedankenschnell die Möglichkeiten aus. Sein Gegner war ein geübter Kämpfer. Er würde versuchen, seine Reichweite zu unterwandern. Sein Schlag hatte eine gewaltige Härte. Und wenn dieser Schlag wie beim ersten Mal sein Ziel fand, war er in seiner Wirkung vernichtend. Die beiden Soldaten belauerten sich. Der Deutsche lief vor Baker wie ein Tiger auf und ab. Auf seine Chance wartend. Baker blickte in die Augen des Mannes. Sie verrieten nichts. Sein Brustkorb schmerzte. Seine Atmung war flach. Zu flach für seinen Körper. Er holte tief Luft. Das war der Moment, in dem der Deutsche zum Angriff überging. Baker setzte alles auf eine Karte. Entschied er sich für die falsche Handlung, so war der Kampf aus. Der Soldat explodierte scheinbar und schnellte einer gespannten Feder gleich auf Baker zu. Dieser ließ sich zur Seite fallen und konzentrierte sich auf die Unterschenkel seines Gegenübers. Wie ein Peitschenhieb schnellte Bakers Bein auf die Beine des Mannes zu, um sie durch den Tritt wegzuschlagen. Der Deutsche schien mit dieser Aktion nicht gerechnet zu haben. Er fiel seitlich und schlug neben Baker auf. Die Schmerzen der gebrochenen Rippen hätten eine Vielzahl von gestandenen Männern besinnungslos werden lassen. Doch Baker war kein normaler Mann. Er ergriff das Lüftungsgitter in dem Moment, als der Soldat sich aufrappen wollte. Der Schlag seitlich an den Kopf des Soldaten beendete den Kampf. Und gleichzeitig das Leben des Deutschen.

Baker lag schwer atmend auf der Seite. Sein Gesicht war schmerzverzerrt.

Jones gelang es mit Mühe, sich aus dem Belüftungsrohr zu befreien. Er kniete sich neben Baker. »Bist du einigermaßen in Ordnung?«

Baker sah seinen Kameraden beinahe spöttisch an. »Hab mich nie besser gefühlt.« Kurz spie Baker das letzte bisschen Dreck und blutigen Speichel aus, bevor er Jones geradezu missbilligend ansah.

Jones drehte den toten Soldaten neben Baker um, begann, in dessen Taschen zu wühlen, und zog eine Brieftasche heraus. Er überflog die Dokumente darin. Dann grinste er Baker an, während er ihm ein auseinandergefaltetes Schriftstück hinhielt. »Tröste dich. Immerhin hast du den amtierenden Regimentsmeister im Halbschwergewicht niedergestreckt. Da darf man schon ein bisschen stolz sein!«

Bei dem anderen Soldaten fand Jones, was er gesucht hatte. Er stand auf und führte den Bart des Schlüssels in den Zylinder. Das Schloss drehte sich und er hörte, wie die Tür entriegelt wurde, und öffnete sie. Dann kehrte er zu Baker zurück. »Wir müssen ihre Kleidung nehmen. So, wie wir aussehen, fallen wir sofort auf.«

Baker nickte.

Jones hielt sich die Uniformjacke gegen den Oberkörper. »Hier. Versuch, ob sie dir passt. Der andere scheint größer. Ich nehme seine Sachen.«

Jones sah, dass Baker es allein nicht schaffte. Er zog sich die Sachen des toten Soldaten über und half anschließend Baker in die Uniform. Die Männer wuschen ihre Gesichter mit dem Wasser aus ihren Trinkflaschen und Jones verwischte die Blutspuren auf dem Boden. Dann zog er die Leichen in den Geschützraum und wuchtete die Körper in die große Holzkiste, mit der Baker in die Geschützkammer gelangt war. Ihre verdreckte Kleidung warf er ebenfalls hinein, bevor er den Raum wieder verschloss.

»Los!«, sagte er zu Baker und half ihm auf.

Das Tunnelsystem war ein nicht abzuschätzendes Labyrinth. Mehrmals begegneten sie Wachpatrouillen, aber auf eine merkwürdige Art schienen diese die Möglichkeit, dass sich Saboteure innerhalb dieses streng überwachten Bereiches aufhalten konnten, nicht ernsthaft in Erwägung zu ziehen. Sie wurden schlichtweg ignoriert.

Jones musste Baker stützen. Die gebrochenen Rippen schmerzten höllisch, Baker bekam kaum Luft und immer wieder legten sie eine Pause ein.

»Was meinst du? Wie lange braucht es, bis sie die beiden vermissen?«, keuchte Baker, der sich mit dem Rücken an die Tunnelwand lehnte.

Jones zuckte mit den Schultern, während er sich in alle Richtungen umsah. »Ich weiß es nicht. Aber viel Zeit wird uns sicher nicht bleiben. Weiter!«

Vergeblich suchte Jones nach einem Hinweis. Eine Markierung an der Wand. Irgendetwas, was ihnen den Weg wies. Plötzlich hörte Jones Schritte in allernächster Nähe. Die schweren Schritte mehrerer Stiefel. Und ehe er reagieren und Baker beiseitenehmen konnte, erschienen hinter einer Tunnelbiegung fünf Soldaten, deren verdreckte Kleidung darauf schließen ließ, dass sie in die Instandsetzungen des Tunnelsystems involviert waren. Jones ging davon aus, dass derjenige, wer auch immer für den Ausbau des Berges verantwortlich war, eine Menge an Zwangsarbeitern verschlissen hatte. Der britische Geheimdienst berichtete davon, dass Krupp Zwangsarbeiter im großen Stil in seinen Werken beschäftigte.

Müde traten die Männer beiseite, grüßten kurz und gingen weiter.

»Kameraden! Ich brauche eure Hilfe!«

Baker sah Jones mit offenem Mund an. Er schien den Verstand verloren zu haben. Die Männer blieben stehen und sahen Jones fragend an.

»Was?«, sagte der letzte der Soldaten. Ein groß gewachsener Kerl mit rotblondem Haar und einem ebenso rotblonden Vollbart. Er schien ungehalten und seine Mimik unterstrich dies.

»Mein Kollege hier ist gestürzt. Auf einem Treppenabsatz. Hat sich die Rippen geprellt.« Der Mann sah Baker an. Ein schmerzverzerrtes Gesicht brauchte Baker nicht vorzutäuschen.

»Und?«, fragte der Mann nach wie vor relativ uninteressiert. »Dann soll er zum Arzt gehen.«

Jones nickte dem Mann zu. »Hab ich ihm auch gesagt. Nur kann er kaum laufen. Kann mir einer von euch vielleicht helfen, ihn vor die Tür zu bringen?«

Noch immer sah der Mann Baker an. »Warum fragt ihr nicht den Verlademeister und nehmt die Draisine? Bis dahin wird er es wohl noch schaffen.«

Jones seufzte. »Ich weiß, dass ihr kaputt seid. Und ich gehe euch wirklich nur ungern auf den Zeiger. Hey! Komm schon! Hilf mir bitte, ihn zur Draisine zu bringen. Es ist doch nicht weit!«

Baker verstand kein Wort. Aber das Gespräch dauerte ihm zu lange. Entschieden zu lange. Was, zum Teufel, tat Jones da? Er bemerkte, dass der Bärtige ihn ansah, etwas Unverständliches murmelte und schließlich auf ihn zuschritt. Baker verkrampfte sich und sofort schoss ein neuer Schmerzimpuls durch seinen Brustkorb.

Der deutsche Soldat wirkte weiterhin genervt, nickte jedoch und trat neben Baker. »Geht schon mal vor«, sagte er zu seinen Kameraden, bevor er Bakers Arm ergriff und sich ihn um seine Schulter legte. Sofort tat es ihm Jones gleich. »Ich hab euch beide hier noch nie gesehen? Wo seid ihr her?«

Jones schmunzelte den Mann an. »Ganz ehrlich? Wir sind britische Fallschirmjäger und hier eingesickert, um euch den Arsch aufzureißen.«

Der Mann blieb stehen und blickte zu Jones rüber. Eine Zeit lang starrte er ihn einfach nur an. Und auf einmal begann er schallend zu lachen. »Dein Freund hier hat wirklich Humor«, sagte er und blickte Baker an. Dieser lächelte. Gemeinsam schritten sie weiter, während der Deutsche weiter lauthals lachte.

Es schien sich um einen kleinen Verladebahnhof zu handeln. Die Halle war großzügig ausgebaut und Jones machte ein Gleis aus, in dessen Mitte in Bodenhöhe ein Stahlkabel verlief, welches an einer Draisine angebracht war. Am Ende des Gleisstranges erkannte er Weichen und an den Enden der dahinter anschließenden Schienen standen zwei Loren, die von ihrem Aufbau her der Personenbeförderung dienten. Die Schienen lagen nicht auf Schwellen und waren mit dicken Sechskantschrauben im Bodenfels verankert. Die Draisine besaß einen eigenen Antrieb und Jones vermutete, dass das Stahlseil die Haftung der Stahlräder auf der Schiene erhöhen sollte. Ein eindeutiges Zeichen dafür, dass das Gefährt offensichtlich einen großen Höhenunterschied auf kurze Distanz überwinden musste. Darüber hinaus ließ der Aufbau der Draisine darauf schließen, dass mit ihr schwere Güter befördert wurden. In der Halle hielten sich zwei Männer auf, die keine Uniformen, sondern Arbeitskleidung trugen und die damit beschäftigt waren, Haltegurte aufzurollen.

»Hey, Seppel!«, rief der bärtige Soldat einem der Arbeiter zu. »Ich habe hier einen … schwer verletzten britischen Fallschirmjäger.« Wieder begann der Soldat, sich vor Lachen zu schütteln. »Sei bitte so scheißfreundlich und fahre ihn nach oben.«

Der Mann legte die Gurte ab und trat auf die Männer zu. »Was ist denn passiert?«, fragte er, schritt auf den bärtigen Soldaten zu und schüttelte ihm die Hand.

»Gestürzt«, sagte Jones.

Der Mann sah Baker an. »Sieht übel aus. Ist wohl besser, wenn wir einen Arzt rufen. Willst du einen Arzt, Kollege?«

Der Mann blickte Baker direkt an, während dieser kurz zu Jones sah und ein kaum merkliches Kopfschütteln zu erkennen glaubte. »Nein«, sagte Baker.

»Fahr uns einfach nach oben«, sagte Jones.

»Ich darf niemanden hier einfach so durch den Berg fahren.«

»Es bleibt doch unter uns. Ehrenwort. Mein Kollege hier hat Schmerzen. Bitte!«

Wieder betrachtete der Mann Baker. Dann zuckte er plötzlich mit den Schultern und drehte sich um. Ohne ein weiteres Wort zu sagen, legte sich der vollbärtige Soldat Bakers Arm um die Schulter, zog ihn in Richtung des Schienenfahrzeuges und half ihm, sich auf die Ladefläche der Draisine zu setzen. »Please«, sagte er zu Baker und zwinkerte ihm zu. Dann drehte er sich zu Jones.

»Thank you verry much!«, sagte dieser und gab dem Soldaten die Hand. Baker war verwirrt. Äußerst verwirrt.

Der Geruch des gestarteten Dieselmotors hinter ihnen erfüllte augenblicklich die Halle und seine Vibrationen übertrugen sich auf die Ladefläche. Die Motorengeräusche trafen ungedämpft auf die Tunnelwände und verstärkten sich um ein Vielfaches. Auf Anhieb setzte sich die Draisine mit einem Ruck in Bewegung. Der Mann von der Verladerampe stand hinter dem Dieselmotor, während sich die beiden SAS-Männer auf die Ladefläche setzten. Baker sah Jones fragend an. Er neigte sich zu Jones' Mund, da das Motorengeräusch eine Verständigung kaum zuließ. »Was, zum Geier, hast du den Männern gesagt?«

Jones blickte einen Moment nach hinten zu dem Mann. Aber dieser hörte sie nicht. »Sie haben mich gefragt, woher wir kommen und wer wir sind.«

»Ja und? Was hast du ihnen gesagt?«

»Die Wahrheit. Ich habe ihnen gesagt, dass wir britische Fallschirmjäger sind und ihnen den Arsch aufreißen werden.«

Baker betrachtete Jones. Er hatte den Verstand verloren. So viel stand fest.

Wie Jones anhand des Stahlseiles vermutete, zog sich das Gleis gerade durch den Tunnel. Die Fahrt dauerte nur wenige Minuten, bis die beiden sahen, wie sie sich einem hellen Raum näherten. Wenige Augenblicke später fuhr die Draisine in die Eingangshalle und wie zuvor bei Bakers Ankunft schien sich niemand in der Halle zu befinden. Baker stieß Jones mit dem Ellenbogen in die Rippen und zeigte in Richtung der Lkws, die unverändert in der Halle standen. Die Draisine stoppte mit einem Ruck.

»Wartet hier«, sagte der Arbeiter und sprang von der

Draisine. »Ich sag den Wachen Bescheid, damit man euch einen Arzt schickt.«

»Nicht nötig«, sagte Jones und sprang ebenfalls ab. »Lass gut sein. Hast uns genug geholfen. Wir kommen schon klar. Danke.«

»Wie ihr wollt. Aber denkt daran. Zu niemandem ein Wort!«

Der Mann half Baker beim Absteigen, dann legte er einen Hebel um und nach wenigen Sekunden verschwand das Schienenfahrzeug wieder im Tunnel.

»Sie scheinen noch da zu sein.« Baker zeigte auf die Limousinen.

»Dann sollten wir uns beeilen.«

Jones stützte Baker und gemeinsam liefen sie in Richtung der zwei Lkws.

Jones stoppte. »Warte.« Er zog an dem Türgriff der ersten Limousine. Sie war nicht verschlossen. Jones' Oberkörper verschwand für einige Sekunden in der Fahrerkabine. Er holte einen langen Mantel hervor, den er sogleich anzog. Dann tastete er alle Taschen ab. Aus der rechten Innentasche kramte er ein Dokument hervor und blickte darauf. »Darf ich vorstellen? Standartenführer Manfred Braun. Vom Reichssicherheitshauptamt. Nehmen Sie gefälligst Haltung an!« Jones steckte den Auswies wieder ein. Er half Baker auf und stützte ihn, bis sie bei den Lkws waren, die am anderen Ende der Halle nebeneinander standen.

Baker lehnte sich an einen der hinteren Zwillingsreifen des zweiten Lkw, entsicherte seine Pistole und schaute in Richtung des großen Eingangstors. Der Lkw vor ihm nahm ihm weitestgehend die Sicht, aber er würde rechtzeitig erkennen, wenn sich das Tor öffnete. Die Stille war beinahe unheimlich. Am Heck des Fahrzeuges hörte er Jones. Obwohl er darauf bedacht war, äußerst leise zu sein, schien selbst das Fallen eines Haares in dieser Halle wie das Klappern mit Blechgeschirr zu dröhnen. Baker verspannte sich. Er spürte die Finger seiner Schusshand, die sich unbewusst viel stärker als notwendig um den Griff seiner Pistole gelegt hatten.

Das große Vorhängeschloss war aus besonders festem Stahl. Hart, wie Kruppstahl, dachte Jones. Aber allmählich fraß sich die verstärkte Stahlsehne durch den Bügel des Schlosses. Immer wieder legte Jones eine Pause ein. Konzentrierte sich auf die Geräusche seiner Umgebung. Die letzten Millimeter erschienen ihm, als bäumte sich der restliche Stahl nochmals auf. Er schwitzte und allmählich ließ die Kraft in seinen Fingern nach. Er sägte fast mechanisch und als das Schloss mit einem dumpfen Aufprall zu Boden fiel, überraschte ihn das ein wenig. Jones stand auf, steckte das Schloss in die Außentasche des Mantels und verwischte mit seinen Stiefeln die feinen Metallspäne auf dem Boden. Dann kletterte er in den Laderaum, zog die Tür heran und schaltete seine Lampe ein. Der Lkw war in zwei Bereiche unterteilt. Im vorderen Bereich befanden sich links und rechts Sitzbänke. Darüber Halterungen, in denen Karabiner steckten. Dahinter, unmittelbar zur Fahrerkabine hin, erkannte Jones einen weiteren Bereich, der von dem vorderen durch ein Gitter getrennt war. Die Gittertür war mit einem weiteren Vorhängeschloss gesichert. Aber anders, als das erste, schien dieses nicht verstärkt. Jones zog sein Lederetui hervor, öffnete es und entnahm zwei Drähte, die den Instrumenten eines Zahnarztes ähnelten. Er führte die in einer bestimmten Art gebogenen Enden dieser Metallinstrumente in den Schließmechanismus ein. Jones konzentrierte sich ganz auf das, was er fühlte. Tastete die millimetergroßen Unebenheiten ab. Merkte sich ihre Oberflächenstruktur und wirkte behutsam auf das mechanische Innenleben des Schlosses ein. Das klackende Geräusch riss ihn aus seiner Konzentration. Er zog den Bügel aus der Metallöse des Rahmens und öffnete die Tür. Jones blickte auf eine Holzkiste, die mit einem Laken bedeckt war. Er hob das Tuch und beleuchtete die Kiste mit seiner Lampe. ›Feinste Butter aus dem Münsterland‹, las er ab.

Bakers Gedanken kreisten wie wild in seinem Kopf. Es grenzte an ein Wunder, dass beide es bis hierhin geschafft hatten. Aber Baker war Realist. Sie würden kaum einfach so durch die Türe herausspazieren können. Und mit seinen Verletzungen würde er nicht weit kommen. Regimentsmeister! Verfluchter Hund! Aber es war zu erwarten, dass die Nazis in einem solchen Bereich keine Rohrkrepierer als Wachen einsetzen würden. Das Atmen fiel ihm zunehmend schwerer. Er hatte das unstillbare Verlangen, tief einzuatmen. Baker hob den Oberkörper etwas an, um etwas Erleichterung zu erhalten. Doch sogleich machte sich ein nicht unterdrückbarer Hustenreiz bemerkbar. Baker presste seinen Mund in seine Armbeuge. Das rhythmische Zucken seines Oberkörpers schien sich unmittelbar im Bereich seiner gebrochenen Rippen zu fokussieren. Die Schmerzen waren unerträglich und Baker musste all seine Konzentration dafür aufbringen, diesen Reiz zu unterdrücken. Er sah, dass der Uniformstoff an seiner Armbeuge dunkel war. Das Licht war zu schwach und ließ ihn nicht erkennen, ob es sich um Speichel oder um Blut handelte. Aber wenn eine der gebrochenen Rippen seinen Lungenflügel durchstochen hatte, wäre er in kürzester Zeit kollabiert und Baker hätte ein ernstes Problem.

Das Geräusch des sich öffnenden Tores traf ihn wie ein Keulenschlag. Baker versuchte, die Luft anzuhalten. Biss sich in den Unterarm, in der Hoffnung, mit dem Schmerz seinen verräterischen Hustenreiz unterdrücken zu können. Aber es gelang ihm nicht. Er hörte Schritte, die sofort stoppten und sich wenige Sekunden später in seine Richtung bewegten.

Baker umklammerte den Griff seiner Pistole und spannte den Hahn. Er drückte seinen Daumen gegen das Metallstück und spürte die geriffelte Fläche. Die Schritte wurden lauter. Verharrten einen Moment. Es waren mehrere Personen in der Halle. Und dann war es Baker, als entfernten sie sich voneinander. Eindeutig. Baker versuchte, unter dem Lkw vor sich etwas zu erkennen. Doch er hörte nur, wie die Schritte sich nach links und rechts bewegten. Sie kamen. Von beiden Seiten. Er musste unter den Lkw hinter sich, wenn er eine Chance haben wollte. Der Schmerzimpuls, der durch seine Nervenbahnen schoss, traf ihn mit derart brachialer Wucht, dass ihm ein Stöhnen entfuhr. Im gleichen Augenblick legte sich ein Schatten über ihn. Baker sah auf. Der Lauf des 98K zeigte auf seinen Oberkörper.

»Schön, dass sich mal jemand sehen lässt!«

Baker blickte irritiert zur Seite. Jones schritt direkt auf ihn zu. Die beiden Soldaten links und rechts von ihm fuhren herum. »Kann mir bitte mal jemand erklären, warum ich hier niemanden antreffe?«

Jones hatte den Offiziersmantel geschlossen und die Hände auf dem Rücken verschränkt. »Sie!« Jones zeigte auf einen der Soldaten. »Erklären Sie es mir!«

»Herr Standartenführer. Ich ... « Der Mann wirkte sichtlich überrascht.

»Möchten Sie das dem Oberbefehlshaber West erklären?« Jones trat direkt an die Soldaten heran. »Dass man hier in der Halle herumspazieren kann und sich offenbar niemand für die Sicherheit verantwortlich fühlt? Was ist? Hat es Ihnen die Sprache verschlagen?«

»Herr Standartenführer. Unser Befehl ...«

»Interessiert mich einen Scheiß! Ich versuche hier seit geraumer Zeit, jemanden zu erreichen. Und als ob nichts wäre, marschieren Sie beide hier rein! Wissen Sie was? Von Rundstedt wird in Kürze zurück sein. Die Lkws sind unbewacht und die Limousinen unverschlossen. Und niemand ist anwesend. Ich hätte sonst wer sein können. Ich möchte nicht in Ihrer Haut stecken, wenn er davon erfährt!«

»Herr Standartenführer! Ich versichere Ihnen, dass der Zugang bestens bewacht ist. Wir handeln gemäß Verfügungslage!«

»Dann will ich mal für alle hier hoffen, dass diese Verfügung Generalfeldmarschall von Rundstedt zufriedenstellt. Haben Sie ihn schon mal mit schlechter Laune erlebt? Ich schon. Erst wenige Minuten her!«

Jones drehte den Männern den Rücken zu und sah Baker einen flüchtigen Moment lang an. Dann wandte er sich wieder den Soldaten zu.

Der groß gewachsene SAS-Mann sah den Männern direkt in die Augen. Für den Bruchteil einer Sekunde hielten sie seinem Blick stand. Dann richteten die Soldaten ihre Augen geradeaus. Jones wusste, dass er knapp davor war, das Duell zu gewinnen.

Zur Überraschung der Soldaten schlug der Standartenführer ihnen unvermittelt kameradschaftlich auf die Schulter, bevor er sich von ihnen abwandte und vor ihnen mit verschränkten Armen auf und ab schritt.

»Es ist nicht so, dass ich Sie nicht verstehe. Ich bin fest davon überzeugt, dass Sie sich an Ihre Dienstanweisungen gehalten haben. Aber die Herren zeigen sich mitunter in Ihren … Ansichten etwas sprunghaft.« Jones blieb stehen und blickte die Männer wieder an. »Wissen Sie was? Ich denke, wir streichen unsere kleine Begegnung hier aus unser aller Erinnerung. Ich würde es ungern sehen, wenn man euch Jungs hier für etwas lang macht, was Ihr nicht zu verantworten habt.«

Baker betrachtete die beiden Soldaten und, obwohl er nichts von der Unterredung verstand, war es ihm, als zeigten sich die beiden Männer mit einem Male so etwas wie erleichtert.

»Einverstanden?«

»Herr Standartenführer ist sehr großzügig.«

»Schon gut. Nicht der Rede wert. Ich verlasse mich darauf, dass Sie Stillschweigen bewahren, da ich ansonsten nachträglich Meldung machen muss. Darf ich Sie im Gegenzug um einen Gefallen bitten?«

Die Männer richteten ihre Augen auf den Standartenführer vor sich.

»Selbstverständlich, Herr Standartenführer!«

*

Meanson blickte auf seine Uhr und dann zum Himmel. Er schätzte, dass es in etwas mehr als einer Stunde hell werden würde. Die Ruhr lag an dieser Stelle recht ruhig in ihrem Bett und das Schaukeln des Bootes war derart sanft, dass Meanson augenblicklich eingeschlafen wäre, würde die Kälte nicht unermüdlich durch seine klamme Kleidung dringen. Meanson schaute nach hinten. Klaus hatte sich eine schwere, dunkle Decke um die Schultern gelegt. Der in sich gekehrte Junge hatte sich tapfer geschlagen. Als sie aus dem Waldgelände getreten waren, zeigte sich die Straße weitestgehend ruhig. Aber die helle Lichtkuppel über dem Gebiet, wo sich die Gerberei befand, zeigte ihnen, dass der Feind noch immer präsent war. Mayne hatte offensichtlich ganze Arbeit geleistet und die Deutschen getäuscht. Diese schienen nicht mehr in Erwägung zu ziehen, dass sie sich noch in der Nähe aufhalten könnten. Aber der Commander hatte sich verletzt, wie Bremer ihm geschildert hatte. Man hatte ihn zur alten Gaststätte gebracht und kümmerte sich um ihn. Meanson wusste, dass ihnen nicht mehr viel Zeit blieb. In wenigen Minuten würden sie aufbrechen müssen.

Die Mission war gescheitert.

Hatten sie tatsächlich ernsthaft geglaubt, ihr Ziel erreichen zu können? Zumindest hatten sie es versucht. Aber zu welchem Preis?, fragte er sich. Meanson betrachtete Bremer und den jungen Klaus. Wie würden sie dafür bezahlen? Sie und die anderen? Schon jetzt von sämtlichen Sicherheitseinrichtungen des Landes gesucht.

»Wir müssen langsam los«, flüsterte Bremer. Meanson nickte. Bremer hatte recht. Ein letztes Mal starrte Meanson auf die Ufervegetation. Suchte nach einer Bewegung. Lauschte nach einem Rascheln. Doch das Einzige, was hin und wieder zu ihm drang, waren die entfernten Stimmen der Polizisten bei der alten Gerberei.

Meanson schaute auf seine Uhr und drehte sich zu Bremer um. »Wir brechen ab.«

Bremer trat vom Bug des Bootes, setzte sich auf die Bank in der Mitte und nahm die Ruder. Er tauchte die Blätter ins Wasser, während Klaus das Halteseil aus dem Geäst hinter sich löste und das Boot abstieß.

Meanson war niedergeschlagen. Er fühlte eine Müdigkeit in sich, die nicht nur körperlichen Ursprungs war. Es war eine Leere, wie man sie nach einem verlorenen Kampf spürte. Das Gefühl einer schweren Niederlage.

Er drehte sich um und blickte den Fluss hinauf an dem rudernden Bremer vorbei. Wie die meisten Flüsse hatte auch die Ruhr ihren so eigenen Geruch. Ein Geruch, der ihm allmählich vertraut vorkam. Etwas, was ihm erst jetzt bewusst wurde.

»Dort!« Klaus war aufgesprungen und hatte sich die Decke von den Schultern gerissen. Meanson fuhr herum. Das Boot schwankte. Ein Lichtpunkt. Am gegenüberliegenden Ufer. Winzig, aber doch deutlich erkennbar. Und er bewegte sich. Meanson hob die Hand und legte sich sogleich den Zeigefinger seiner rechten Hand auf die Lippen. Sofort hörte Bremer auf zu rudern. Meanson spähte durch die Dunkelheit. Die Lichtquelle erlosch und wurde wieder angeschaltet. Mehrere Male. In einem bestimmten Rhythmus. Ein Zeichen. Meanson drehte sich zu Bremer, gab ihm per Handzeichen zu verstehen, auf die Lichtquelle zuzurudern. Dann griff auch er nach einem Paddel auf dem Bootsboden und tauchte das Blatt ins Wasser.

»Was ist mit ihm?«, fragte Jones. Er trat näher an Mayne heran. Dessen Atmung war flach, das Gesicht kalkweiß und das Haar klebte nass am Kopf. Aber er war bei Bewusstsein.

»Er hat hohes Fieber. Wir haben die Wunde gesäubert und so gut es ging versorgt.«

Jones nickte als Ausdruck seiner Dankbarkeit, ohne Weißkamp direkt anzusehen. Der Commander drehte seinen Kopf leicht und öffnete die Augen. Baker und Meanson traten heran und Mayne sah seine Männer an. »Wasser! Geben Sie mir Wasser!«, sagte Jones und ergriff die Tasse, die ihm Bremer reichte. Jones half Mayne, seinen Oberkörper aufzurichten. Dann trank dieser einen Schluck.

»Sie haben eine Waffe. Eine Waffe unvorstellbaren Ausmaßes«, begann Baker.

»Die Gefechtsköpfe sind mit biologischen Waffen bestückt und sie planen, sie in den kommenden Tagen gegen das Empire einzusetzen.«

Mayne betrachtete Baker. »Sie sehen, gelinde gesagt, scheiße aus, Baker.«

Baker grinste. »Danke für das Kompliment. Kann ich uneingeschränkt zurückgeben.«

»Was ist mit Ihnen passiert?«

»Baker ist jetzt Regimentsmeister«, fuhr Jones dazwischen. »Und von daher wurden wir standesgemäß von den deutschen Wachen mit einem Wagen direkt zur Ruhr gefahren!«

Mayne sah seine Kameraden an. »Ich verstehe kein einziges Wort.« Dann blickte er wieder zu Jones und lächelte. »Sie sind befördert worden, wie ich sehe«, sagte er schwach.

Jones blickte an seinem deutschen Offiziersmantel herunter. »Standartenführer. Würde mich interessieren, wie hoch mein Sold ist«, sagte Jones und lächelte zurück.

»Sir. Sie haben eine unterirdische Kanone gebaut. Eine riesige Kanone. Sie befindet sich in einem Bergmassiv. Baker hat von dort das Signal abgesetzt. Es gelang uns, in das Gewölbe einzudringen. Dabei habe ich zufällig ein Gespräch mitgehört, an dem der Oberbefehlshaber West, Generalfeldmarschall Gerd von Rundstedt, beteiligt war. Die Kanone ist in der Lage, ein Geschoss bis auf die Insel zu befördern. Und nicht nur das. Sie wird mit einem Gefechtskopf ausgerüstet, der über ein Gebiet von einem Quadratkilometer biologische Erreger abwerfen kann. Die Kanone – sie ist die ›Forelle‹. Und die Erreger. Sie nennen sie Buttersoße. Hitler war nie gemeint, Sir. Sie wollen die Waffe in den nächsten Tagen einsetzen.«

»Wir haben die Sender platziert. Einen direkt an der Kanone und einen weiteren in einem Lüftungsschacht am Haupteingang. Wir sollten einen Funkspruch absetzen«, sagte Baker.

»Hitler ist in Berlin. Man wird unserer Nachricht keine Beachtung schenken«, gab Meanson zu bedenken. Baker und Jones sahen sich an. Sie wussten, dass Meanson recht hatte.

»Was für einen Erreger, Jones?«, fragte Mayne.

»Ich glaube, sie haben vor, eine britische Großstadt mit Pesterregern zu infizieren. Wenn ihnen das gelingt, wird das Empire schon bald kapitulieren müssen, Commander.«

»Wir sollten es zumindest versuchen. Verdammt! Wenn diese Waffe eingesetzt wird, dann Gnade uns Gott!«, sagte Baker, setzte sich auf einen Stuhl und strich sich müde durch das Gesicht.

»Winkler!« Mayne winkte kraftlos in die Richtung des großen Mannes. »Jones. Fragen Sie ihn, ob er eine Nachricht für uns absetzen kann.«

Winkler nickte. »Wir verfügen über mehr als ein Gerät.«

Mayne sah Jones an. »Jones. Geben Sie mir einen Stift. Und Papier.«

Commander Paddy Mayne schrieb etwas auf. Dann reichte er den Zettel Jones. Dieser warf einen kurzen Blick auf die Notiz und gab sie dann Winkler, wobei er Mayne irritiert ansah.

»Er soll sie genau so absetzen. Sofort. Geben Sie ihm die Sendefrequenzen.«

4. MÄRZ 1943

Das Klopfen und das Öffnen der großen Bürotür erfolgten gleichzeitig. Churchill saß an seinen Schreibtisch und sah sichtlich irritiert einer resolut wirkenden Vera Atkins entgegen, die in Begleitung eines Wachsoldaten war, der hilflos versuchte, ihr Einhalt zu gebieten.

Unmittelbar darauf erschien Lindemann, der offensichtlich Mühe hatte, Atkins zu folgen.

Vor Churchills Schreibtisch blieb Vera Atkins stehen. Sie hielt einen Zettel in der Hand, den sie dem Premier entgegenstreckte. Im selben Moment stellte sich Lindemann neben Atkins. Churchill schaute kurz auf den Wachsoldaten, der verlegen und unbeholfen nach Worten rang, um das Eindringen der beiden zu rechtfertigen. Churchill erstickte mit einer Handbewegung jeglichen Versuch des Soldaten und gab dem jungen Mann zu verstehen, er möge sich entfernen. Der Premierminister wartete, bis die Tür geschlossen wurde und betrachtete dann die beiden vor sich.

»Sie haben die Nachricht abgesetzt«, sagte Atkins.

»Ja. Aber sie ist nicht identisch«, fügte Lindemann hinzu.

»Ich habe Ihnen doch erklärt, dass unsere Männer offensichtlich nicht festgenommen wurden. Unsere Mittelsmänner hätten uns darüber informiert«, sagte Atkins, die ihre linke Hand demonstrativ in die Hüfte gestemmt hatte und Lindemann verständnislos anstarrte.

»Schon, aber Tatsache ist, dass die Nachricht zu einem Zeitpunkt abgesetzt wurde, der aus strategischer Sicht …«

»Dürfte ich Ihren Ehestreit mal kurz unterbrechen«, sagte Churchill irritiert, aber auch ein Stück weit amüsiert. Eine Auseinandersetzung zwischen den Geschlechtern hatte für ihn stets äußerst unterhaltsamen Charakter.

Die beiden wandten sich verdutzt dem Premierminister zu. Dann nahm Churchill den Zettel, den Atkins noch immer in der Hand hielt.

Churchill blickte auf die drei codierten Nachrichten:

›6.35 Uhr: Mit Fliegen fängt man Fische.

6.40 Uhr: Wir sollten angeln gehen.

6.45 Uhr: Der Fisch liegt in der Pfanne. Rezeptänderung! Rammen Sie ihnen das Teil in den Hintern! Sofort!‹

»Wer zum Teufel hat sich denn diesen dämlichen Spruch …?«

»Ich, Sir«, sagte Lindemann verlegen. »Wegen der Forelle …«

»Ich weiß«, winkte Churchill ab. »In Buttersoße.«

»Sir! Dies ist die codierte Nachricht unserer Verbündeten. Es ist die Nachricht, die auf Geheiß der SAS abgesetzt werden soll, wenn sie erfolgreich waren«, gab Atkins an.

»Das ist richtig. Aber zum einen ist Hitler nachweislich in Berlin! Zum anderen ist die Nachricht inhaltlich nicht korrekt abgesetzt.«

»Ich wiederhole mich, die Männer wurden nicht festgenommen. Die Nachricht wurde anweisungsgemäß dreimal in Abständen von exakt fünf Minuten abgesetzt.«

»Dann erklären Sie mir mal, wer wem was in den Hintern rammen soll, Verehrteste!«

»Ruhe!«, fuhr Churchill dazwischen. »Vera, wir hätten definitiv Kenntnis darüber, wenn unsere Männer gefangen genommen oder getötet worden wären?«

»Das kann ich absolut ausschließen. Der Widerstand verfügt über mehr als eine Sendeanlage, die es bis zu uns schafft.«

Lindemann ergriff das Wort. »Darüber hinaus hören auch wir fleißig mit. Wir wissen, dass die SAS gelandet ist. Wir wissen aber ebenfalls, dass es zu einigen Gefechten in der Nähe kam. Und es wird von Schusswechseln berichtet, bei dem mehrere Menschen getötet wurden. Wir können also nicht sicher sein, dass es sich um eine fingierte Nachricht handelt und die Deutschen von unserem Vorhaben Kenntnis haben! «

Churchill blickte nachdenklich auf den Zettel. ›Rammen Sie ihnen das Teil in den Hintern. Sofort!‹ Dann schmunzelte er. Sein Schmunzeln entwickelte sich zu einem breiten Grinsen. Der Premier begann lauthals zu lachen. Atkins und Lindemann sahen sich an. Aber nicht mehr wie zwei Streithähne. Vielmehr wie zwei Verbündete, die aufrichtig am Geisteszustand ihres Gegenübers zweifelten.

»Rammen Sie ihnen das Teil in den Hintern! Dieser Höllenhund ist genau nach meinem Geschmack!« Churchill griff zu seinem Telefon. »Geben Sie mir Harris. Sofort!«

Lindemann und Atkins betrachteten den Premier, der den Eindruck erweckte, als würde er seine beiden Mitarbeiter nicht mehr wahrnehmen.

»Harris! Hier spricht der Premierminister. Starten Sie die Offensive ›Battle of Ruhr‹. Unverzüglich! Ich möchte, dass Ihre Flugzeuge so schnell wie möglich in der Luft sind. Das ist ein Befehl!« Churchill beendete das Gespräch. »Vera! Bestätigen Sie der SAS den Erhalt der Nachricht.

Sofort!« Dann sah er grinsend Frederick Lindemann an. »Und nun zu Ihnen, alter Junge. Dann lassen Sie mal sehen, was Ihre neuen Bomben so drauf haben!«

*

Die Männer hatten sich in einen kleinen Nebenraum zurückgezogen und waren in einen unruhigen Schlaf gefallen, aus dem sie nun hochschreckten, als Bremer den Raum betrat. »Sie haben die Nachricht erhalten«, sagte er.

Jones sah Mayne an. Er wusste, dass der Commander das Gleiche dachte. In 24 Stunden. Maximal.

»Jetzt liegt es nicht mehr in unserer Hand«, sagte Paddy Mayne. Eine Zeit lang sprach niemand im Raum. Sie alle wussten, dass der Zeitpunkt gekommen war, an dem sich ihre Wege trennen würden. Aber die Männer der SAS verspürten kein Gefühl der Zufriedenheit. Etwas anderes bestimmte ihr Empfinden. Eine Mischung aus Trauer und Schuldgefühlen.

»Wann werden Sie uns verlassen?« Bremer durchbrach die beinahe unerträgliche Stille.

»Schon bald«, sagte Jones. »Sobald wir den Commander transportieren können.«

»Das dachte ich mir. Was meinen Sie? Waren Sie erfolgreich?«

»Das wird sich zeigen. Ja. Ich denke schon«, sagte Jones. Dieser große und abgebrühte Elitesoldat blickte wie in Gedanken versunken zu Boden. Fühlte sich außerstande, diesem älter werdenden Bergmann, der so viel Mut in sich trug, in die Augen zu sehen. Sein Blick schweifte zu seinen

Kameraden. Zu Paddy Mayne, Ted Meanson und Clark Baker. Bremer nickte unmerklich.

»Wir hätten es ohne Sie nie geschafft«, sagte Jones und sein Anstand zwang ihn diesmal, Bremer in die Augen zu sehen. »Danke …«

»Sie sollten sich noch etwas ausruhen«, sagte er. »Ich sehe nachher nochmals nach Ihnen.« Dann verließ Bremer den Raum.

Die Stunden vergingen. Die Männer ruhten abwechselnd und widmeten sich lapidaren Dingen, um von der Beklemmung, die von ihnen allen Besitz ergriffen hatte, etwas Ablenkung zu finden. Doch egal, welchen Ablenkungen sie nachgingen, ihre Gedanken wollten nicht zur Ruhe kommen.

Jones stand auf und trat ans Fenster. Er schob das dicke Leinentuch beiseite, mit dem es abgedunkelt war, und blickte gedankenversunken nach draußen. »Es ist nicht fair«, sagte er plötzlich und drehte sich um. »Es ist nicht richtig. Nicht richtig vor Gott!« Die Männer blickten Jones an. Jones trat an Maynes Bett. »Commander! Wir können das nicht zulassen!« Jones drehte sich zu den anderen. »Wollt ihr das einfach so hinnehmen? Nach allem, was sie für uns getan haben?«

»Du hast recht, Ted. Aber was sollen wir machen? Verdammt! Wir können sie nicht mitnehmen!«

Baker schleuderte seine Tasse auf den Boden. »Ich weiß.«

Jones setzte sich und rieb sich sein Gesicht. »Ich werde hierbleiben!«

»Du willst desertieren?«, fragte Meanson ungläubig.

»Denk nach, Mann! Du bist mitten in Nazideutschland. Du kannst nichts ausrichten, außer für eine kurze Zeit dein schlechtes Gewissen beruhigen. Aber früher oder später werden sie euch alle an die Wand stellen.«

»Dann ist das so!«

Paddy Mayne erhob sich. Er war schwach. Sehr schwach. Sofort eilte Meanson zu ihm, um ihm zu helfen. Doch der Commander wies ihn zurück. »Ja. Du hast recht, Ted. Es ist nicht fair. Aber es gibt im Krieg keine Fairness. Wir können sie nicht mitnehmen. Und es nützt niemandem etwas, wenn wir hier bleiben. Auch wenn du dir davon versprichst, vielleicht damit deine Seele zu retten.«

Jones sah seinen Commander an. »Aber wir müssen doch irgendetwas tun.«

Mayne legte seinem Kameraden die Hand auf die Schulter. »Es gibt da vielleicht tatsächlich eine Möglichkeit.«

*

Schlegel sah gedankenversunken aus der Seitenscheibe des Fahrzeuges. Es waren harte Zeiten. Was die Staatspolizeileitstelle in Düsseldorf von ihm verlangte, war beinahe unmöglich durchzusetzen. Essen hatte gut und gern 650.000 Einwohner, für die er mit lediglich 41 Gestapobeamten zuständig war. Viel zu wenig. Die Einziehung von Arbeitern zur Wehrmacht wurde ständig vorangetrieben. General Walter von Unruh, seines Zeichens Sonderbeauftragter zur Überprüfung des zweckmäßigen Kriegseinsatzes, durchkämmte systematisch jeden Industriebetrieb des Reiches nach wehrfähigen Männern, und Düsseldorf forderte von Schlegel im Vorfeld die Überprüfung sämtlicher Betriebe hinsichtlich sogenannter Arbeitsscheuer und jenen, die der sozialdemokratisch oder kommunistisch geprägten Arbeiterschaft zuzurechnen waren. Dazu kam aus Düsseldorf die Order, vermehrten Druck auf die Bevölkerung auszuüben. Schlegel war ein Meister, was die Führung von Spitzeln betraf. Seine wahren Mitarbeiter. Aber das Volk wurde allmählich müde. Und Hitlers Erlass von Januar dieses Jahres, der vorsah, die Bevölkerung flächendeckend zum Heimatdienst im Rahmen der Reichsverteidigung heranzuziehen, trug nicht unbedingt dazu bei, sie für seine Belange zu gewinnen. Die fehlenden Zwangsrekruten führten dazu, dass die verbliebenen Arbeiter dies durch Mehrarbeit auffangen mussten. Darüber hinaus musste sich Schlegel mit einer steigenden Anzahl von Deserteuren rumschlagen, die es aufzufinden galt. Allein für all die Anträge auf Wohnungsdurchsuchungen benötigte er das zehnfache an Personal.

Alles in allem ein idealer Nährboden für die Widerstandsbewegung. Schlegel hatte zunächst gehofft, dass zumindest diese Baustelle beendet war. Er ging nicht davon aus, dass es sich bei den zwei Getöteten auf dem Gelände der Gerberei um Einzeltäter handelte. Aber er hatte gehofft, dass man damit den Widerstand empfindlich getroffen und zumindest für geraume Zeit handlungsunfähig gemacht hatte. Wenngleich es ihn überraschte, dass die Bewegung in offensive Kampfhandlungen überging. Nichts, aber auch nichts wies zuvor darauf hin. Zunächst schien es tatsächlich so, als hätte Harras die Richtigen erwischt. Dann aber wurde Schlegel mit der vernichtenden Aussage des Rechtsmediziners konfrontiert. ›Nach erster objektiver Begutachtung ist davon auszugehen, dass die hier zur Untersuchung überführten Leichen seit mindestens 48 Stunden tot sind.‹

Man hatte ihn zum Narren gehalten. Schleßmann würde toben, wenn er davon erführe.

Der Fahrer verlangsamte das Tempo und hielt vor dem Eingang. Das rote Backsteinhaus der Kortumstraße 46 im Stadtteil Essen-Rüttenscheid war ein eher unscheinbares Gebäude, nur einige hundert Meter vom Polizeipräsidium entfernt. Wie auch in den Tagen zuvor, war dieser 4. März 1943 viel zu warm. Trotzdem schlug Schlegel den Kragen seines Mantels hoch, als er ausstieg und die wenigen Stufen zur Eingangstür des Gestapo-Hauptgebäudes nahm.

Der Fahrer, der ihm vorauseilte, öffnete die schwere Eichentür und hielt sie Schlegel auf, der zügig am Wachtresen vorbei auf die große, mit einem dunkelgrünen Teppich ausgelegte Treppe zuschritt.

»Herr Sturmbannführer!«

Schlegel stoppte in seiner Bewegung und sah nach links zum Wachhabenden.

»Sie haben Besuch.«

»Besuch?«

Der Wachhabende wirkte leicht verunsichert. »Jemand vom Reichssicherheitshauptamt aus Berlin. Ich habe ihm gesagt, dass Sie unterwegs sind. Er wollte warten. Egal, wie lange es dauern würde.«

Schlegel fühlte für einen Moment so etwas wie ein flaues Gefühl in der Magengegend. Hatte man von der Blamage bereits gehört? »Wo ist der Herr?«

Die Verunsicherung des Wachhabenden schien zuzunehmen. »In Ihrem Büro. Ich konnte ihn doch nicht …«

Schlegel ignorierte den Wachhabenden und schritt die Treppe zum ersten Stock hinauf.

Der Gast erhob sich, als die Tür aufging. Schlegel blieb für einen Augenblick im Türbereich stehen und betrachtete den Mann, der vor seinem Schreibtisch stand. Schlegels Blick schweifte durch den Raum. Suchte nach Veränderungen. Dann trafen sich die Blicke der Männer.

»Sturmbannführer Schlegel, nehme ich an«, sagte der Mann.

»Mein Wachhabender berichtete mir, dass Sie vom Reichssicherheitshauptamt wären«, sagte Schlegel und schloss die Tür hinter sich, ohne den großen Mann, der vor seinem Schreibtisch stand und ihn ansah, aus den Augen zu lassen. »Man hat mich zuvor nicht von Ihrem Besuch informiert.« Schlegels Haltung war aufrecht und seine Uniform saß tadellos. Das blonde Haar, licht im Schläfenbereich, war nach hinten gekämmt und die stahlblauen Augen ließen unschwer einen messerscharfen Verstand erkennen.

Aber für einen Moment schien es Schlegels Gast, als verberge sich hinter dieser unstrittig autoritären Persönlichkeit so etwas wie Unsicherheit. Als ahne Schlegel die Gedanken seines Gegenübers, wandte sich dieser von seinem Besucher ab und schritt um seinen Schreibtisch, um Platz zu nehmen. »Was verschafft mir die Ehre?«

»Mein Name ist Braun. Manfred Braun. Vom Amt IV.« Der Mann schob Schlegel einen Ausweis über den Schreibtisch, den dieser zur Kenntnis nahm, ohne ihn näher zu betrachten. Der Mann steckte den Ausweis in die aufgesetzte Tasche seines Mantels.

»Von der Abteilung für Gegnerbekämpfung? Ich habe

nie von Ihnen gehört. Wie sind Sie angereist? Vor der Tür steht kein Fahrzeug.« Das Misstrauen in Schlegels Unterton war unverkennbar.

»Zunächst muss ich Sie für mein unangemeldetes Erscheinen um Nachsicht bitten. Aber die Brisanz der Lage fordert ein ... sagen wir mal unorthodoxes Vorgehen.«

»Ich bevorzuge eher die Begrifflichkeit *eigenwillig*, wenn Sie mir diese Zwischenbemerkung erlauben.« Schlegels Bedürfnis, Herr der Lage sein zu wollen, war deutlich zu spüren. Ein Fehler, eine noch so kleine Nachsichtigkeit würde ihm nicht entgehen, das wusste der Mann. Und er war davon überzeugt, dass Schlegel aus jeder vermeintlichen Schwäche seines Gegenübers Gewinn ziehen würde. Schlegel war misstrauisch. Äußert misstrauisch. Der Mann musste höllisch aufpassen, dass er die Oberhand behielt.

»Ich gehe davon aus, dass Sie wissen, dass die Villa Hügel derzeit einige hochrangige Leute des Reiches zu Gast hat.«

Schlegel sagte nichts, sondern fixierte sein Gegenüber weiter.

»Wir haben Erkenntnisse dahin gehend, dass der Feind einen groß angelegten Schlag gegen Deutschland in Vorbereitung hat.« Für einen Moment schien es dem Mann, als wäre in Schlegels Gesicht ein Anflug von Spott zu erkennen.

»Ich möchte behaupten, dass dies keine allzu überraschenden Feststellungen sind. Ich kann beim besten Willen nicht verstehen, warum das Reichssicherheitshauptamt ohne vorherige Ankündigung einen ranghohen Offizier offensichtlich am offiziellen Dienstweg vorbei in mein Büro schicken sollte. Zumindest hat mich auch Düsseldorf nicht über ihren Besuch in Kenntnis gesetzt. Vielleicht sollte ich mich zunächst in Düsseldorf rückversichern. Oder ich rufe direkt in Berlin an.«

Der Mann betrachtete seine Fingernägel, als gäbe es nichts Wichtigeres, als die Nagelhaut jedes einzelnen Fingers mit dem Daumennagel nach oben zu schieben. Dann blickte er wieder beinahe gelangweilt zu Schlegel. Er spürte, dass er das Ruder sofort an sich reißen musste, sonst würde seine Fassade einstürzen. »Wir wissen, was an der Ruhr passiert ist. Und auf dem Gelände der Gerberei. Sie haben sich alles andere als mit Ruhm bekleckert!« Und diesmal sah der Mann eine deutliche Regung in dem Gesicht seines Gegenübers. Er wusste, dass seine Chance gekommen war, und setzte unverzüglich nach. »Um es nicht auf die lange Bahn zu schieben und Ihre Zeit nicht länger als notwendig in Anspruch zu nehmen ... Wir wissen, was vorgefallen ist. Und eine Menge anderer Leute wird sicherlich mit Interesse zur Kenntnis nehmen, dass der Feind mit an Sicherheit grenzender Wahrscheinlichkeit seine Vorbereitungen durchführen konnte, während sich ein ganzes Polizeibataillon auf Ihr Geheiß hin eine Schlacht lieferte, deren Erfolg auf der Bergung einiger Gegner beruht, die schon annähernd 48 Stunden vor Gefechtsbeginn die Leichenstarre hinter sich hatten.« Der Mann bemerkte, wie Schlegels Kopf rot anlief. Die stechenden, selbstbewussten Augen verloren mit einem Mal jeglichen Glanz der Überheblichkeit. Wut, Hass war das, was nun in Schlegels Augen zu erkennen war. »Der einzige Grund, mein lieber Schlegel, warum Sie noch hier in diesem Büro auf diesem Stuhl sitzen, beruht darauf, dass wir, und damit meine ich das Reichssicherheitshauptamt, das Ruder gegebenenfalls noch herumreißen können. Ich gebe es ungern zu, aber es sieht so aus, als ob dies Ihrer Hilfe bedarf.«

Der Mann rückte seinen Stuhl näher an den Schreibtisch und beugte sich vor. Die psychologische Wirkung blieb nicht unbemerkt. Unbewusst lehnte sich Schlegel etwas zurück.

»Sie wissen, was in der Nacht zum 2. März, also exakt vor zwei Tagen, in Berlin passiert ist? Glauben Sie mir, dieser Angriff der Briten war nur ein Vorgeschmack dessen, was dem Ruhrgebiet in nächster Zeit bevorsteht. Bevorstehen wird. Wir waren nahe dran, dies zu verhindern. Aber Sie Schlegel, Sie haben es versaut!« Der Mann setzte alles auf eine Karte, stand auf, ergriff das Telefon und knallte es direkt vor Schlegel auf den Schreibtisch. »Rufen Sie Düsseldorf an! Oder Berlin! Es ist Ihre Entscheidung!«

Die Männer starrten sich an. Unnachgiebig. Für einen Sekundenbruchteil löste sich Schlegels Blick von den Augen des Mannes und er betrachtete die halbmondförmige Narbe unter dem linken Auge seines Gastes. »Was genau wollen Sie?«

Der Mann setzte sich wieder und lehnte sich zurück. »Von Rundstedt ist in Essen. Das werden Sie wissen. Und in Anbetracht dessen, was er an Aufgaben in Frankreich hat, wird dieser Besuch einen gewichtigen Grund haben. Es gibt Pläne. Pläne, deren Umsetzung unmittelbar bevorsteht und nach aller Voraussicht kriegsentscheidend sein wird. Aber ein Teil davon ist … sagen wir mal … außer

Kontrolle geraten. Sollten diese Informationen dem Feind zugespielt werden, ist das Überraschungsmoment dahin. Wir haben Kenntnis von den Leuten, die sich offensichtlich diese Informationen angeeignet haben. Wir waren nahe dran. Bis Sie ins Spiel kamen und die Fährte aufnahmen. Was im Übrigen für Sie spricht. Allerdings haben Sie mit Ihrer offensiven Vorgehensweise unsere konspirativ geführten Ermittlungen erheblich erschwert.«

Schlegel griff zu seinem silbernen Zigarettenetui, entnahm eine filterlose Zigarette und zündete sie an. Der Atemzug, den er nahm, war viel zu tief, um glaubwürdig Selbstsicherheit demonstrieren zu können. Trotzdem übte er sich in Beherrschung. »Sie wollen mir also konkret vorwerfen, dass ich meine Pflicht erfüllt habe? Das ich versucht habe, Verräter zu überführen? Ich denke, dass diese Anschuldigungen haltlos sind. Sie werden mir keine Pflichtverletzung vorwerfen, geschweige denn nachweisen können.«

»Nicht? Sie scheinen sich da ziemlich sicher zu sein.«

Schlegel hielt dem Blick des Mannes stand. Er forderte eine Erklärung. Zu Schlegels Überraschung lächelte der Mann. Auf eine gefährliche Art und Weise.

»Sagt Ihnen der Name Winkler etwas?« Bevor Schlegel antworten konnte, fuhr der Mann fort. »Natürlich sagt er Ihnen etwas. Sie waren schließlich bei ihm.«

Schlegel nickte. »Was dokumentiert ist.«

»Die Frage, die im Raum steht«, sagte der Mann, wobei er sich wieder seinen Fingernägeln zuwandte. »Die Frage ist doch, warum Winkler nicht verhaftet wurde? Es ist so, dass der Feind an die von uns gesuchten Informationen scheinbar mit seiner Hilfe gelangt ist.«

Schlegel sprang wutentbrannt auf. »Sie wollen mir Hochverrat unterstellen?«

Der Mann blieb sichtlich gelassen. »Setzen Sie sich bitte wieder«, sagte der Besucher.

»Den Teufel werde ich tun!«

»Wenn ich dies unterstellen würde, dann würden Sie sicher nicht mehr in Ihrem Büro verweilen, sondern vor einem Erschießungskommando stehen. Tatsache ist, dass Sie bei Winkler waren, dass Sie ihn nicht verhaftet haben und dass er seitdem verschwunden ist.«

»Ich werde mir das nicht mehr länger anhören!«

»Wie Sie wollen! Ich schlage vor, dass ich Berlin von der Situation in Kenntnis setze und Sie sich Ihren Vorgesetzten gegenüber erklären dürfen. Mehrere Männer sind tot. Und da sich Ihre Polizei wie ein Haufen Amateure an der Nase hat rumführen lassen und lediglich einige … Leichen erschossen hat, dürfen wir davon ausgehen, dass die wahren Täter nach wie vor in Ihrer schönen Stadt ihr Unwesen treiben und das zu einem Zeitpunkt, an dem der Generalfeldmarschall West wenige Meter weiter zu Gast ist. Und dann erklären Sie den Herren ebenfalls, wie es sein konnte, dass Sie aus Winklers Haus treten, der seitdem vermisst ist, und wie es sein konnte, dass Sie eine Funkanlage, die im Garten hinter dem Haus versteckt ist und die von Winklers Sohn Klaus für die Widerstandsbewegung in Essen bedient wurde, ebenfalls übersehen haben wollen. Klaus Winkler. Seit Ihrem Besuch ebenfalls wie vom Erdboden verschluckt. Wie die Komplizen Harald Bremer und Hermann Kröll.«

Schlegel blickte den Mann fassungslos an. Dann setzte er sich.

Wieder beugte sich der Mann etwas nach vorn. »Es mag sein, dass Sie aus der Nummer rauskommen. Ebenso gut aber auch nicht. Aber dies ist für uns schlichtweg nicht von Interesse. Unser Interesse gilt den geheimen Unterlagen. Zu verhindern, dass die Informationen in die Hände des Feindes gelangen. Darum geht es. Ausschließlich! Zugegeben, es könnte mit Ihrer Hilfe schneller gehen.«

Der Mann sah, wie Schlegels Kaumuskeln pulsierten. Wie sein Verstand Fragen aufwarf, auf die er keine Antworten fand.

»Nur eine Handvoll Leute wissen, dass ich bei Ihnen bin. Und das hat seinen Grund. Es scheint einen Maulwurf zu geben. Und gestatten Sie mir die Bemerkung, dass ich nicht im Entferntesten daran denke, dass Sie es sein könnten. Ganz im Gegenteil. Man hat mich … sozusagen … inkognito zu Ihnen gesandt, weil man Sie für äußerst loyal und vor allen Dingen für außergewöhnlich fähig hält. Es ist Ihre Entscheidung. Aber, auch hierauf muss ich hinweisen, die Zeit drängt. Sollten Sie sich gegen eine Zusammenarbeit entscheiden, sollten Sie im eigenen Interesse dieses Gespräch unmittelbar aus Ihrem Gedächtnis streichen.«

Die Zigarette in Schlegels Hand war bis auf einen winzigen Stummel heruntergebrannt, als dieser sie viel zu fest in dem Marmoraschenbecher auf seinem Schreibtisch ausdrückte.

»Wie stellen Sie sich unsere … Zusammenarbeit vor?«

Der Mann fuhr sich über sein Kinn und das Knistern seiner Bartstoppeln drang in Schlegels Ohren.

»Wir müssen den Fahndungsdruck nehmen. Um sie

aus ihren Löchern zu locken. Nur dann haben wir eine Chance.«

»Wie genau wollen Sie das anstellen?«

»Erklären Sie die Männer für tot. Denken Sie sich etwas aus. Sie kamen bei der Schießerei auf dem Gelände der Gerberei ums Leben. Niemand wird erfahren, dass man Ihnen offensichtlich einige Leichen unterjubelte. Verbreiten Sie in der Nachbarschaft der Männer, dass man diese als Verräter entlarven und erfolgreich beseitigen konnte. Das Reichssicherheitshauptamt wird dies bestätigen und Ihre Angaben offiziell decken. Mit Brief und Siegel. Im wahrsten Sinne des Wortes. Niemand außer uns beiden wird wissen, dass dies nicht stimmt. Von daher ist es enorm wichtig, dass Sie sich alle Unterlagen aneignen. Sämtliche Kopien und Notizen. Im Anschluss daran treffen wir uns erneut. Mit wir meine ich Sie und einige Kollegen des Reichssicherheitshauptamtes. Wir gleichen unsere Unterlagen ab und werten alle Informationen aus. Dann schlagen wir zu.«

Schlegel lachte kurz laut auf. »Wer garantiert mir, dass Sie mir hier nicht, aus welchen Gründen auch immer, einen Haufen breiige Scheiße verkaufen?«

Der Mann wirkte nachdenklich und blickte Schlegel verständnisvoll an. »Darf ich einen Vorschlag machen?«

Schlegel antworte nicht.

»Erfüllen Sie meine Bitte. Ich werde dafür sorgen, dass man Ihnen für Ihre Hilfe ein Angebot unterbreitet, welches Sie nicht ablehnen werden. Sie wollen sicherlich nicht ewig Sturmbannführer bleiben. Zwölf Stunden. Maximal. Geben Sie mir zwölf Stunden. Wenn Ihnen unser Angebot vorliegt, dann entscheiden Sie. Einverstanden?«

Schlegel zögerte. Blickte seinen Gegenüber abschätzend an.

»Zwölf Stunden. In maximal zwölf Stunden hier in diesem Büro.«

Als der wachhabende Sturmscharführer dumpfe Schritte auf dem Teppich der Treppe vernahm, legte er einen Streifen Papier zwischen die Seiten seines Buches und klappte es zu. Schlegel und der hohe Beamte des Reichssicherheitsamtes schritten hinab und Schlegel geleitete seinen Gast zum Ausgang.

Der Wachhabende bemerkte, dass das Verhältnis der beiden Männer von einer deutlichen Anspannung geprägt war. Noch nie war ihm ein vergleichbarer Mann wie Schlegel begegnet. Jemand, der beinahe über keine emotionale Regung verfügte. Etwas, was ihm stets Unbehagen bereitete.

Wenige Augenblicke später kehrte Schlegel allein zurück und schritt die Stufen zur ersten Etage hinauf, ohne ihn eines Blickes zu würdigen. Der Wachhabende vernahm das Schließen der Tür im ersten Stock, welches ihm außergewöhnlich leise vorkam. Als wäre Schlegel in Gedanken versunken.

Er schlug wieder sein Buch auf, legte das Lesezeichen beiseite und lehnte sich in seinen Stuhl zurück. Seine Augen suchten nach der zuletzt gelesenen Zeile, als die Eingangstür erneut geöffnet wurde. Der Beamte des Reichssicherheitsamtes trat erneut ein und schritt auf ihn zu. »Ich habe noch etwas vergessen.«

»Kein Problem«, sagte der Wachhabende, legte sein Buch beiseite und griff zum Telefon. »Ich werde den Herrn Sturmbannführer …«

»Lassen Sie das!«, sagte der Mann vor ihm. »Ich habe Sturmbannführer Schlegel bereits mehr als genug behelligt. Ich bin nicht zurückgekommen, weil ich ihn sprechen möchte. Darf ich Sie um einen Gefallen bitten?«

»Mich? Selbstverständlich. Was kann ich für Sie …?«

»Mein Koffer. Darf ich ihn hier bei Ihnen zurücklassen? Ich habe noch einen Termin und möchte ihn ungern als Ballast mit mir rumschleppen. Ich würde ihn Morgen um diese Zeit wieder abholen. Sind Sie dann im Dienst?«

»Ja.«

»Es befinden sich wichtige Unterlagen darin.«

»Wir haben einen Tresor. Ich kann ihn in den Tresor legen.«

»Ein Tresor? Das ist gut. Sehr gut. Sagen Sie, haben Sie hier im Haus einen eigenen Spind?«

»Ja. In der Tat.«

»Vergessen Sie das mit dem Tresor. Sie werden den Inhalt sicher in einem Asservatenbuch oder Ähnlichem dokumentieren müssen. Ich möchte keine Umstände bereiten. Könnten Sie ihn nicht in Ihrem Spind aufbewahren?«

Der Wachhabende blickte irritiert. »Natürlich. Wenn Sie es wünschen.«

Der Mann lächelte ihm freundlich zu. »Danke. Ich weiß das sehr zu schätzen.« Er hob den kleinen Koffer über den Tresen und reichte ihn dem Wachhabenden. »Passen Sie gut darauf auf. Ich verlasse mich auf Sie«, sagte er, drehte sich um und schritt Richtung Ausgang.

»Bei mir ist er sicher«, hörte er den Wachhabenden hinter sich rufen. Dann schritt der Mann durch die Tür.

*

Charles Browning war 27 Jahre alt und stammte aus der Gegend von Wycombe. Schon von Kindesbeinen an faszinierte ihn die Fliegerei, was unstrittig damit zusammenhing, dass er nur wenige Kilometer von der Air Base in High Wycombe entfernt aufwuchs. Es gab nicht ein Flugzeug, welches das RAF Bomber Command besaß, das nicht als Modell in seinem Zimmer gehangen hatte. Schnell hatte sich während seiner Grundausbildung herausgestellt, dass dieser junge Rekrut über eine außergewöhnliche Begabung und überdurchschnittliche Reflexe im Umgang mit einem Flugzeug verfügte. Er beherrschte fast jedes Flugzeug nach extrem kurzer Zeit. Und die RAF besaß eine beeindruckende Zahl von Trainingsflugzeugen. Er war risikobereit, ohne aber leichtsinnig zu sein. Und er strotzte vor Selbstvertrauen. In der anschließenden Ausbildung erfüllte er die an ihn gesetzten Erwartungen bei Weitem. Browning flog fast alle Flugzeuge annähernd gleich gut. Aber sein Lieblingsmodell war ohne Zweifel die de Havilland D.H.98 Mosquito.

Diese zweimotorige und zweisitzige Maschine aus britischer Produktion war vornehmlich aus dem leichten Balsaholz gefertigt. Die extreme Leichtbauweise machte sie zu einem der schnellsten und wendigsten Kampfflugzeuge, und mit ihrer hohen Geschwindigkeit von bis zu über 372 Meilen in der Stunde, bei einer maximalen Reichweite von über 1.242 Kilometern, war sie dem Feind in beinahe jeder Schlacht haushoch überlegen. Browning erinnerte sich noch an den Beginn seiner Karriere, als der Prototyp im November 1940 vorgestellt wurde. Ein Kampfflugzeug nur aus Holz. Ohne jegliche Abwehrpanzerung. Somit ein Entwurf, der im Vorfeld zum Scheitern verurteilt war. Doch der damalige verantwortliche Air Marshall Freeman setzte sich durch. Und als dieses Flugzeug bei einer Schlacht mit mehreren deutschen Messerschmidt Bf 109 den Gegnern einfach davonflog, waren auch die letzten Skeptiker überzeugt.

Browning schmunzelte bei dem Gedanken daran, wie man über dieses Flugzeug in Deutschland sprach: Mosquitoplage.

Seit wenigen Monaten wurde ihnen eine neue Aufgabe zuteil. Die Mosquitos, die in eine für die deutsche Flugabwehr unerreichbare Höhe von annähernd 36.500 Fuß steigen konnten, führten das gerade eben erst erprobte Radarsystem H2S mit, welches für die Kriegsführung einen immensen Vorteil darstellte. So war man dadurch nicht mehr an feste Empfangsanlagen und eine begrenzte Reichweite gebunden.

Browning ging auch zu Beginn des Einsatzes davon aus, dass ihr Auftrag einen Aufklärungsflug darstellte. Die Gerüchte mehrten sich, dass das Empire einen Großangriff auf eine Stadt im Westen Deutschlands plante. Umso überraschter war Browning, dass man ihm eine Mosquito übergab, die mit nur einer einzigen Bombe ausgerüstet war. In der Flugkanzel befand sich eine neue Sende-Empfangsanlage und ihr Aufbau machte deutlich, dass es sich um einen eher rudimentär anmutenden Prototypen handelte. Das Ziel war klar definiert. Vorstoß in großer Höhe, dann Direktanflug des Ruhrgebietes und innerhalb eines Radius, den die neue Empfangsanlage vorgab, die mitgeführte Bombe ausklinken. Anschließend Rückflug über das Einsatzgebiet, Fotoaufnahmen der Einschlagstelle und Rückkehr nach Wycombe. Ein, wie Browning fand, durchaus ausführbarer Einsatz.

Die drei Mosquitos befanden sich 29.527 Fuß Höhe. Die beiden V-12 Rolls-Royce Merlin 73 Motoren mit je 1.290 HP sorgten für eine gleichmäßige Geschwindigkeit von annähernd 342 Meilen in der Stunde.

Browning vernahm das gleichmäßige Geräusch des Empfängers und sah auf die Uhr. Sie würden ihr Einsatzgebiet in voraussichtlich weniger als sieben Minuten erreichen. Wieder sah der junge Pilot nach vorn. Der Himmel war strahlend blau und die Sicht schien unendlich. Browning liebte dieses Flugzeug …

Am Nachmittag des 5. März 1943 starteten insgesamt 442 Flugzeuge des Typs Avro Lancaster, Handley-Page Halifax und Short Stirling sowie die zweimotorigen Armstrong-Vickers Wellington von England aus in Richtung Deutschland, um ihre todbringende Fracht von annähernd 1.100 Tonnen Brand- und Sprengbomben in insgesamt drei Angriffswellen in der Nacht vom 5. auf den 6. März auf die Ruhrgebietsstadt Essen abzuwerfen. Sie alle folgten der 8. Bomber Group mit ihrem schnellen und wendigen zweimotorigen Mosquitos, die mit ihren Radar-Transpondern vorausflogen, um das Angriffsziel mithilfe des nur acht Wochen zuvor in Betrieb genommenen, neuartigen Radarsystems OBOE zu markieren. Das britische Bomber Command eröffnete mit dieser Luftoffensive eine Angriffswelle, die bis zum Juli 1943 aufrechterhalten wurde und die unter dem Namen ›Battle of the Ruhr‹ in die Geschichte eingehen sollte.

Ziel dieser Luftoffensive war die systematische Zerstörung der Waffenschmiede des Reiches, wobei sich die Angriffe voranging auf die Produktionsstätten und die Transportwege kriegswichtiger Güter konzentrierte. Darüber hinaus beinhaltete der Angriff die Strategie des ›Moral Bombing‹, in dem die Innenstädte der Ballungsgebiete des Ruhrgebietes angegriffen wurden, um die Moral der deutschen Zivilbevölkerung zu brechen.

Insgesamt fanden in dieser ersten Nacht der Luftoffensive mindestens 457 Menschen den Tod. Weit über 3.000 Gebäude wurden völlig zerstört. Zehntausende Menschen wurden obdachlos.

Zeitzeugen berichteten, dass sich der Tag des 5. März ruhig präsentierte. Einzelnen, nicht verifizierten Berichten zufolge war es am Vormittag zu lediglich drei Bombeneinschlägen gekommen. Zwei Treffer in einem Teil des Kruppwaldes hinter der Villa Hügel sowie ein Bombentreffer in Essen-Rüttenscheid, im Bereich der Kortumstraße, bei dem das Hauptgebäude der Gestapo getroffen wurde und bei dem einige hochrangige Beamte der Geheimen Staatspolizei getötet wurden.

ENDE

Weitere Krimis finden Sie auf den folgenden Seiten und im Internet: www.gmeiner-verlag.de

Brigit Ebbert
Brandbücher
978-3-8392-1448-0

»Ein dunkles Kapitel deutscher Geschichte spannend erzählt.«

Die junge Karina findet im Haus ihrer verstorbenen Großtante geheimnisvolle Postkarten. Die Suche nach deren Ursprung führt sie 70 Jahre zurück, in das Jahr 1933, als ihre Großtante Haushälterin bei einem jüdischen Buchhändler war. Hautnah musste ihre Großtante miterleben, wie der Einfluss der Hitler-Getreuen wuchs und in Münster die Bücherverbrennung vorbereitet wurde.

Karina taucht tief in die damaligen Geschehnisse ein und gerät schließlich in Lebensgefahr. Denn sie stößt auf Machenschaften, die bis heute unentdeckt blieben.

GMEINER

Wir machen's spannend

Heiger Ostertag
Potsdamer Affäre
978-3-8392-1450-3

»100 Jahre später führt uns Heiger Ostertag das Jahr 1913 vor Augen. Äußerst spannend und ungemein informativ!«

Kurz vor dem Ersten Weltkrieg. Hinter den Kulissen der europäischen Großmächte wird längst gekämpft, der Krieg der Geheimdienste hat begonnen. Der 23-jährige Oberleutnant Wedigo von Wedel aus dem 1. Garderegiment in Potsdam wird nach Berlin abkommandiert. Die Abteilung III b, die Geheimdienstabteilung des Deutschen Generalstabs, hat ihn angefordert, um feindliche Agenten aufzuspüren. Von Wedel stürzt sich in die glitzernde Halbwelt des künstlerischen Berlins, wo neben zwielichtigen Gestalten eine verführerische Gräfin auf ihn wartet.

GMEINER

Wir machen's spannend

Herbert Beckmann
Hühnerhölle
978-3-8392-1415-2

»Eine Kriminalgeschichte, frisch vom Lande. Hintergründig. Abgründig. Hochaktuell!«

Wilhelm Kock, Besitzer einer Hühnerfarm mit zigtausenden Tieren, liegt erschlagen auf dem Grab seiner ersten Frau. Kommissar Hufeland und Kripo-Azubi Kuczmanik ermitteln in der kleinen westfälischen Gemeinde Vennebeck. Im Grunde hatten alle Dörfler ein Motiv für den Mord, denn ganz Vennebeck stöhnt seit Jahren wegen des Gestanks und der Umweltbelastungen durch die Farm. Jetzt, da Kock tot ist, hoffen alle auf ein Ende der »Hühnerhölle«. Doch die Apokalypse steht Vennebeck erst noch bevor …

GMEINER

Wir machen's spannend

Sabine Klewe
Schwanenlied
978-3-8392-1428-2

»Sabine Klewe schreibt mit leichter Hand, in flüssigen Worten, geht mit uns durchs vertraute Düsseldorf von einem Schauplatz zum anderen.«
Rheinische Post

Die Fotografin Katrin Sandmann stößt im Elternhaus ihres Lebensgefährten auf einen geheimen Raum – und auf eine Mumie. Wer ist die unbekannte junge Frau und weshalb hat niemand sie vermisst? Was haben die Kinderbücher auf dem Nachttisch in der geheimen Kammer zu bedeuten?

Katrin, die selbst gerade in einer schwierigen Situation steckt, begibt sich auf Spurensuche. Doch irgendjemand scheint ein starkes Interesse daran zu haben, ihre Ermittlungen zu verhindern …

GMEINER

Wir machen's spannend

Klaus Erfmeyer
Rasterfrau
978-3-8392-1420-6

»Stephan Knobel rollt im Auftrag eines zu lebenslanger Haft Verurteilten den abgeschlossenen Fall wieder auf. Hochspannung!«

Mit gemischten Gefühlen übernimmt Rechtsanwalt Stephan Knobel die Vertretung von Maxim Wendel. Dieser wurde wegen Mordes zu lebenslanger Haft verurteilt und strebt eine Wiederaufnahme des Prozesses an. Doch er hat nicht nur die Tatwaffe zweifelsfrei berührt, sondern auch ein Motiv: Der ehemalige Lehrer, der zu Schulzeiten jungen Schülerinnen nachstellte, hat angeblich eine Studentin vergewaltigt, wobei das Mordopfer ihn beobachtet haben soll …

GMEINER

Wir machen's spannend

Kurt Lehmkuhl
Printenprinz
978-3-8392-1432-9

»Ein routiniert geschriebener Kriminalroman mit einem interessanten Ermittlerduo.«
Trierischer Volksfreund

Der pensionierte Kommissar Rudolf-Günther Böhnke muss sein beschauliches Eifeldorf Huppenbroich verlassen, um den an Mord Peter von Sybar aufzuklären, einem betuchten Printenproduzent aus Aachen, der Prinz der klammen Jecken in Köln werden sollte. Ist der Mörder im karnevalistischen, beruflichen oder privaten Umfeld zu suchen? Böhnke ermittelt im Trubel der fünften Jahreszeit und erhält dabei erstaunliche Einblicke hinter die Kulissen des närrischen Brauchtums …

GMEINER

Wir machen's spannend

Michaela Küpper
Wildwasserpolka
978-3-8392-1431-2

»Ein literarischer Roadtrip durch die Provinz!«

Ein scheinbar alltäglicher Auftrag entpuppt sich für Privatdetektivin Johanna Schiller als brandgefährliche Angelegenheit: Während sie in Sachen ehelicher Untreue ermittelt, wird sie Zeugin eines angekündigten Doppelmordes. Kurz darauf entdeckt sie eine Leiche im Kofferraum ihres Wagens – aus der Jägerin Johanna ist eine Gejagte geworden. Hals über Kopf flieht sie aus ihrer Heimatstadt Siegburg ins Siegtal, doch ihre Verfolger sind ihr dicht auf den Fersen …

GMEINER

Wir machen's spannend

Unsere Lesermagazine

2 x jährlich das Neueste aus der Gmeiner-Bibliothek

24 x 35 cm, 32 S., farbig; inkl. Büchermagazin »nicht nur« für Frauen

10 x 18 cm, 16 S., farbig

Alle Lesermagazine erhalten Sie in Ihrer Buchhandlung oder unter www.gmeiner-verlag.de.

GmeinerNewsletter

Neues aus der Welt der Gmeiner-Romane

Haben Sie schon unsere GmeinerNewsletter abonniert?

Monatlich erhalten Sie per E-Mail aktuelle Informationen aus der Welt der Krimis, der historischen Romane und der Frauenromane: Buchtipps, Berichte über Autoren und ihre Arbeit, Veranstaltungshinweise, neue Literaturseiten im Internet und interessante Neuigkeiten.

Die Anmeldung zu den GmeinerNewslettern ist ganz einfach. Direkt auf der Homepage des Gmeiner-Verlags (www.gmeiner-verlag.de) finden Sie das entsprechende Anmeldeformular.

Ihre Meinung ist gefragt!

Mitmachen und gewinnen

Wir möchten Ihnen mit unseren Romanen immer beste Unterhaltung bieten. Sie können uns dabei unterstützen, indem Sie uns Ihre Meinung zu den Gmeiner-Romanen sagen! Senden Sie eine E-Mail an gewinnspiel@gmeiner-verlag.de und teilen Sie uns mit, welches Buch Sie gelesen haben und wie es Ihnen gefallen hat. Alle Einsendungen nehmen automatisch am großen Jahresgewinnspiel mit attraktiven Buchpreisen teil.

GMEINER

Wir machen's spannend